KB081165

쥘베른
걸작선
11

# 그랜트 선장의 아이들 2

LES ENFANTS
DU
CAPITAINE GRANT

VOYAGE AUTOUR DU MONDE

PAR

JULES VERNE

DESSINS DE RIOU

GRAVURES DE PANNEMAKER

VOYAGES EXTRAORDINAIRES

쥘베른
걸작선
11

# 그랜트 선장의 아이들 2

*Les Enfants du capitaine Grant*

김석희 옮김

열림원

"희망을 가져, 희망을! 어디까지나 희망을!"
헬레나는 그 말을 되풀이했다.

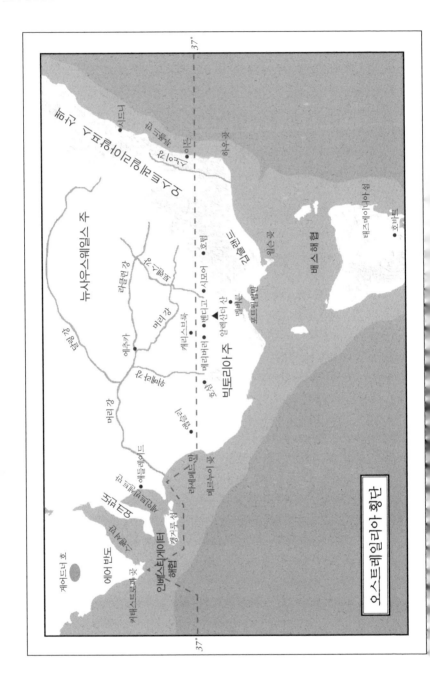

오스트레일리아 횡단

# 제2부
# 오스트레일리아

# 1

## 배로 돌아가다

처음 얼마 동안은 모두 재회의 기쁨에 잠겨 있었다. 글레나번은 목표를 이루지 못했기 때문에 동료들의 기쁨이 식어버리는 것을 바라지 않았다. 그래서 그가 맨 처음 한 말은 이러했다.

"자신감을 갖게. 자신감을 가져! 그랜트 선장을 데려오지는 못했지만, 우리는 그랜트 선장을 찾아낼 수 있다고 확신하네."

이 정도만 말해도 '덩컨'호에 탄 두 여자에게 희망을 되돌려 주기에는 충분했다.

사실 헬레나와 메리는 보트가 요트로 돌아오는 동안 견딜 수 없는 기대와 불안을 맛보고 있었다. 고물에서 그들은 요트로 돌아오는 사람의 수를 세려고 해보았다. 메리는 때로는 아버지가 보이지 않아서 절망했고 때로는 아버지를 본 것 같아서 가슴이 뛰었다. 메리는 입을 열 수도 없었고, 몸을 간신히 지탱하고 있는 게 고작이었다. 헬레나가 메리의 어깨를 두 팔로 감싸 안았다. 옆에서 보트를 지켜보고 있던 존 맹글스는 아무 말도

헬레나와 메리는 요트의 고물에서……

하지 않았다. 멀리 있는 물체를 분간하는 데 익숙한 뱃사람의 눈에 그랜트 선장은 보이지 않았던 것이다.

"저기 있어! 아버지가 오고 있어!" 소녀는 중얼거렸다.

하지만 보트가 다가올수록 환상을 품는 것은 불가능해졌다. 여행자들이 요트에서 200미터도 떨어지지 않은 곳까지 오자 헬레나와 맹글스만이 아니라 메리도 모든 희망을 잃고 눈물을 글썽거렸다. 글레나번이 어서 도착하여 안심시키는 말을 들어야 했다.

반가운 포옹이 끝난 뒤, 헬레나와 메리와 존 맹글스는 탐험하는 동안 일어난 사건들에 대해 들었지만, 글레나번은 우선 파가넬의 통찰력 덕분에 그 문서를 새롭게 해석하게 되었다면서 그 내용을 그들에게 가르쳐주었다. 그는 또한 로버트를 높이 칭찬하고, 메리가 동생을 자랑스럽게 여기는 것도 당연하다고 말했다. 글레나번은 로버트의 용기와 헌신, 그가 헤쳐 나온 위험들을 생생하게 이야기했다. 누나의 품이 소년에게 숨을 곳을 제공해주지 않았다면 소년은 어디에 숨어야 좋을지 모를 정도였다.

"얼굴을 붉힐 필요는 없어, 로버트." 존 맹글스가 말했다. "너는 그랜트 선장님의 아들답게 행동했으니까."

맹글스는 로버트에게 두 팔을 내밀고, 아직도 메리의 눈물로 젖어 있는 소년의 볼에 입술을 눌러댔다.

소령과 학자가 받은 환영, 그 고결한 탈카베에 대한 추억은 단지 잊지 않기 위해 여기에 적어둔다. 헬레나는 그 성실하고 헌신적인 인디언과 악수하지 못하는 것을 유감스럽게 생각했다. 맥내브스 소령은 감격에 겨운 대화가 끝나자 선실로 물러가서 차분하고 확실한 손놀림으로 수염을 깎았다. 파가넬은 꿀벌처럼 여기저기 날아다니며 꿀을 모으듯 축하 인사와 웃는 얼굴을 주워 모았다. 그는 '덩컨'호의 모든 선원에게 키스하려고 했고, 헬레나와 메리도 선원이라면서 키스한 뒤 마지막으로 올비넷에게 이르렀다.

요리사는 이렇게 예의 바른 인사에 대해 감사의 뜻을 표명하려면 아침식사가 준비된 것을 알리는 방법밖에 없다고 생각했다.

"아침식사라고?" 파가넬이 외쳤다.

"예, 선생님." 올비넷이 대답했다.

"진짜 접시와 진짜 냅킨을 진짜 식탁에 차려놓은 진짜 식사 말인가?"

"그럼요."

"삶은 새알이나 타조 고기는 없겠지?"

이 말에 요리사는 상대가 자신의 요리 솜씨를 헐뜯은 듯한 기분이 들어서 정색을 하며 대답했다.

"아니, 선생님!"

"자네 기분을 상하게 하려고 한 말은 아닐세." 학자는 싱글싱글 웃으면서 말했다. "하지만 지난 한 달 동안 우리는 줄곧 그런 음식만 먹었다네. 그리고 식탁 앞에 앉아서 먹은 게 아니라 나무에 걸터앉거나, 아니면 땅바닥에 뒹굴면서 먹었지. 그래서 자네가 지금 예고해준 식사가 마치 꿈이나 환상처럼 들렸다네!"

"좋아요. 그러면 그게 현실이라는 걸 확인하러 갑시다." 헬레나가 말했지만, 그녀도 웃지 않을 수 없었다.

"그럼 내 팔을 잡으세요." 여성에게 친절한 지리학자가 말했다.

"나리, '덩컨'호와 관련해서 저한테 시키실 일은 없습니까?" 존 맹글스가 물었다.

"존, 식사가 끝난 뒤에 우리의 새로운 탐험 계획을 의논하세." 글레나번이 대답했다.

승객들과 젊은 선장은 식당으로 내려갔다. 기관사에게는 언제든지 출발할 수 있도록 공기압을 낮추지 말라는 지시가 내려졌다. 얼굴을 말끔히 면도한 소령과 재빨리 몸단장을 끝낸 여행자들은 식탁에 둘러앉았다.

그들은 올비넷이 준비한 아침식사에 입맛을 다셨다. 식사는 정말 맛있었다. 팜파스에서 가장 호화로웠던 향연보다 더 낫다는 평가를 받았다. 파가넬은 모든 음식을 두 접시씩 먹었는데, 그러고는 "나도 모르게 그만……" 하고 말했다.

그러자 헬레나는 사랑스러운 프랑스인은 전에도 이따금 그런 실수를 저지르지 않았느냐고 물었다. 소령과 글레나번은 싱글싱글 웃으면서 얼굴을 마주 보았다. 파가넬은 한바탕 웃음을 터뜨리더니, 앞으로는 여행하는 동안 두 번 다시 얼빠진 짓을 하지 않겠다고 '명예를 걸고' 맹세했다. 그런 다음 자기가 스페인어를 배울 때 저지른 치명적인 실수와 카몽이스의 작품에 대한 심오한 연구 결과를 재미나게 이야기했다.

"요컨대……" 하고 그는 결론 삼아 이렇게 덧붙였다. "불행도 무언가에 도움이 되는 법이지요. 나는 그래서 내 실수를 애석하게 생각하지 않습니다."

"왜요?" 소령이 물었다.

"왜냐하면 나는 지금 스페인어만이 아니라 포르투갈어도 알게 되었으니까요. 1개 국어가 아니라 2개 국어를 말할 수 있으니까요!"

"아니 정말 그렇군요. 거기까지는 미처 생각지 못했네요." 맥내브스 소령이 대꾸했다. "훌륭해요, 파가넬. 정말 훌륭합니다!"

사람들은 파가넬에게 박수를 보냈고, 파가넬은 태연히 식사를 계속했다. 그리고 먹으면서 계속 이야기했다. 하지만 그는 글레나번이 놓치지 않은 어떤 사실을 깨닫지 못했다. 그것은 그의 옆자리에 앉아 있는 메리 그랜트에게 존 맹글스가 특별한 관심을 보이고 있다는 점이었다. 헬레나는 남편에게 의미심장한 눈짓을 하여 돌아가는 상황을 알려주었다. 글레나번은 애정과 공감이 담긴 눈으로 젊은 두 연인을 바라보았지만, 존을 대하는 태도에는 그런 마음을 드러내지 않았다. 그가 존에게 던진 질문은 전혀 다른 내용이었다.

"그런데 존, 자네 항해는 어땠나?"

"그보다 더 좋을 수는 없었을 겁니다." 선장이 대답했다. "그런데 이번에는 마젤란 해협을 지나는 항로를 택하지 않았습니다."

"아니, 뭐라고요?" 파가넬이 외쳤다. "그럼 혼 곶을 돌았군요. 그런데 그 배에 내가 없었다니!"

"목이라도 매시오!" 소령이 말했다.

"소령님이 그런 말을 하는 건 내 목을 맨 밧줄*을 갖고 싶어서겠죠? 이기주의자 양반 같으니라고!" 지리학자가 응수했다.

"파가넬 씨, 편재 능력이라도 갖지 않는 한 한 사람이 동시에 두 곳에 있을 수는 없어요." 글레나번이 말했다. "선생은 팜파스를 가로지르고 있었으니까, 그와 동시에 혼 곶을 돌 수는 없지요."

"그래도 역시 나는 유감입니다." 학자가 대답했다.

---

* 서양에서는 목을 맬 때 쓴 밧줄이 행운을 가져다준다고 한다.

하지만 사람들은 더 이상 그를 몰아붙이지 않았고, 존 맹글스는 항해에 대한 이야기를 계속했다. 남아메리카 대륙의 해안을 따라가는 동안 그는 서쪽의 군도를 빠짐없이 관찰했지만 '브리타니아'호의 흔적은 전혀 발견하지 못했다. 해협 입구에 있는 필라르 곶까지 오자 역풍이 불었기 때문에 뱃머리를 남쪽으로 돌렸다. '덩컨'호는 데솔라시온 제도를 따라 남위 67도선까지 가서 혼 곶 앞을 돌아 푸에고 섬 옆을 지나고 르메르 해협을 통과한 뒤 파타고니아 연안을 따라 북상했다. 코리엔테스 곶 앞바다에서 지독한 돌풍을 만났는데, 이것이 바로 폭풍우가 몰아칠 때 여행자들을 그렇게 맹렬히 습격한 바로 그 돌풍이었다. 하지만 '덩컨'호는 그것을 모두 견디고 계속 전진했다. 그리고 사흘 전부터 요트는 난바다를 떠돌아다니고 있었는데, 그러는 동안 총성이 울려서 애타게 기다리고 있던 여행자들의 도착을 알려주었다. 여기서 꼭 덧붙여야 할 것은 헬레나와 메리가 폭풍우에도 겁을 먹지 않았다는 사실이다. 그들이 조금이라도 불안감을 보였다면, 그것은 바로 그때 아르헨티나 평원을 헤매고 있는 사람들을 걱정할 때였다.

　존 맹글스의 이야기는 이렇게 끝났다. 글레나번은 그를 치하하고 메리 그랜트에게 말했다.

　"존 선장은 메리의 뛰어난 장점을 극구 칭찬하는데, 메리가 선장의 배에서 만족스럽게 지내고 있다고 생각하니 정말 기쁘군."

　"어떻게 만족하지 않을 수 있겠어요?" 메리는 헬레나와 젊은 선장에게 눈길을 던지면서 대답했다.

　"선장님, 누나는 선장님을 좋아해요." 로버트가 외쳤다. "그리고 저도 선장님이 좋아요!"

이 말을 듣고 메리의 얼굴이 발그레하게 물들었다.

"나도 네가 좋아, 꼬마야." 존 맹글스도 조금 부끄러워하면서 대답했다.

이어서 존 맹글스는 좀 더 안전한 화제로 대화의 방향을 돌렸다.

"'덩컨'호의 항해 이야기는 끝났으니까, 이번에는 나리께서 아메리카 대륙 횡단과 우리 소년 영웅의 무훈에 대해 좀 더 자세히 말씀해주시지요."

헬레나와 메리에게는 어떤 이야기도 이보다 더 즐거울 수는 없었을 것이다. 그래서 글레나번은 당장 그들의 궁금증을 만족시켜주려고 했다. 그는 하나의 대양에서 또 다른 대양으로 넘어가는 동안 일어난 사건들을 순서대로 자세히 이야기했다. 안데스 산맥을 넘고, 지진을 겪고, 로버트가 실종되고, 콘도르에게 납치당하고, 탈카베가 총을 쏘아 구출하고, 붉은 늑대 무리에게 습격당하고⋯⋯ 소년의 희생적인 행위와 홍수의 범람, 옴부 나무로의 피난, 천둥과 화재, 악어 떼의 공격, 회오리, 대서양 연안에서 보낸 하룻밤⋯⋯ 유쾌하기도 하고 무섭기도 한 이런 사건들은 듣는 이들에게 기쁨과 놀라움을 불러일으켰다. 온갖 사건이 보고되었고, 메리와 헬레나는 로버트를 끌어안고 키스를 퍼부었다. 로버트가 여자에게 이렇게 뜨거운 입맞춤을 받은 것은 난생처음이었다.

글레나번은 이야기를 끝내고 이렇게 덧붙였다.

"자, 그러면 여러분, 이제 당면한 문제를 생각합시다. 과거는 지난 일이지만 미래는 우리의 것입니다. 그랜트 선장 문제로 돌아갑시다."

아침식사는 어느새 끝나 있었다. 식사를 마친 사람들은 헬레나의 개인용 살롱으로 돌아갔다. 그들은 지도와 해도를 잔뜩 펼쳐놓은 탁자 주위에 둘러앉아 당장 이야기를 나누기 시작했다.

"헬레나." 글레나번이 말했다. "배에 올라탔을 때 내가 당신한테 말했지. '브리타니아'호의 조난자들을 데려오지는 못했지만 그들을 찾아낼 수 있다는 희망은 전보다 더 커졌다고. 이 신념, 아니 좀 더 정확히 말하면 이 확신은 우리가 대륙을 횡단한 결과로 생겨난 거야. 조난은 태평양이나 대서양 연안에서 일어난 게 아니라고 확신해. 그래서 그 문서에서 끌어낸 해석은 적어도 파타고니아에 대해서는 틀렸다는 결론이 나오지. 정말 다행히도 파가넬 선생한테 갑자기 영감이 떠올라 잘못을 발견해 주셨어. 파가넬 선생은 우리가 잘못된 코스를 택했다는 것을 증명해주고, 더 이상 어떤 의심과 망설임도 우리 마음에 남지 않도록 문서를 다시 해석해주었지. 문제가 되고 있는 것은 프랑스어로 된 문서인데, 파가넬 씨, 여기에 대해서는 선생이 직접 설명해주면 좋겠군요."

학자는 당장 설명하기 시작했다. 그는 'gonie'와 'indi'라는 낱말에 대해 설득력 있는 주장을 폈고, 'austral'이라는 낱말에서 엄밀한 분석 과정을 거쳐 '오스트레일리아'라는 낱말을 끌어냈다. 그랜트 선장이 유럽으로 돌아가려고 페루 연안을 떠난 뒤, 배가 항해할 수 없는 상태에 빠졌기 때문에 태평양의 남쪽 조류를 타고 오스트레일리아 연안까지 떠내려갔을 가능성이 있다는 점을 논증했다. 결국 그의 뛰어난 가설, 지극히 절묘한 연역적 추론은 이런 문제에 대해서는 까다로운 비판자이고 절대로 공상이나 망상에 이끌리지 않는 존 맹글스의 전면적인 동의

학자는 당장 설명하기 시작했다.

를 얻었다.

파가넬이 논증을 끝내자 글레나번은 '덩컨'호의 뱃머리를 당장 오스트레일리아로 돌리겠다고 말했다.

하지만 맥내브스 소령이 뱃머리를 동쪽으로 돌리라는 명령을 내리기 전에 한 가지만 의견을 말하게 해달라고 요청했다.

"말해보세요, 소령님." 글레나번이 말했다.

"내 목적은 파가넬 씨의 주장을 약화시키는 것도 아니고, 물론 반박하는 것도 아닐세. 그 주장은 실로 진지하고 통찰에 가득 차 있으니까 우리로서는 당연히 관심을 기울여야 하네. 그리고 앞으로는 그것이 수색의 기초를 이루어야겠지. 하지만 나는 그 가치가 의심받지 않도록, 실제로 의심하는 사람이 없도록, 마지막으로 한 번 더 그것을 검토하고 싶네."

신중한 맥내브스 소령이 무슨 말을 하려고 하는지 몰라서, 모두 불안한 표정으로 그의 말에 귀를 기울었다.

"계속하세요, 소령님." 파가넬이 말했다. "나는 소령님의 어떤 질문에도 답변할 용의가 있습니다."

"내 질문은 지극히 간단한 거요. 다섯 달 전에 클라이드 만에서 우리가 문서 세 개를 검토했을 때, 그때는 그 해석이 자명한 것으로 여겨졌었소. 조난 장소는 파타고니아 서해안일 수밖에 없었고, 그 점에 대해서는 전혀 의심하지 않았지."

"그렇습니다." 글레나번이 말했다.

"그 후 파가넬 씨가 그 기적적인 실수로 우리 배에 잘못 탔을 때, 문서를 그에게 보여주었더니 선생도 우리가 아메리카 대륙의 해안을 수색하는 데 전적으로 찬성했지."

"그건 나도 인정합니다." 지리학자가 대답했다.

"그런데도 우리는 틀렸어요." 소령이 말을 이었다.

"예, 우리는 틀렸습니다." 파가넬은 앵무새처럼 소령의 말을 되풀이했다. "하지만 잘못을 저지르는 건 인간적인 것이지만, 잘못을 고치지 않는 건 바보일 뿐입니다."

"파가넬 씨, 잠깐만!" 소령이 말했다. "흥분하지 마시오. 나는 우리의 수색이 앞으로도 아메리카에서 계속되어야 한다고 말하려는 게 아니오."

"그럼 요구하는 게 뭡니까?" 글레나번이 물었다.

"인정하는 것, 그것뿐일세." 소령이 대답했다. "얼마 전까지만 해도 아메리카 대륙이 '브리타니아'호가 조난한 장소로 보였듯이 지금은 오스트레일리아가 조난 장소로 보인다고 인정하는 것."

"그건 기꺼이 인정하겠습니다." 파가넬이 대답했다.

"그렇다면 좋아요." 소령이 말했다. "말이 나온 김에 한마디 더 하자면, 차례로 나타나는 모순된 증거를 상상의 근거로 삼지 마세요. 오스트레일리아 다음에는 또 다른 나라가 전처럼 확실한 조난 장소로 떠오를지 모르고, 그 새로운 수색이 아무 성과도 없이 끝나면 또 다른 곳이 '명백한' 조난 장소로 여겨질지도 모르니까."

글레나번과 파가넬은 얼굴을 마주 보았다. 소령의 지적이 너무나 적절하고 정당하게 여겨졌기 때문이다.

"그래서 나는……" 하고 소령이 말을 이었다. "오스트레일리아로 떠나기 전에 마지막으로 다시 한 번 점검하고 싶군요. 여기에 문서가 있고, 지도도 있어요. 37도선이 지나고 있는 모든 지점을 차례로 조사해봅시다. 그리고 문서가 정확하게 지시하고 있는 나라를 어딘가 다른 곳으로 생각할 수는 없는지 살펴봅시다."

"그건 쉬운 일이고 시간도 별로 걸리지 않습니다." 파가넬이 대답했다. "다행히 이 위도에는 육지가 별로 많지 않으니까요."

"자, 살펴봅시다." 소령이 메르카토르 투영법*으로 작성되어 지구 전체를 한눈에 볼 수 있는 평면구형도를 펼치면서 말했다.

지도는 헬레나 앞에 놓였고, 사람들은 파가넬의 논증 과정을 따라갈 수 있도록 지도 주위에 모였다.

"이미 말했지만 37도선은 남아메리카를 떠난 뒤 트리스탄다쿠냐†에 닿습니다. 우선 지적해두자면 프랑스어 문서의 'contin'이라는 단어는 결정적으로 '대륙'을 의미합니다. 따라서 그랜트 선장이 섬에 불과한 뉴질랜드로 피난했다고는 생각할 수 없습니다. 어쨌든 단어를 검토하고 비교하고 자세히 보세요. 그리고 만에 하나라도 이 지방에 해당하는지 어떤지 보세요."

"전혀 해당되지 않는데요." 존 맹글스가 문서와 지도를 면밀히 관찰한 뒤 대답했다.

"그래요." 소령을 포함하여 파가넬의 말을 들은 사람들은 모두 그렇게 말했다. "맞아요. 뉴질랜드일 리는 없어요."

"그런데 이 뉴질랜드 섬과 아메리카 대륙 연안을 갈라놓고 있는 이 넓은 바다에서 37도선이 가로지르고 있는 것은 불모의 작

---

* 지구 위에서 방위가 일정한 선은 모두 직선으로 표시되는 지도 투영법이다. 네덜란드의 측지학자 메르카토르가 원통 도법을 개량한 것으로, 항해도 따위에 쓰인다.
† 대서양 남부에 있는 섬. 세계에서 가장 외딴섬으로 알려져 있다. 1502년 포르투갈인이 발견했을 때는 무인도였으며, 1815년 영국군이 세인트헬레나 섬에 유배된 나폴레옹을 감시하기 위해 점령했다.

은 섬 하나뿐입니다."

"그 섬 이름은?" 소령이 물었다.

"지도를 보세요. 마리아테레지아.* 문서에는 이름이 나오지 않습니다."

"그렇군요." 글레나번이 말했다.

"완전히 확실하다고까지는 말할 수 없지만, 모든 가능성이 오스트레일리아 대륙을 지향하고 있지는 않은지 여러분이 판단해 주세요."

"확실히 그렇군요." '덩컨'호의 선장도 승객들도 이구동성으로 대답했다.

그러자 글레나번이 말했다.

"존, 식량과 석탄은 충분한가?"

"예, 나리. 탈카우아노에서 충분히 보급해두었고, 연료는 케이프타운†에서 쉽게 보급할 수 있을 겁니다."

"좋아. 그러면……."

"한 가지 더 말할 게 있네." 소령이 글레나번을 가로막으며 말했다.

"말씀해보세요, 소령님."

"오스트레일리아에서 성공할 가능성이 얼마나 있든지 간에 트리스탄다쿠냐와 암스테르담 섬에도 하루나 이틀쯤 기항해보는 게 좋지 않을까? 그 섬들은 우리가 가는 뱃길에 있으니까 코

---

* 남태평양, 뉴질랜드 동쪽에 있는 작은 화산섬.
† 남아프리카공화국 동남쪽 테이블 만에 접해 있는 도시. 배후에 테이블 산이 있고 부근에 희망봉이 있다. 남아프리카 공화국 의회의 소재지로서, 행정부가 있는 프리토리아와 더불어 수도의 지위를 나누어 맡고 있다.

스에서 벗어나는 것도 아니야. 가는 길에 들러보면 '브리타니아'호가 그곳에 조난의 흔적을 남겨놓았는지 알 수 있겠지."

"참 의심 많은 양반이군." 파가넬이 외쳤다. "아직도 그걸 고집하고 있다니!"

"나는 오스트레일리아가 우리의 희망을 실현해주지 않을 경우, 어쩔 수 없이 같은 길을 되돌아오고 싶지 않을 뿐이오."

"그거 괜찮은 예방책 같은데요." 글레나번이 말했다.

"나도 그런 예방책을 취할 필요는 없다고 주장할 생각은 없습니다. 오히려 그 반대예요." 파가넬이 말했다.

"그러면 트리스탄다쿠냐로 곧장 가세, 존." 글레나번이 말했다.

"예, 알겠습니다." 선장이 대답하고 갑판으로 올라갔다.

한편 로버트와 메리 그랜트는 더없이 뜨거운 감사의 말을 글레나번에게 퍼부었다.

이윽고 '덩컨'호는 남아메리카 대륙 해안을 떠나, 그 날카로운 용골*로 대서양의 파도를 힘차게 가르면서 동쪽으로 달리기 시작했다.

* 선박 바닥의 중앙을 받치는 길고 큰 재목. 이물에서 고물에 걸쳐 선체를 받치는 기능을 한다.

# 2

## 트리스탄다쿠냐 섬

요트가 적도를 따라 달렸다면, 남아메리카 대륙과 오스트레일리아 사이, 좀 더 정확히 말하면 코리엔테스 곶*과 베르누이 곶†을 갈라놓고 있는 경도 196도의 거리는 1만 8720킬로미터다. 하지만 남위 37도선에서는 같은 196도라 해도 지구의 둥근 모양 때문에 그 거리는 1만 5180킬로미터밖에 안 된다. 남아메리카 대륙 해안에서 트리스탄다쿠냐 섬까지의 거리는 3400킬로미터에 이르지만, 존 맹글스는 동풍이 배의 속도를 늦추지만 않는다면 열흘 만에 도착할 수 있을 거라고 생각했다. 그런데 일이 정말 만족스럽게 되어가서, 저녁때 바람이 잔잔해지더니 방향을 바꾸었고, '덩컨'호는 잔잔한 바다에서 비할 데 없는 자신의

---

* 아르헨티나 동북부의 대서양 연안에 있는 항구 도시 마르델플라타의 동쪽 끝.
† 오스트레일리아 중남부 사우스오스트레일리아 주 서쪽의 남태평양 연안. 현재는 '자파 곶'으로 불리고 있다.

장점을 충분히 발휘할 수 있었다.

승객들은 그날이 다 지나기도 전에 벌써 선상 생활의 습관을 되찾고 있었다. 그들이 한 달 동안이나 배를 떠나 있었다는 게 믿기지 않을 정도였다. 그들의 눈앞에는 이제 태평양이 아니라 대서양이 펼쳐져 있었지만, 약간의 뉘앙스를 제외하면 두 바다는 거의 차이가 없었다. 그들을 그토록 거칠게 다루었던 자연은 이제 힘을 모아 최대한 그들을 돕고 있었다. 바다는 잔잔하고, 바람은 좋은 방향에서 불어오고, 서쪽에서 불어오는 미풍을 향해 펼쳐진 돛들은 가볍게 펄럭이면서 보일러 안에 비축된 지칠 줄 모르는 증기와 협력했다.

그래서 이 항해는 사고도 고장도 없이 빠른 속도로 계속되었다. 그들은 모두 안심하고 오스트레일리아 해안이 보이기를 기다리고 있었다. 가능성은 확실성으로 바뀌었다. 그랜트 선장에 대해 이야기할 때 사람들은 마치 확실히 정해져 있는 어느 항구로 그랜트 선장을 데리러 가는 듯한 말투를 쓰기 시작했다. 그랜트 선장의 선실과 두 선원의 침대도 배 안에 이미 마련되었다. 메리 그랜트는 그 선실을 손수 정돈하고 꾸미면서 즐거워했다. 지금까지 그 선실을 사용했던 올비넷은 미래의 손님에게 방을 양보하고 아내와 방을 같이 쓰고 있었다. 그랜트 선장이 쓰게 될 선실은 자크 파가넬이 '스코샤'호에 예약했던 6호실의 옆방이었다.

박식한 지리학자는 거의 언제나 그 선실에 틀어박혀 있었다. 그는 아침부터 밤까지 〈아르헨티나 팜파스에서 한 지리학자가 받은 숭고한 인상〉이라는 저술에 몰두해 있었다. 그가 머리에 떠오른 고아한 문장을 하얀 공책에 적어 넣기 전에 감동적인 목소리로 중얼거리는 소리가 들렸다. 그리고 그가 역사의 여신인 클레이오*를 배신하고 감격에 겨워 서사시의 뮤즈인 칼리오페를 불러낸 것도 한두 번이 아니었다.

게다가 파가넬은 그것을 감추려고도 하지 않았다. 아폴론의 순결한 딸들은 그의 부름을 받으면 기꺼이 헬리콘 산과 파르나소스 산†에서 내려오곤 했다. 헬레나는 진심으로 그에게 찬사를 보냈고, 소령도 여신들의 방문을 축하했다.

"하지만 또 얼빠진 짓을 하지 않도록 조심하시오, 파가넬 씨." 소령이 덧붙여 말했다. "오스트레일리아어를 공부할 마음이 들었을 때 중국어 문법책으로 오스트레일리아어를 공부하지는 말라고요."

배에서는 만사가 아주 순조롭게 진행되었다. 글레나번과 헬레나는 존 맹글스와 메리 그랜트를 흥미롭게 관찰하고 있었다. 두 젊은이 사이를 비난할 이유는 전혀 없었다. 존 자신이 침묵을 지켰기 때문에 두 사람 사이를 모른 체하고 덮어두는 게 상책이었다.

"그랜트 선장은 어떻게 생각할까?" 어느 날 글레나번이 헬레나에게 말했다.

"둘이 잘 어울린다고 생각할 거예요. 그리고 그 생각은 옳아요."

그러는 동안에도 요트는 목적지를 향해 빠른 속도로 달리고 있었다. 코리엔테스 곶이 시야에서 멀어진 지 닷새 뒤인 11월

---

* 그리스 신화에 나오는 뮤즈(예술과 학문의 여신)들 가운데 하나로, 역사를 관장했다. 이 뮤즈들은 아폴론의 딸이 아니라 제우스 신의 딸들이었다.
† 그리스 중동부에 있는 산. 헬리콘 산은 아폴론과 뮤즈들이 사는 곳이고, 파르나소스 산에는 아폴론 신전이 있었다.

16일, 상쾌한 서풍이 느껴지기 시작했다. 이것은 남동쪽에서 끊임없이 불어오는 바람을 거슬러 아프리카 대륙의 끝을 돌아가는 배에는 아주 유용한 바람이었다.

'덩컨'호는 돛을 모두 펴고 전속력으로 달렸다. 스크루는 뱃머리에서 도망쳐가는 물을 거의 건드리지 않고 새처럼 물 위를 날아갔다. '덩컨'호는 마치 '로열 템스 클럽'에 소속된 요트들과 경주를 벌이고 있는 것처럼 보였다.

이튿날이 되자 바다는 거대한 해초에 덮여서 수초 가득한 넓은 연못처럼 보였다. 가까운 대륙에서 떠내려온 나무나 식물의 잔해로 이루어진 사르가소 해* 같았다. 모리† 함장은 특별히 이 사르가소 해를 항해하는 사람들에게 경고했고, 파가넬이 그곳을 팜파스에 비유한 것도 적절했다. '덩컨'호는 오래 계속되는 그 바다의 초원 위를 미끄러져 갔지만, 속도는 다소 느려졌다.

24시간 뒤인 새벽에 망을 보던 선원의 목소리가 들렸다.

"육지다!"

"어느 방향이지?" 당직인 톰 오스틴이 물었다.

"바람이 불어가는 쪽입니다."

언제 들어도 사람을 감동시키는 이 외침 소리에 요트의 갑판은 당장 사람들로 가득 찼다. 곧이어 망원경이 나타났고, 자크 파가넬이 망원경을 따라왔다.

학자는 사람들이 가르쳐준 방향으로 망원경을 돌렸지만 육지

* 북대서양 북위 20~35도·서경 30~70도의 넓은 지역에 걸쳐 있는 바다. 모자반류의 해조가 떠 있고 바람도 약하여 항해하기 어렵기 때문에 '마(魔)의 해역'이라 불렸다.
† 매슈 폰테인 모리(1806~1873): 미국의 해군 장교·해양학자.

같은 것은 전혀 보이지 않았다.

"구름 속을 보세요." 존 맹글스가 말했다.

"그렇군. 뾰족한 산 같은 게 있어요. 아직은 거의 안 보이지만."

"저게 트리스탄다쿠냐예요."

"내 기억이 틀리지 않다면 그 섬은 30킬로미터쯤 떨어져 있어요. 트리스탄다쿠냐에서 가장 높은 산은 높이가 2000미터쯤 되니까, 이렇게 멀리 떨어진 곳에서도 보이는 겁니다."

"그렇습니다." 존 맹글스 선장이 대답했다.

몇 시간 뒤에는 난바다에 깎아지른 듯이 솟아 있는 섬들이 수평선 위에 확실히 보이기 시작했다. 트리스탄다쿠냐의 최고봉인 원뿔 모양의 산이 햇빛을 받아 온갖 색깔로 빛나는 하늘을 배경으로 검게 떠올랐다. 북동쪽으로 기울어진 삼각형의 꼭짓점에 있는 바윗덩어리에서 곧 섬이 두드러지게 나타났다.

트리스탄다쿠냐는 남위 37도 8분, 그리니치 기준 서경 10도 44분에 자리 잡고 있다. 남서쪽으로 40여 킬로미터 떨어진 곳에는 인액세서블(접근할 수 없는) 섬, 북동쪽으로 10킬로미터 떨어진 곳에는 로시뇰 섬이 있어서, 이 섬들이 함께 대서양의 이 수역에 고립되어 있는 작은 섬 무리를 이루고 있다. 정오 무렵 트리스탄다쿠냐 제도의 이정표가 되는 두 개의 주요 안표가 보였다. 하나는 인액세서블 섬의 한쪽 구석에 있는 바위인데, 돛을 올린 배와 똑같은 모양을 하고 있었다. 또 하나는 로시뇰 섬 북쪽으로 불쑥 튀어나온 모서리에 있는 두 개의 작은 섬이었다. 이 섬들은 황폐한 요새와 비슷해 보였다. 3시에 '덩컨'호는 헬프 곶이라고 불리는 언덕이 서풍으로부터 지켜주고 있는 트리스탄다쿠냐의 팰머스 만으로 들어갔다.

그곳에는 이 해안에 수많은 종류가 살고 있는 바다표범과 그 밖의 해양 동물을 사냥하는 포경선들이 조용히 닻을 내리고 있었다.

존 맹글스는 좋은 정박지를 찾으려고 열심이었다. 이곳의 외국 선박용 정박지는 북풍이나 북서풍이 불 때는 아주 위험해서, 1829년에 영국의 쌍돛선인 '줄리아'호가 화물과 함께 실종된 곳이 바로 여기였다. '덩컨'호는 해안에서 10킬로미터 떨어진 곳까지 접근하여 30미터 깊이의 바위에 닻을 내렸다. 승객들은 당장 보트를 타고 섬에 상륙했다. 화산암이 잘게 부서져서 생긴 해안의 검은 모래는 손으로 퍼 올릴 수도 없을 만큼 고왔다.

트리스탄다쿠냐 제도 전체의 수도는 만의 막다른 곳에서 아주 높은 물소리를 내고 있는 강 연안의 작은 마을이었다. 그곳에는 50호 정도의 깨끗한 집들이 질서 정연하게 늘어서 있었는데, 영국 건축학의 장기인 기하학적 규칙성을 보여주고 있었다. 이 축소판 도시 뒤에는 넓은 용암대지에 둘러싸인 100헥타르의 평지가 펼쳐져 있고, 그 대지 위에 높이가 2000미터에 이르는 원뿔 모양의 봉우리가 하늘 높이 솟아 있었다.

영국령 케이프 식민지*에서 파견된 총독이 글레나번 경을 맞아주었다. 글레나번은 당장 해리 그랜트와 '브리타니아'호에 대해 물어보았다. 총독은 이 두 이름을 전혀 모르고 있었다. 트리스탄다쿠냐 제도의 섬들은 뱃길에서 벗어나 있고, 그래서 찾아오는 배도 별로 없다. 1821년에 '블렌던홀'호가 인액세서블 섬

---

* 1652년 네덜란드 동인도회사가 설립한 남아프리카에 있던 식민지. 케이프타운을 중심으로 발전했으며, 1795년에 영국령 식민지가 되었다.

트리스탄다쿠냐 섬.

의 바위에 충돌한 유명한 조난 사건이 일어난 이후, 배 두 척이 섬 근처의 얕은 여울에서 좌초했는데, 1845년에 프랑스의 '프리모게'호가 좌초했고, 1857년에 미국의 '필라델피아'호가 좌초했다. 트리스탄다쿠냐 주변에서 일어난 해난 사고는 이 세 번의 비극뿐이었다.

글레나번도 그보다 더 확실한 정보를 기대하지는 않았기 때문에 혹시나 해서 총독에게 물어보았을 뿐이다. 그는 보트를 타고 섬을 한 바퀴 돌았지만, 이 섬의 둘레는 기껏해야 30킬로미터에 불과했다. 섬이 지금보다 세 배나 컸다 해도, 런던이나 파리 같은 대도시는 섬 안에 들어갈 수 없었다.

그가 섬 주변을 정찰하는 동안 '덩컨'호의 승객들은 마을 안과 가까운 해안을 산책했다. 트리스탄다쿠냐의 인구는 150명도 채 되지 않는다. 그들은 흑인 여자나 케이프 식민지의 호텐토트족* 여자와 결혼한 영국인과 미국인이었다. 이 잡혼 가정의 아이들은 색슨인의 엄격함과 아프리카인의 검은 피부가 참으로 불쾌하게 결합된 예를 보여주었다.

발밑에 단단한 대지를 느끼고 즐거워하는 관광객들은 섬의 이 부분에만 존재하는 평탄한 경작지에 인접한 해안에서 산책을 계속했다. 이곳 이외의 해안은 어디나 깎아지른 불모의 용암 절벽으로 이루어져 있었다. 그곳에는 거대한 신천옹†과 얼빠진

---

* 아프리카 남서부에 사는 원주민. 부시먼과 비슷하다.
† 슴샛과의 바닷새. 거위와 비슷한데 몸의 길이는 90센티미터, 편 날개의 길이는 2미터 정도이며, 몸은 흰색, 날개와 꽁지는 검은색, 부리는 분홍색이고 매우 크다. 비행력이 강하여 오래 날 수 있고, 지치면 바다 위에 떠서 쉰다. 영어로는 '앨버트로스'라고 부른다.

펭귄이 수십만 마리나 모여 있었다.

방문객들은 이런 화성암을 조사해본 뒤 평지 쪽으로 물러갔다. 원뿔 모양의 봉우리에 쌓인 만년설에서 발원하는 수많은 시내가 여기저기서 물소리를 내고 있었다. 꽃과 거의 맞먹을 만큼 많은 참새가 앉아 있는 푸른 숲이 땅을 물들이고 있었다. 높이가 6미터나 되는 나무와 줄기가 목질인 거대한 '튜세'라는 식물이 푸른 목초지에서 우뚝 솟아 있었다. 씨에 가시가 나 있는 덩굴식물, 가느다란 줄기가 복잡하게 얽혀 있는 양치류, 아주 강인한 몇 종류의 관목, 향유 같은 향기가 미풍을 강렬한 냄새로 가득 채우는 '안세린', 이끼, 야생 셀러리가 수는 많지 않지만 풍부한 식물상을 이루고 있었다. 영원한 봄이 그 부드러운 영향을 이 혜택받은 섬에 쏟아 붓고 있는 듯이 느껴졌다. 이곳이야말로 페늘롱*이 《텔레마크의 모험》에서 노래한 그 유명한 오기기아 섬이라고 파가넬은 감격하여 말했다. 그는 헬레나에게 동굴을 하나 찾아서 사랑스러운 칼립소†의 뒤를 잇는 게 어떠냐고 권했고, 그 자신은 '칼립소를 섬기는 일개 님프' 이외의 어떤 역할도 원하지 않는다고 말했다.

사람들은 이렇게 잡담을 나누거나 감탄사를 연발하면서 밤이 될 무렵 요트로 돌아왔다. 마을 주위에서는 소와 양들이 풀을

---

* 프랑수아 드 페늘롱(1651~1715): 프랑스의 종교가이자 소설가. 그의 대표작인 소설 《텔레마크의 모험》은 유토피아적 이상 사회를 기술하여 계몽사상 형성에 큰 역할을 했다.
† 그리스 신화에 나오는 님프(요정). 전설의 섬 오기기아에 살았는데, 트로이 전쟁이 끝난 뒤 배를 타고 귀향길에 오른 오디세우스가 강풍을 만나 표류하다가 홀로 이 섬에 도착했다. 오디세우스를 사랑한 칼립소는 고향으로 돌아가고 싶어 하는 그를 7년 동안이나 놓아주지 않았다.

뜯고 있었다. 보리나 옥수수, 또는 40년 전에 이곳에 들어온 채소가 도로까지 점령하여 번성하고 있었다.

글레나번이 배로 돌아왔을 때 '덩컨'호의 보트도 모선으로 돌아왔다. 그 보트들이 돌아보고 온 곳에서는 '브리타니아'호의 흔적이 하나도 발견되지 않았다. 따라서 이 항해는 수색 계획표에서 트리스탄다쿠냐 섬을 결정적으로 제외시키는 것 말고는 아무런 성과도 거두지 못했다.

이제 '덩컨'호는 대서양의 이 외딴섬을 떠나 계속 동쪽으로 나아갈 수 있었다. 그날 밤 안으로 출범하지 않은 것은 바다송아지, 바다사자, 바다곰, 바다코끼리 따위의 이름으로 불리는 수많은 바다표범이 팰머스 만 연안에 우글거리고 있어서 선원들이 사냥하는 것을 글레나번이 허락했기 때문이다. 옛날에는 고래가 이 해역에 자주 나타났지만, 너무 많은 어부가 고래를 쫓아다니며 작살을 던졌기 때문에 고래는 이제 거의 남아 있지 않았다. 반면에 바다와 육지 양쪽에서 사는 동물들은 무리를 이루어 이곳에 모였다. 선원들은 밤의 어둠을 틈타서 그 짐승들을 사냥하고 이튿날 대량의 기름을 만들기로 했다. 그래서 '덩컨'호의 출범은 이틀 뒤인 11월 20일로 연기되었다.

저녁식사를 하는 동안 파가넬이 트리스탄다쿠냐 제도에 대해 잠깐 이야기한 내용이 듣는 이들의 흥미를 끌었다. 1506년에 알부케르크*의 동료인 포르투갈의 트리스탄 다 쿠냐가 발견한 이 섬들은 그 후 한 세기가 넘도록 사람의 발길이 닿지 않은 상태로 남아 있었다고 한다. 이 섬들은 허리케인의 발생지로 여

* 아폰수 드 알부케르크(1453~1515): 포르투갈의 군인·항해 정복자.

겨졌고(그렇게 여겨질 이유가 없는 것은 아니었지만), 그래서 버뮤다 제도* 못지않은 악명을 얻었다. 그 때문에 사람들은 이곳에 거의 들르지 않았고, 허리케인에 본의 아니게 떠밀려오는 배를 제외하고는 어떤 배도 결코 이곳에 접근하지 않았다.

1697년에 동인도회사에 소속된 네덜란드 배 세 척이 이곳에 기항하여 경도와 위도를 측정했고, 천문학자인 핼리†가 1700년에 그들의 계산을 검증했다. 1712년부터 1767년까지 몇 명의 프랑스 항해자가 이곳을 방문했고, 특히 라페루즈‡는 1785년의 그 유명한 항해 때 이곳에 왔다.

그때까지 찾아오는 사람이 거의 없었던 이 섬들은 무인도로 남아 있었지만, 1811년에 미국인인 조너선 램버트가 이곳에 정착할 계획을 세웠다. 그와 두 동료는 1월에 이 섬에 상륙하여 식민자로서 용감하게 활약했다. 이들의 활약상을 알게 된 케이프 식민지의 총독은 영국이 그들을 보호해주겠다고 제의했다. 조너선은 이를 승낙하고 오두막 위에 영국 국기를 내걸었다. 그는 이탈리아계 노인 한 명과 포르투갈계 물라토(혼혈) 한 명으로 이루어진 '인민'을 평화롭게 다스리고 있었던 것인데, 어느 날 자신의 제국 해안을 순시하다가 물에 빠져 죽었다(아니면 누군가가 그를 물에 빠뜨려 죽였는지도 모른다). 1816년에 영국은 세인트헬레나 섬에 유배된 나폴레옹을 더욱 엄격하게 감시하기

---

* 북대서양 서쪽에 있는 영국령 자치 식민지로, 갈고리 모양으로 산재한 여러 섬들(7개의 큰 섬과 180여 개의 작은 섬)로 이루어져 있다.
† 에드먼드 핼리(1656~1742): 영국의 천문학자. 1682년에 핼리 혜성을 발견했다.
‡ 라페루즈 백작(1741~1788): 프랑스의 해군 장교·해양 탐험가. 태평양 조사의 임무를 띠고 항해하여, 우리나라 근해(남해안과 동해안)를 지나가기도 했다.

위해 아센시온 섬에 부대를 주둔시키고, 트리스탄다쿠냐 섬에도 주둔부대를 두었다. 트리스탄다쿠냐에 주둔한 부대는 케이프 식민지의 포병중대와 호텐토트족 분견대로 이루어져 있었는데, 이 부대는 1821년까지 거기에 머물렀고, 세인트헬레나 섬의 유배객이 죽은 뒤 케이프·식민지로 송환되었다.

"그런데 단 한 명의 유럽인……" 하고 파가넬이 덧붙였다. "그 부대의 하사였던 스코틀랜드인이……."

"아아, 스코틀랜드인이!" 같은 고향 사람 이야기만 나오면 언제나 각별한 흥미를 느끼는 소령이 말했다.

"윌리엄 글래스라는 사람이었는데, 그가 아내와 호텐토트족 두 명과 함께 섬에 남았어요. 곧 영국인 두 명, 한 사람은 선원이었고, 또 한 사람은 아르헨티나에서 용기병으로 복무한 적이 있는 템스 강의 어부였는데, 이 두 사람이 그 스코틀랜드인과 합류했지요. 마지막으로 1821년에 '블렌던홀'호의 조난자 한 사람이 젊은 아내를 데리고 트리스탄다쿠냐 섬으로 피난했어요. 그래서 1821년에는 트리스탄다쿠냐 섬에 남자 여섯 명과 여자 두 명이 있게 되었고, 1829년에는 인구가 남자 일곱 명과 여자 여섯 명에 아이 열네 명으로 늘어났지요. 1835년에는 인구가 마흔 명이 되었고, 지금은 그 두 배가 되었지요."

"국민이라는 건 그런 식으로 시작되는 겁니다." 글레나번이 말했다.

"트리스탄다쿠냐의 역사를 보충하기 위해 덧붙여 말하면……" 하고 파가넬이 말을 이었다. "이 섬은 후안페르난데스 섬*과

* 남태평양 칠레 중부 앞바다에 있는 화산섬.《로빈슨 크루소》의 모델이 된 스코틀랜드의 선원 셀커크는 이 섬에서 4년 4개월 동안 혼자 지냈다고 한다.

마찬가지로 '로빈슨 크루소의 섬'이라고 부르기에 어울린다고 생각합니다. 실제로 두 선원이 차례로 후안페르난데스 섬에 남겨졌듯이, 두 명의 학자가 하마터면 트리스탄다쿠냐 섬에 남겨질 뻔했어요. 1793년에 나와 같은 프랑스 사람인 박물학자 오베르 뒤프티-투아르가 식물채집에 열중하다가 그만 길을 잃고, 선장이 닻을 올릴 때에야 겨우 배로 돌아갈 수 있었지요. 1824년에는 글레나번 경의 동포이고 뛰어난 화가인 오거스터스 얼이 8개월 동안 섬에 남겨졌습니다. 그가 타고 있던 배의 선장이 그가 상륙한 것을 깜박 잊고 케이프 식민지로 떠나버렸던 거예요."

"정말 얼빠진 선장이라고 불러도 되겠군." 소령이 말했다. "파가넬 씨, 그 선장이 혹시 당신의 친척 아니오?"

"친척은 아니지만, 친척이 될 자격은 충분히 있었지요!"

지리학자의 확실한 대답으로 대화는 막을 내렸다.

밤에 '덩컨'호 선원들은 사냥에서 커다란 바다표범을 무려 쉰 마리나 잡는 성과를 거두었다. 글레나번으로서도 사냥을 허락한 이상, 사냥으로 잡은 바다표범을 이용하는 것을 금지할 수 없었다. 그래서 이튿날은 바다표범의 기름을 채취하고 가죽을 벗기면서 하루를 보냈다. 물론 승객들은 섬에 기항한 지 이틀째 되는 이날도 섬을 구경하고 돌아다녔다. 글레나번과 소령은 섬에서 잠깐 사냥을 해볼 작정으로 총을 가지고 갔다. 그들은 이리저리 산책하면서 부서진 바위나 다공질의 검은 용암이나 그 밖의 화산암 찌꺼기에 덮인 산기슭까지 가보았다. 산자락은 흔들거리는 바위 속에서 빠져나와 있었다. 거대한 원뿔 모양의 산이 지닌 성질을 잘못 볼 리가 없었다. 영국인 함장

'덩컨'호 선원들은 사냥에서 좋은 성과를 거두었다.

카마이클*이 이것을 사화산으로 인정한 것은 옳았다.

사냥꾼들은 멧돼지를 몇 마리 보았다. 그 가운데 한 마리는 소령이 쏜 총알을 맞고 쓰러졌다. 글레나번은 검은 자고새 몇 마리를 쏘아서 떨어뜨리는 것으로 만족하고, 요리사에게 그 새로 훌륭한 스튜를 만들게 해야겠다고 생각했다. 높은 대지 위에 많은 산양이 보였다. 개도 두려워할 만큼 용맹하고 사납고 억센 살쾡이는 급속도로 번식하고 있어서, 아마 언젠가는 번쩍 눈에 띄는 맹수가 될 것 같았다.

8시에 그들은 모두 배로 돌아갔고, 그날 밤 '덩컨'호는 두 번 다시 볼 일이 없는 트리스탄다쿠냐 섬을 떠났다.

---

* 휴 라일 카마이클(1764~1813): 영국의 해군 장교. 자메이카에 주재하면서 카리브 해 일대에서 활약했다.

# 3

## 암스테르담 섬

존 맹글스는 희망봉에서 석탄을 실을 생각이었다. 그래서 남위 37도선을 조금 벗어나 2도쯤 북상해야 했다. '덩컨'호는 무역풍대 밑에서 항해에 아주 유리한 강한 서풍을 만났다. 덕분에 '덩컨'호는 트리스탄다쿠냐 섬에서 아프리카 대륙의 남쪽 끝까지 240킬로미터 거리를 엿새 만에 주파할 수 있었다. 11월 24일 오후 3시에 테이블 산*을 보았고, 그리고 얼마 후 존 맹글스는 케이프 만의 입구를 알려주는 시그널 산을 보았다. 8시쯤 그는 만 안으로 들어가 케이프타운 항구에 닻을 내렸다.

파가넬은 지리학회 회원인 이상, 포르투갈 제독인 바르톨로메우 디아스†가 아프리카 대륙의 남단을 처음 발견했고 1497년

---

\* 남아프리카공화국 케이프타운 남쪽에 있는 산. 꼭대기가 평평하고 책상 모양을 하고 있어 테이블 산이라는 이름이 붙었다.
† 바르톨로메우 디아스(1450?~1500): 포르투갈의 항해가. 1488년에 아프리카 남동쪽 끝에 있는 희망봉을 발견했다(그는 이곳을 '폭풍의 곶'이라고 불렀다).

이 되어서야 비로소 유명한 바스코 다 가마*가 그곳을 돌았다는 사실을 모를 리가 없었다. 게다가 카몽이스가 《루시아다스》에서 그 위대한 항해자의 영광을 노래하고 있는 이상, 파가넬이 그것을 모를 리가 있겠는가? 하지만 이 점에 대해 그는 묘한 지적을 했다. 디아스가 1486년, 즉 크리스토퍼 콜럼버스가 제1차 항해를 하기 6년 전에 희망봉을 돌았다면 아메리카 대륙의 발견은 무기한 연기되었을지도 모른다는 것이다. 사실 동인도로 가려면 희망봉을 도는 뱃길이 가장 짧은 지름길이다. 그런데 서쪽으로 나아갈 때, 제노바 출신의 그 위대한 선원은 향료의 나라로 가는 뱃길을 단축하는 것밖에는 아무것도 바라지 않았다. 따라서 희망봉을 도는 뱃길이 일단 완성되어버리면 콜럼버스의 원정은 목적을 잃게 되고, 콜럼버스는 아마 그런 원정을 하지 않았을 것이다.

케이프 만의 배후에 있는 케이프타운은 1652년에 네덜란드 사람인 얀 반 리베크가 건설했는데, 1815년의 협정으로 영국령이 된 케이프 식민지의 수도였다. '덩컨'호의 승객들은 이곳에 기항한 기회를 이용하여 도시를 구경했다. 그러나 산책에 쓸 수 있는 시간은 열두 시간뿐이었다. 필요한 물자를 보급하는 데에는 하루면 충분했고, 그래서 선장은 26일 아침에는 출범하고 싶어 했기 때문이다.

그리고 체스판처럼 규칙적인 도시인 케이프타운을 둘러보는데 그 이상의 시간은 필요하지 않았다. 이 체스판 위에서 흑인

---

* 바스코 다 가마(1469?~1524): 포르투갈의 항해 탐험가. 희망봉을 도는 인도 항로를 개척했다.

과 백인 주민 3만 명이 킹이나 퀸, 기사나 보병, 그리고 어쩌면 광대 역할까지 맡고 있다. 도시 남동쪽에 서 있는 요새와 정부 청사, 거래소와 박물관, 디아스가 이곳을 발견했을 때 세운 돌 십자가를 돌아보고, 콘스탄시아 와인을 한 잔 마시고 나면 떠나는 것밖에는 할 일이 없었다. 실제로 여행자들은 이튿날 새벽에 그곳을 떠났다. '덩컨'호는 앞돛대와 주돛대의 돛은 물론 뱃머리의 삼각돛까지 올리고, 몇 시간 뒤에는 낙천적인 포르투갈 왕 주앙 2세가 어이없게도 '희망'이라는 이름을 붙여준 그 유명한 '폭풍의 곶'을 돌았다.

희망봉에서 암스테르담 섬*까지 4800킬로미터를 바다가 잔잔할 때 순풍을 받아 달리면 열흘 만에 주파할 수 있었다. 팜파스를 여행할 때보다 좋은 상황에서 항해하게 된 여행자들은 자연에 대해 불평할 이유가 없었다. 육지에서는 힘을 합쳐 그들을 방해한 공기와 물이 이 바다에서는 서로 협력하여 그들을 앞으로 나가게 했다.

"아아, 바다! 바다!" 파가넬이 자못 감격한 어조로 말했다. "바다야말로 뛰어난 인간의 힘이 발휘되는 곳이고, 배는 문명의 진정한 전달자입니다. 생각해보세요. 지구가 하나의 땅덩이에 불과했다면 19세기인 지금도 지구의 1000분의 1도 알려지지 않았을 겁니다! 대륙 내부에서 일어나는 일을 생각해보세요. 시베리아의 스텝, 중앙아시아의 평원, 아프리카의 사막, 아메리카의 대초원, 오스트레일리아의 황무지, 남극의 얼어붙은 무인지대…… 인간은 그런 곳에 들어갈 용기가 별로 없습니다. 아무

---

* 인도양 남쪽에 있는 프랑스령 무인도.

리 대담한 인간도 꽁무니를 빼고, 가장 용감한 인간도 좌절합니다. 그곳을 통과할 수는 없습니다. 운송 수단이 없으니까요. 더위, 질병, 원주민의 야만성…… 이 모든 것이 극복할 수 없는 장애를 이루고 있지요. 사막 100킬로미터는 바다 1000킬로미터보다 훨씬 더 사람들 사이를 갈라놓고 있습니다! 한쪽 해안과 다른 쪽 해안에 사는 사람끼리는 이웃이 될 수 있지만, 숲으로 격리되면 서로 아무 인연도 없는 처지가 되고 말지요. 영국은 오스트레일리아와 접해 있지만 이집트는 세네갈에서 수백 킬로미터나 떨어져 있는 것처럼 보이고, 베이징은 페테르부르크와 대척점에 있는 것처럼 보입니다. 바다는 오늘날 사하라 사막의 아주 작은 부분보다 더 쉽게 주파할 수 있습니다. 그리고 미국의 어느 학자가 적절하게 말했듯이, 세계의 모든 대륙 사이에 보편적인 근친 관계가 성립된 것은 바다 덕분이지요."

파가넬은 열띤 어조로 말했고, 소령조차 바다에 대한 이 찬가에는 불평할 수 없었다. 그랜트 선장을 찾기 위해 대륙을 가로질러 37도선을 더듬어가야 했다면, 이 계획은 시도조차 이루어지지 않았을 것이다. 하지만 바다가 있기에 이 용감한 수색대를 육지에서 육지로 운반해준다. 그리고 12월 6일의 서광이 비치기 시작했을 무렵 바다는 그 파도 속에서 새로운 산을 출현시켰다.

그것은 남위 37도 49분·동경 77도 33분에 있는 암스테르담 섬이었다. 그곳에 우뚝 솟아 있는 원뿔 모양의 봉우리는 맑은 날에는 80킬로미터나 떨어진 거리에서도 볼 수 있었다. 8시에는 아직 어렴풋하게밖에 보이지 않는 그 형상은 테네리페 섬의 모습을 상당히 정확하게 재현하고 있었다.

"그러니까 저 섬은 트리스탄다쿠냐와 비슷하군요." 글레나번이 말했다.

"정확한 판단입니다." 파가넬이 대답했다. "어느 섬과 비슷한 두 개의 섬은 서로 비슷하다는 지리학의 공리에 따르면 그렇다는 거죠. 덧붙여 말하면 트리스탄다쿠냐 섬과 마찬가지로 암스테르담 섬도 옛날 바다표범이나 로빈슨 크루소가 많았고, 지금도 있습니다."

"그러면 로빈슨은 어디에나 있군요?" 헬레나가 물었다.

"그런 종류의 모험이 없었던 섬을 나는 별로 알지 못합니다." 파가넬이 대답했다. "그리고 당신네 동포인 다니엘 디포*가 쓴 소설이 나오기 전에 이미 우연이 그 이야기를 현실화했지요."

"파가넬 선생님." 메리 그랜트가 말했다. "한 가지 여쭤봐도 될까요?"

"한 가지가 아니라 두 가지라도 괜찮아. 얼마든지 대답해줄 테니까."

"무인도에 남겨지는 걸 생각하면 선생님은 두려움을 느끼세요?"

"내가?" 파가넬이 외쳤다.

"파가넬 씨." 소령이 말했다. "그거야말로 당신의 가장 간절한 염원이라고는 말하지 마시오."

"그렇게는 말하지 않겠습니다. 하지만 그런 모험도 나에게 그렇게 불편하지는 않을 겁니다. 나는 완전히 새로운 생활을 시작할 거예요. 사냥을 하고 물고기를 낚고 겨울에는 동굴 속에서,

---

* 다니엘 디포(1660~1731): 영국의 소설가. 리얼리즘을 개척한 근대 소설의 시조로 불리며, 작품에 《로빈슨 크루소》가 있다.

여름에는 나무 위에서 살고, 수확한 곡식을 저장하기 위한 창고도 짓고…… 한마디로 말하면 내 섬에 정착할 겁니다."

"당신 혼자서?"

"필요하다면 나 혼자서라도 정착할 겁니다. 그런데 인간이 이 세상에 혼자일 수 있을까요? 동물 중에서 친구를 선택하여 작은 새끼 산양이나 말 많은 앵무새나 애교 있는 원숭이를 길들일 수는 없을까요? 그리고 우연히 충실한 프라이데이* 같은 친구가 생긴다면, 행복해지기 위해 그 이상 또 뭐가 필요하겠습니까? 가령 소령님과 내가……."

"호의는 고맙지만 나는 로빈슨 역할에 흥미도 없고 잘 해낼 자신도 없어요."

"파가넬 선생님." 헬레나가 말했다. "선생님의 상상력이 또다시 공상의 영역으로 선생님을 데려가버렸군요. 하지만 현실은 꿈과는 전혀 다르다고 생각해요. 선생님이 생각하시는 것은 선택된 섬에 보내져서 자연에 응석을 부리는 공상적인 로빈슨뿐이에요. 선생님은 이야기의 좋은 면밖에는 보지 않으세요!"

"아니요. 부인께선 인간이 무인도에서도 행복해질 수 있다고는 생각지 않으시는군요?"

"네, 인간은 혼자 외롭게 살지 않고 사회생활을 하도록 되어 있으니까요. 고독은 절망밖에 낳을 수 없어요. 그건 시간문제예요. 파도에서 막 도망친 사람은 처음에는 우선 물질생활의 어려움에 마음을 빼앗기고, 현재의 필요 때문에 미래의 위협을 보지

---

* 로빈슨 크루소가 표착한 무인도에서 식인종으로부터 구출하여 하인으로 삼은 원주민.

못할 거예요. 하지만 그 후 혼자서, 동포들과 멀리 떨어진 채 고향에 돌아갈 가망도 없고 사랑하는 사람들과 재회할 희망도 없다면 그 사람은 무슨 생각을 하고 어떤 고통을 견뎌야 할까요? 인류 전체가 그 사람에게 집약되고, 버림받은 처지에서 끔찍한 죽음이 닥쳐오면 그 사람은 세상의 마지막 날 최후의 인간 같은 입장이 되지 않을까요? 정말이에요, 선생님. 그런 인간은 되지 않는 게 좋아요."

파가넬은 헬레나의 주장에 마지못해 승복했고, 그 후 '덩컨'호가 암스테르담 섬 해안에서 2킬로미터 떨어진 거리에 닻을 내릴 때까지 고독한 생활의 이점과 불편에 대한 대화가 계속되었다.

인도양에 외따로 있는 이 제도는 서로 80킬로미터 정도의 거리를 두고 인도반도의 자오선 위에 자리 잡고 있는 두 개의 섬으로 이루어져 있는데, 북쪽에 있는 섬이 생피에르 섬이라는 별명을 가진 암스테르담 섬이고, 남쪽에 있는 섬은 생폴 섬이다. 하지만 지리학자나 항해자들이 이 두 섬을 종종 혼동한 사실을 여기서 말해두는 것도 헛된 일은 아니다.

이 두 섬은 1696년 12월에 네덜란드 사람인 플라밍이 발견했고, 이어서 당시 '에스페랑스'호와 '르셰르슈'호라는 배 두 척을 이끌고 라페루즈를 찾으러 가고 있던 앙트르카스토가 이 섬들을 정찰했다. 두 섬이 혼동되기 시작한 것은 이때부터인데, 선원인 버로와 보탕−보프레, 이어서 호르스부르크, 핑커턴을 비롯한 지리학자들이 지도에서 끊임없이 생피에르 섬을 생폴 섬으로 표기하거나 그 반대로 표기했던 것이다. 파가넬은 그 오류를 바로잡는 데 특히 열심이었다.

암스테르담 섬 남쪽에 있는 생폴 섬은 옛날에는 화산이었을

게 분명한 원뿔 모양의 산으로 이루어진 작은 무인도일 뿐이다. 반면에 '덩컨'호의 승객들이 보트를 타고 상륙한 암스테르담 섬은 둘레가 20킬로미터나 될까. 이 섬에는 스스로 원해서 이 유형지를 선택한 몇 사람이 살고 있었는데, 그들은 이곳의 밋밋한 생활에 익숙해져 있었다. 그들은 섬 자체와 마찬가지로 레위니옹 섬*의 상인인 오토반 씨의 소유로 되어 있는 어장을 관리하는 사람들이었다. 아직 유럽 열강의 승인을 받지 않은 이 군주는 '아홉동가리'라는 이름으로 알려져 있는 물고기를 잡아서 소금에 절인 다음 반출하여 7만 5천 내지 8만 프랑 정도의 내탕금을 벌고 있었다.

이 암스테르담 섬은 프랑스 영토가 되었고, 앞으로도 계속 프랑스령으로 남기로 결정되어 있었다. 사실 이 섬은 처음에는 선점권에 따라 레위니옹 섬의 수도인 생드니의 선주 카맹 씨의 소유가 되었다. 그 후 모종의 국제 협약에 따라 어떤 폴란드인에게 양도되었고, 이 폴란드인은 마다가스카르인 노예를 시켜서 이 섬을 경작했다. 폴란드인이라면 결국 프랑스인이나 마찬가지다. 그래서 이 섬은 오토반 씨의 소유가 되어 폴란드령에서 다시 프랑스령으로 돌아왔다.

'덩컨'호가 1864년 12월 6일 이 섬에 도착했을 때 인구는 세 명이었다. 프랑스인이 한 명이고 물라토가 두 명이었는데, 이들 셋은 상인이자 섬의 주인인 오토반 씨의 부하였다. 그래서 파가넬은 이때 이미 고령이었던 비오 씨라는 존경할 만한 프랑스인과 악수를 나눌 수 있었다. 이 '늙은 현자'는 자기 섬을 찾아온 그들을

* 아프리카 남동부 마다가스카르 섬 동쪽 해상에 있는 프랑스령 섬.

아주 정중하게 환영했다. 친절한 외국인을 맞이한 날은 그에게
는 행복한 날이었다. 생피에르 섬에는 바다표범 사냥꾼이나 포
경업자가 이따금 올 뿐이었지만, 이들은 대개 거칠고 막된 사람
들이었고 바다표범을 아무리 쫓아다녀도 큰돈을 벌지는 못했다.

비오 씨는 하인인 두 명의 물라토를 소개했다. 그들이 섬 안쪽
에 굴을 만들어 살고 있는 멧돼지와 수천 마리의 펭귄과 함께 이
섬의 주민을 이루고 있었다. 세 명의 섬사람이 사는 오두막은 산의
일부가 무너져 생긴 남서쪽의 천연항 안쪽에 자리 잡고 있었다.

생피에르 섬이 조난자의 피난처가 된 것은 오토반의 치세보
다 훨씬 전이었다. 파가넬은 '암스테르담 섬에 남겨진 두 스코
틀랜드인의 이야기'라는 말로 최초의 조난 이야기를 시작하여
듣는 이들의 흥미를 돋우었다.

그것은 1827년의 일이었다. 영국 선박인 '팔미라'호는 섬이
보이는 곳을 지나가다가 공중으로 피어오르고 있는 연기를 발
견했다. 해안으로 접근한 선장은 두 남자가 조난 신호를 보내
고 있는 것을 보았다. 그는 보트를 섬에 보내 22세의 잭 페인과
18세의 로버트 프라우드풋을 구조했는데, 이 불운한 두 남자는
몰라볼 만큼 변해 있었다. 벌써 18개월 동안이나 그들은 먹을
것도 거의 없고 마실 물도 없는 곳에서 조개를 먹고, 낡은 못을
구부려 만든 낚싯바늘로 낚시를 하고, 때로는 멧돼지 새끼 따위
를 잡아먹고, 때로는 사흘 동안이나 아무것도 먹지 못하고, 로
마의 베스타 여신*을 모시는 처녀처럼 마지막 부싯깃으로 피운

---

* 로마 신화에 나오는 아궁이의 여신. 베스타 여신을 섬기는 사제는 베스탈리스라고
불렸는데, 귀족 집안의 처녀들 중에서 선발했다.

오두막은 천연항 안쪽에 자리 잡고 있었다.

불 곁을 지키며 그 불이 꺼지지 않도록 조심하고, 밖에 나갈 때는 가장 값비싼 귀중품처럼 그 불을 갖고 다니면서 극심한 궁핍과 고통 속에서 살았다. 페인과 프라우드풋은 바다표범을 사냥하는 스쿠너*를 타고 있다가 이 섬에 상륙했는데, 사냥꾼의 관습에 따라 그들은 한 달 동안 바다표범의 가죽과 기름을 모으면서 배가 돌아오기를 기다리기로 되어 있었다. 그런데 스쿠너는 돌아오지 않았다. 다섯 달 뒤에 반디멘 만†으로 가는 '호프'호가 섬에 접근했지만, 선장은 아무 이유도 없이 잔인한 변덕을 부려 두 스코틀랜드인을 배에 태워주기를 거절했다. 그는 두 사람에게 비스킷은커녕 부싯돌 한 개도 주지 않았다. '팔미라'호가 암스테르담 섬이 보이는 곳을 지나가다가 그들을 발견하고 배에 태워주지 않았다면 그들은 곧 죽고 말았을 것이다.

암스테르담 섬의 역사에 기록된 두 번째 모험의 주인공은 프랑스인인 페롱 선장이다. 이 모험도 그 전에 조난한 두 스코틀랜드인의 경우와 같은 기승전결의 과정을 거쳤다. 그는 두 달 동안 강치를 사냥하기로 되어 있었다. 사냥은 성공적이었다. 하지만 15개월이 지나도 배는 나타나지 않고, 식량은 조금씩 줄어들고, 국제 관계는 험악해졌다. 두 영국인 선원이 페롱 선장에게 반기를 들었고, 선장은 같은 프랑스인들이 도와주지 않았다면 영국인들 손에 죽었을 것이다. 이때부터 두 파는 밤낮으로 상대를 감시하고, 한시도 무기를 손에서 놓지 않고, 승리와 패배를 거듭하면서 궁핍과 불안에 시달리는 끔찍한 생활을 했다. 영국

---

* 둘 내지 네 개의 돛대에 세로돛을 단 범선.
† 오스트레일리아 북부의 멜빌 섬과 코버그 반도 사이에 있는 만.

선박이 인도양의 한 작은 바위섬에서 쓸데없는 국적 문제로 분열한 이 불행한 사람들을 본국으로 돌려보내주지 않았다면, 마지막에는 어느 한쪽이 다른 한쪽을 몰살했을 게 분명하다.

이것이 바로 그 모험담이었다. 암스테르담 섬은 이렇게 두 번에 걸쳐 섬에 남겨진 선원들의 거처가 되었고, 하느님은 두 번다 그들을 비참한 죽음에서 구해주었다. 하지만 그 후에는 어떤배도 이 섬의 해안에서 난파하지 않았다. 난파선이 있으면 표류물이 해변으로 밀려 올라오고, 조난자는 비오 씨의 어장으로 떠내려올 터였다. 그런데 이 노인은 오랫동안 섬에 살고 있는데도바다의 희생자들을 돌봐줄 기회가 한 번도 없었다. 비오 씨는'브리타니아'호에 대해서도 그랜트 선장에 대해서도 전혀 알지못했다. 암스테르담 섬과 마찬가지로, 포경업자나 어부가 종종방문하는 작은 생폴 섬도 비극의 무대는 아니었다.

글레나번은 노인의 대답에 놀라지도 슬퍼하지도 않았다. 그와 동료들은 지금까지 여러 곳에 기항하여, 그랜트 선장이 있는곳은 찾지 않고 그가 없는 곳만 찾아다니고 있었다. 그들은 남위 37도선 위의 각 지점에 선장이 없다는 것을 확인했을 뿐이다. 그래서 '덩컨'호는 이튿날 당장 출범하기로 결정되었다.

저녁까지 승객들은 섬을 구경했지만, 섬의 경관은 정말 무서웠다. 하지만 그 동물상이나 식물상은 아무리 글을 장황하게 쓰는 박물학자라 해도 책 한 권을 다 채우지 못했을 것이다. 들짐승은 멧돼지, 날짐승은 쇠바다제비와 신천옹, 물짐승은 민물농어와 바다표범뿐이었다. 철분을 함유하는 온천이 용암 여기저기에서 솟아 나와, 화산질 토지 위에 짙은 수증기가 감돌고 있었다. 이런 온천들 가운데 일부는 온도가 아주 높았다. 존 맹글

온천이 용암 여기저기에서 솟아 나와……

스가 거기에 온도계를 넣어보니 눈금이 80도를 가리켰다. 몇 걸음 떨어진 바다에서 잡은 물고기는 거의 부글부글 끓고 있는 이 물속에서 5분이면 익어버린다. 그래서 파가넬도 이 물에는 몸을 담그지 않기로 마음먹었다.

저녁때, 즐거운 산책이 끝난 뒤 글레나번은 성실한 비오 씨에게 작별 인사를 했다. 모두 비오 씨를 위해 이 쓸쓸한 작은 섬에서 바랄 수 있는 최고의 행복을 빌어주었고, 노인은 수색이 성공하기를 빌어주었다. 이윽고 '덩컨'호의 보트는 승객들을 태우고 요트로 돌아갔다.

# 4

## 자크 파가넬과 맥내브스 소령의 내기

12월 7일 오전 3시에 이미 '덩컨'호의 보일러는 으르렁거리는 소리를 내며 타고 있었다. 도르래가 돌아가자 닻은 수직으로 서더니, 작은 항구의 바닥에 깔린 모래를 떠나 닻걸이에 걸렸다. 스크루가 움직이기 시작했고, 이윽고 요트는 난바다로 나갔다. 8시에 승객들이 갑판으로 올라왔을 때 암스테르담 섬은 이미 수평선의 안개 속으로 사라진 뒤였다. 이번 항해는 37도선을 따라가는 마지막 여정이었다. 그리고 오스트레일리아의 해안은 여기서 5200킬로미터나 떨어져 있었다. 서풍이 앞으로 12일 동안만 계속 불어주고 바다가 호의를 보여주기만 하면 '덩컨'호는 목적지에 무사히 도착할 수 있을 터였다.

메리와 로버트 남매는 '브리타니아'호가 조난하기 며칠 전에 헤치고 지나갔을 것으로 여겨지는 파도를 바라보며 벅찬 감동을 억누를 수 없었다. 그때 이미 배는 파손되고 선원은 줄어들어 있었는데도 그랜트 선장은 아마 인도양의 무서운 폭풍과 싸우며 저항하기 어려운 힘에 떠밀려 육지로 떠내려가는 것을 느끼고 있었을 것이다. 존 맹글스는 해도에 기록되어 있는 조류를 메리에게 가르쳐주고, 그 물살들이 흐르는 방향을 설명해주었다. 그중에서도 인도양을 가로지르는 해류는 오스트레일리아 대륙으로 가는데, 서쪽에서 동쪽으로 움직이는 그 조류의 영향력은 태평양에서도 대서양에서도 느껴진다. 그러고 보면 돛대가 꺾이고 키가 망가진 '브리타니아'호, 바다와 하늘의 폭력에 맞서 싸울 방법이 없는 '브리타니아'호는 육지를 향해 돌진하여 부서진 게 분명했다.

하지만 여기서 한 가지 어려운 문제가 제기되었다. 《해운신문》에 따르면 그랜트 선장은 1862년 5월 30일 카야오에서 마지막 소식을 보냈다. '브리타니아'호는 페루 해안을 떠난 지 일주일 뒤인 6월 7일에 어떻게 인도양에 도착할 수 있었을까? 하지만 이 문제에 대한 의견을 요청받은 파가넬은 아주 그럴듯한 해답을 찾아냈다.

그것은 암스테르담 섬을 떠난 지 엿새 뒤인 12월 15일 저녁이었다. 글레나번 부부, 로버트와 메리 남매, 존 맹글스 선장, 맥내브스 소령, 자크 파가넬은 고물 갑판 위에서 잡담을 나누고 있었다. 평소 습관대로 사람들은 '브리타니아'호에 대해 이야기를 나누었는데, 배 위에서도 누구나 생각하는 것은 그것뿐이었기 때문이다. 그런데 그때 글레나번이 위에서 말한 문제를 제기했고, 사람들의 관심은 당장 이 희망의 뱃길에만 쏠리게 되었다.

파가넬은 생각지도 못한 문제 제기를 듣고는 고개를 번쩍 들었다. 그러고는 아무 대답도 않고 문서를 가지러 갔다. 돌아왔을 때 그는 '그런 시시한 문제'로 잠깐이나마 고민한 것을 부끄러워하는 사람처럼 어깨만 으쓱했다.

"그래도 우리한테 대답은 해주셔야죠." 글레나번이 말했다.

"아니, 나는 그냥 존 선장한테 한 가지만 묻겠습니다."

"그러시죠, 선생님." 존 맹글스가 말했다.

"빠른 배라면 아메리카 대륙과 오스트레일리아 사이의 태평양을 한 달 만에 횡단할 수 있겠지요?"

"그럼요. 24시간에 300킬로미터를 달릴 수 있다면."

"그 속도는 특별히 빠른 건가요?"

"전혀 그렇지 않습니다. 쾌속 범선은 그보다 빨리 달리는 경우도 많습니다."

"좋습니다. 그러면 문서에 나온 숫자를 '6월 7일'이라고 읽지 않고 숫자 가운데 하나가 물 때문에 지워졌다고 가정하고 '6월 17일'이나 '6월 27일'이라고 읽으면 모든 문제가 풀립니다."

"그렇군요." 헬레나가 말했다. "5월 31일부터 6월 27일까지……."

"그랜트 선장은 태평양을 횡단하여 인도양으로 들어올 수 있었을 겁니다!"

파가넬의 이 추론을 사람들은 만족스럽게 받아들였다.

"문제가 또 하나 풀렸군!" 글레나번이 말했다. "그러면 이제 우리에게 남은 일은 배가 오스트레일리아에 도착하기를 기다렸다가 그 서해안에서 '브리타니아'호의 단서를 찾는 것뿐입니다."

"아니면 동해안에서 찾거나." 존 맹글스가 말했다.

"그렇군. 자네 말이 옳아. 비극이 일어난 무대를 동해안이 아니라 서해안이라고 적시한 부분은 문서에는 전혀 없어. 따라서 우리는 오스트레일리아가 37도선으로 분단되어 있는 그 두 개의 점을 수색해야 돼."

"그러면 나리." 젊은 아가씨가 말했다. "그것과 관련하여 무언가 의심스러운 점이 있나요?"

"아, 아닙니다, 메리 씨." 존 맹글스는 메리 그랜트의 불안을 말끔히 씻어주고 싶어서 서둘러 말했다. "나리께서는 단지 그랜트 선장님이 오스트레일리아 동해안에 상륙했다면 당장 구조나 도움을 받을 수 있었을 거라는 점을 지적하신 겁니다. 그쪽 연안은 모두 영국령이어서 이민이 들어와 있거든요. '브리타니아' 호 선원은 20킬로미터도 가기 전에 동포를 만날 수 있었을 겁니다."

"존 선장." 파가넬이 말했다. "나도 같은 의견이오. 동해안의 투폴드 만이나 이든 시라면 그랜트 선장은 영국인 식민지에서 보호를 받을 수 있었을 뿐만 아니라 유럽으로 돌아가는 교통편도 부족하지 않았을 테니까요."

"그러면······" 하고 헬레나가 말했다. "'덩컨'호가 지금 가고 있는 지방에서는 조난자들이 같은 편의를 얻을 수 없었나요?"

"그래요. 그쪽 해안에는 아무도 살지 않습니다. 멜버른이나 애들레이드로 통하는 길은 전혀 없지요. 그 해안을 따라 뻗어 있는 산호초에서 '브리타니아'호가 난파했다면 아프리카 대륙의 황량한 해안에 부딪혀 난파한 것과 마찬가지로 어떤 도움도 받지 못했을 겁니다."

"하지만 정말로 그렇다면 우리 아버지는 2년 전부터 어떻게 살고 계실까요?"

"메리 양." 파가넬이 대답했다. "그랜트 선장이 난파한 뒤 오스트레일리아에 상륙한 것은 확실하다고 생각하겠지?"

"예, 선생님."

"좋아요. 일단 이 대륙에 상륙했다면 그랜트 선장은 그 후 어떻게 되었을까? 생각할 수 있는 가정은 그렇게 많지 않아요. 가능성은 세 가지로 좁혀지는데, 선장과 선원들은 영국인 식민지에 도착했거나, 원주민 손아귀에 들어갔거나, 오스트레일리아의 끝없는 황무지에 잘못 들어갔거나……."

파가넬은 여기서 말을 끊고, 듣는 이들의 눈 속에서 그의 생각에 동조하는 표정을 찾았다.

"계속하세요, 파가넬 씨." 글레나번이 말했다.

"그럼 계속하지요. 우선 첫 번째 가정은 물리치겠습니다. 그랜트 선장이 영국인 식민지에 도착했을 리는 없습니다. 거기에 도착했다면 그는 확실히 구조되었을 테고, 그랬다면 이미 오래 전에 그리운 고향으로 돌아가서 아이들과 함께 있을 테니까요."

"불쌍한 아버지!" 메리 그랜트가 중얼거렸다. "2년 동안이나 우리와 헤어져 있다니!"

"누나, 파가넬 선생님을 방해하지 마." 로버트가 말했다. "마지막에는 우리한테 가르쳐주실……."

"유감이지만 그럴 수는 없단다. 내가 단언할 수 있는 것은 그랜트 선장이 원주민에게 붙잡혀 있거나 아니면……."

"하지만 그 원주민은……" 하고 헬레나가 다그치듯 물었다. "그 원주민은……?"

"안심하세요, 부인." 학자는 헬레나의 마음을 알아차리고 대답했다. "그 원주민들은 미개하고 무지몽매해서 지성적으로는 최하 단계에 있지만, 성격이 온화한 족속이라서 그들의 이웃인 뉴질랜드 원주민처럼 피를 좋아하지 않습니다. '브리타니아'호의 조난자를 포로로 삼았다 해도 그들은 절대 포로의 목숨을 위협하지는 않았을 겁니다. 이 점은 내 말을 믿어도 됩니다. 오스트레일리아 원주민*은 그렇게 잔인하지 않다는 점에 대해서는 모든 여행자의 의견이 일치하고 있습니다. 또, 여행자들이 다른 의미에서 잔인한 유형수 일당의 습격을 받았을 때 원주민들이 도와준 적도 몇 번이나 있었답니다."

"선생님 말씀 들었지?" 헬레나가 메리에게 물었다. "우리가 문서를 보고 예감한 대로 아버지가 원주민에게 붙잡혀 있다면, 우리는 반드시 아버지를 찾아낼 수 있을 거야."

"그럼 이 끝없는 황무지에 잘못 들어가버렸다면 어떡하죠?" 메리는 헬레나에게 물었지만, 그 시선은 파가넬을 향하고 있었다.

"그렇다 해도 우리는 반드시 찾아낼 거야!" 지리학자는 낙관적인 어조로 외쳤다. "안 그렇습니까, 여러분?"

"물론이죠." 글레나번은 학자에 못지않게 낙관적인 어조로 대답했다.

"나도 그래." 소령이 맞장구를 쳤다.

"오스트레일리아는 큰가요?" 로버트가 물었다.

"오스트레일리아는 약 77만 5천 헥타르, 즉 유럽 면적의 5분의 4 정도란다." 파가넬이 대답했다.

"그것밖에 안 돼요?" 소령이 물었다.

---

* 영어로 '애버리진(aborigine)'이라고 부른다. 18세기 말엽 유럽인에 의해 식민지로 개척되기 이전에 오스트레일리아에 거주하던 종족을 말한다. 이들은 부족사회를 형성하며 주로 수렵 및 채집 생활을 하며 살고 있었는데, 유럽인들이 이주해오면서 함께 들어온 질병과 백인들의 침탈 등으로 인구가 격감했다.

"그럼요. 몇 미터 다를지 모르지만. 이런 나라가 문서에 나와 있는 '대륙'이라는 명칭을 받을 자격이 있다고 생각하세요?"

"물론이오."

"덧붙여 두겠는데, 이 넓은 나라에서 실종된 여행자의 이름은 그렇게 많지 않아요. 최후의 행방을 알 수 없는 사람으로는 라이하르트가 있는데, 최근에 들은 바로는 그의 발자취가 발견됐다고 하더군요."

"오스트레일리아는 남김없이 모두 답사된 건 아니었나요?" 헬레나가 물었다.

"그럼요. 남김없이 답사되지는 않았습니다. 이 대륙이 아프리카보다 더 잘 알려져 있는 건 아니에요. 하지만 그건 대담한 여행자가 부족했기 때문은 아닙니다. 1606년부터 1862년까지 내륙과 연안에서 쉰 명이 넘는 여행자가 오스트레일리아를 답사했으니까요."

"쉰 명이나?" 소령이 의심하는 표정으로 물었다.

"그렇다니까요. 온갖 위험한 항해 속에서 해안선을 확정한 선원들, 드넓은 사막과 황무지를 횡단한 여행자들…… 내가 알고 있는 이름만 해도 쉰 명이 넘습니다."

"그렇다 해도 쉰 명은 너무 많은 것 같은데?"

"그렇다면 이야기를 좀 더 계속해볼까요?" 상대가 반대하면 언제나 발끈하는 지리학자가 말했다.

"좋아요. 계속해보시오."

"해보라면 나는 그 쉰 명의 이름을 당장 열거할 수도 있습니다."

"그렇군요." 소령이 침착하게 말했다. "과연 학자다운 태도요! 학자들은 아무것도 의심하지 않으니까."

"소령님, 우리 내기할까요? 소령님의 카빈총과 내 망원경을 걸고……."

"당신이 그러고 싶다면 굳이 거절할 이유는 없지."

"좋습니다." 학자가 외쳤다. "앞으로는 그 카빈총으로 영양이나 여우를 쏘아 죽이지 마세요. 내가 빌려주지 않는 한. 물론 나는 언제라도 기꺼이 빌려주겠지만요."

"파가넬 씨." 소령이 진지하게 대답했다. "나도 망원경이 필요할 때는 언제든지 편의를 제공하겠소."

"그러면 시작합니다. 여러분은 우리를 심판하는 관객입니다. 로버트, 너는 계산을 해라."

글레나번 부부, 메리와 로버트, 소령, 존 맹글스는 사뭇 즐거워하면서 지리학자의 말에 귀를 기울일 채비를 했다. 그리고 문제는 '덩컨'호가 그들을 데려갈 오스트레일리아였다. 그의 이야기가 지금만큼 시의적절할 수는 없었다. 그래서 그들은 파가넬에게 당장 그 기억술의 묘기를 보여달라고 재촉했다.

"므네모시네*여! 기억의 여신, 뮤즈들의 순결한 어머니여! 당신의 충실하고 열렬한 숭배자를 도와주소서!" 파가넬이 외쳤다. "지금부터 258년 전에는 오스트레일리아는 아직 알려져 있지 않았습니다. 사람들은 남쪽 바다에 큰 대륙이 있지 않을까 생각하기는 했지요. 글레나번 경, 영국의 대영박물관에는 1550년에 제작된 지도 두 장이 보관되어 있는데, 이 지도는 아시아 남쪽에 있는 육지를 언급하고, 이 육지를 '포르투갈인들의 큰 자

---

* 그리스 신화에 나오는 기억의 여신. 제우스와 아홉 밤을 함께 지낸 뒤 칼리오페를 비롯한 아홉 명의 뮤즈를 낳았다.

"소령님, 우리 내기할까요?"

바'라고 불렀습니다. 하지만 이 지도는 그다지 믿을 수 있는 게 아닙니다. 그러니까 17세기인 1606년으로 건너뜁시다. 이 해에 포르투갈의 항해자인 케이로스가 육지를 발견하고 '아우스트랄리아 데 에스피리투 산투'(성령의 남쪽 땅)라고 이름 붙였습니다. 몇몇 저자들은 이것이 오스트레일리아가 아니라 뉴헤브리디스라고 주장했는데, 여기서는 그 문제에 깊이 들어가지 않겠습니다. 로버트, 이 케이로스를 계산에 넣어다오. 그러면 다음으로 넘어가겠습니다."

"한 명." 로버트가 말했다.

"같은 해에 케이로스의 부장(副長)으로서 함대를 지휘하고 있던 루이스 바스 데 토레스가 남쪽으로 내려가면서 새 육지를 계속 정찰했습니다. 하지만 대발견의 영예를 얻은 것은 네덜란드 사람인 디르크 하르토흐였습니다. 그는 오스트레일리아 서해안의 남위 25도 지점에 상륙하여, 그 땅에 자기 배와 같은 '엔드라흐트'라는 이름을 붙여주었지요. 그 후 이 대륙에 온 항해자는 많습니다. 1618년에는 제아헨이 북해안의 아넘과 디멘을 답사했고, 1619년에는 얀 에델스가 답사를 계속하여 서해안 일부에 자기 이름을 붙였고, 1622년에는 루윈*이 그와 같은 이름을 갖게 되는 곳까지 남하했지요. 1627년에는 데 누이츠와 데 위트가 한 사람은 서쪽에서 또 한 사람은 남쪽에서 선배들의 발견을 보완했고, 뒤이어 카펜터 사령관이 군함을 이끌고 오늘날에도 카펜테리아 만이라고 불리는 곳으로 들어갔습니다. 마지막으로 1642년에 유명한 아벨 타스만이 오늘날의 태즈메이니아

---

* 이것은 인명이 아니라 네덜란드의 배 이름이다.

섬을 돌았습니다. 타스만은 이 섬이 대륙과 이어져 있다고 생각하고, 이 섬에다 자신의 항해를 주선해준 동인도 총독 반 디멘의 이름을 붙여서 반디멘스란드(반 디멘의 땅)라고 불렀지만, 좀더 공정한 후세 사람들은 이것을 그의 이름을 따서 태즈메이니아(타스만의 땅)라고 바꾸었지요. 이것으로 오스트레일리아 대륙을 한 바퀴 돈 셈인데, 그 결과 이 대륙이 인도양과 태평양에 둘러싸여 있다는 것을 알게 되었지요. 그리고 1665년, 바야흐로 네덜란드 항해자들의 역할이 끝나려 하고 있을 때 이 커다란 섬에 뉴네덜란드라는 이름이 붙여졌지만, 이 이름은 오래가지 않았어요. 로버트, 이걸로 몇 명이지?"

"열 명요." 로버트가 대답했다.

"좋아. 여기서 일단락하고 영국인으로 옮겨가겠습니다. 1686년에 해적 두목이자 남양에서 약탈자로 유명했던 윌리엄 댐피어는 고락이 뒤섞인 숱한 모험 끝에 '시그넷'호를 타고 동경 16도 50분의 뉴네덜란드 북서안에 다다랐습니다. 1699년에는 하르토흐가 상륙했던 만에 왔지만, 이번에는 약탈자로서 온 게 아니라 영국 군함인 '로벅'호의 함장으로 온 것이었죠. 하지만 이때까지만 해도 뉴네덜란드의 발견에 대해서는 지리학적 흥미 외에는 아무런 흥미도 없었습니다. 그곳을 식민지로 삼을 생각은 거의 하지 않았고, 1699년부터 1770년까지 4분의 3세기 동안 한 명의 항해자도 뉴네덜란드에 접근하지 않았어요. 하지만 이때 전 세계에서 가장 유명한 뱃사람인 제임스 쿡 선장이 나타난 것입니다. 그리고 이 신대륙은 곧 유럽 이민자들에게 열리기 시작했지요. 세 번에 걸친 항해 때 쿡 선장은 뉴네덜란드 해안에 몇 번이나 상륙했는데, 최초의 상륙은 1770년 3월 31일이었지요. 다행히도 타히티에서 금성의 태양면 통과를 관찰한 뒤,* 쿡은 '인데버'호를 몰고 태평양 서쪽으로 갔습니다. 뉴질랜드를 정찰한 뒤, 쿡은 오스트레일리아 서해안의 만에 들어갔다가 그곳에 신종 식물이 아주 많은 것을 보고 보터니(식물학) 만이라고 이름 붙였지요. 무지몽매한 원주민과 그의 교섭은 별로 흥미로운 건 아니었습니다. '인데버'호는 다시 북상하여 트리뷸레이션 곶 근처인 남위 16도 해안에서 30킬로미터 떨어진 산호초에 좌초했습니다. 침몰할 위험이 닥치자 식량과 대포를 바다에 버렸습니다. 하지만 그날 밤 만조가 되자 가벼워진 배는 산호초에서 떠올랐습니다. 배가 침몰하지 않은 것은 산호 조각이 깨진 틈새로 끼어들어가 물이 배 안으로 들어가는 것을 막아주었기 때문이지요. 쿡은 배를 작은 만으로 어떻게든 가져갈 수 있었는데, 그 만으로 흘러드는 강에는 인데버라는 이름이 붙여졌습니다. 여기서 배를 수리하는 데 걸린 석 달 동안 영국인들은 원주민과 효과적인 교섭을 하려고 애썼습니다. 하지만 별로 잘되지 않아서 다시 돛을 올렸지요. '인데버'호는 북쪽으로 계속 나아갔습니다. 쿡은 뉴기니와 뉴네덜란드 사이에 해협이 있는지 알고 싶었습니다. 새로운 위험을 만나 스무 번이나 배를 희생한 뒤 쿡은 남서쪽에 넓게 펼쳐져 있는 바다를 보았습니다. 해협은 존재했습니다. 쿡은 작은 섬에 상륙하여 자기가 답사한 긴 해안의 영유권은 영국에 있다고 선언하고, 뉴사우스웨일스라는 참으

---

* 〔원주〕금성의 태양면 통과는 1769년에 일어났다. 상당히 희귀한 이 현상은 매우 커다란 천문학적 의미를 갖고 있었는데, 그 덕분에 지구와 태양의 거리를 정확히 계산할 수 있게 되었다.

로 영국적인 이름을 붙였습니다. 3년 뒤에 이 대담한 선장은 '어드벤처'호와 '레졸루션'호를 지휘하고 있었습니다. 퍼노 선장은 '어드벤처'호를 타고 반디멘스란드를 정찰하러 갔다가 그것이 뉴네딜란드의 일부라고 생각하고 돌아왔습니다. 1777년의 세 번째 항해 때 쿡은 '레졸루션'호와 '디스커버리'호를 이끌고 반디멘스란드에 닻을 내렸습니다. 그리고 여기서 출발하여 몇 달 뒤 샌드위치 제도에서 죽었지요."

"참으로 위대한 남자였지요." 글레나번이 말했다.

"지금까지 존재한 뱃사람 가운데 가장 뛰어난 사람이었습니다. 보터니 만에 식민지를 세우라고 영국 정부에 제안한 것은 쿡 선장의 동행자인 뱅크스였어요. 여러 나라의 항해자가 그 뒤를 따랐지요. 라페루즈는 1787년 2월 7일 보터니 만에서 쓴 마지막 편지에서 카펜테리아 만과 반디멘스란드에 이르는 모든 해안을 조사해보려는 의도를 밝혔습니다. 그는 출발했고 결국 돌아오지 않았지요. 1788년에 필리프 선장은 포트잭슨에 최초의 프랑스인 식민지를 세웠습니다. 1791년에 조지 밴쿠버는 신대륙 남해안에서 주목할 만한 항해를 했습니다. 1792년에는 라페루즈를 수색하기 위해 파견된 앙트르카스토가 서쪽과 남쪽으로 뉴네딜란드를 돌다가 미지의 섬들을 발견했습니다. 1795년과 1797년에는 매슈 플린더스와 조지 배스라는 두 청년이 용감하게도 길이가 2.5미터밖에 안 되는 돛단배로 남해안 답사를 계속했고, 1797년에 배스는 지금 그의 이름이 붙어 있는 해협을 통해 반디멘스란드와 뉴네딜란드 사이를 통과합니다. 같은 해에 암스테르담 섬을 발견한 플래밍은 동해안에서 더없이 아름다운 검은 고니가 놀고 있는 스완 강을 답사합니다. 플린더스는

1801년에 탐험을 재개하여 동경 138도 58분 · 남위 35도 4분에 있는 인카운터 만에서 보댕 선장과 암랭 선장이 지휘하는 '제오그라프'호와 '나튀랄리스트'호라는 프랑스 배를 만났습니다."

"보댕 선장이라고?" 소령이 말했다.

"그래요! 왜 그렇게 놀라십니까?" 파가넬이 물었다.

"아니, 아무것도 아니오. 계속하세요, 파가넬 씨."

"그러면 계속하지요. 이 항해자들 명단에 필립 파커 킹 선장의 이름을 덧붙이겠습니다. 킹 선장은 1817년부터 1822년까지 뉴네덜란드의 열대에 속하는 해안 지방 답사를 끝냈지요."

"그것으로 스물네 명이에요." 로버트가 말했다.

"좋아. 이제 소령의 카빈총은 절반쯤 내 거나 마찬가지야. 그러면 이것으로 바다에서 탐험한 항해자는 끝내고, 내륙에서 탐험한 여행가 쪽으로 넘어가겠습니다."

"좋아요." 헬레나가 말했다. "선생님이 놀랄 만한 기억력을 갖고 계시는 것은 인정해야겠군요."

"그거 참 묘하군." 글레나번이 말했다. "그렇게……"

"덜렁거리는 사람인데……" 파가넬이 얼른 덧붙였다. "나에게는 시간과 사실에 대한 기억력밖에 없어요. 그것뿐입니다."

"스물네 명이에요." 로버트가 같은 말을 되풀이했다.

"좋아. 스물다섯 번째 사람은 윌리엄 도스 중위인데, 그건 1789년 포트잭슨 식민지가 세워진 지 1년 뒤였지요. 신대륙 일주는 이미 이루어졌지만, 대륙 내부에 뭐가 있는지는 아무도 말할 수 없었어요. 동해안과 나란히 달리는 긴 산맥이 내륙으로 접근하는 것을 완전히 막고 있었지요. 도스 중위는 9일 동안 답사한 뒤 다시 포트잭슨으로 돌아올 수밖에 없었답니다. 같은 해

파가넬의 이야기.

에 왔킨 텐치 대위가 그 높은 산맥을 넘으려고 했지만 성공하지 못했습니다. 이 두 번의 실패 때문에 그 후 3년 동안은 아무도 그 난제에 덤벼들 마음이 나지 않았지요. 1792년에 윌리엄 패터슨 대령은 대담한 아프리카 탐험가인데도 그 산맥을 넘으려고 시도했다가 실패했습니다. 이듬해에 영국 해군의 일개 수병에 불과한 존 호킨스가 선배들이 넘지 못한 선을 넘어서 30킬로미터쯤 전진했습니다. 그 후 18년 동안은 이름을 거론할 수 있는 여행자가 두 명밖에 없었어요. 항해자로도 유명한 배스와 식민지의 토목기사인 프란시스 바랄리에인데, 둘 다 선배들 이상의 성공은 거두지 못했습니다. 그러다가 1813년에 드디어 시드니 서쪽에서 통로가 발견되었습니다. 매쿼리 총독이 1815년에 그 통로를 지나려고 시도했고, 블루 산맥 너머에 배서스트라는 도시가 건설되었습니다. 이때부터 1819년에는 찰스 스로스비, 480킬로미터에 걸쳐 이 지방을 가로지른 존 옥슬리, 남위 37도선이 지나는 투폴드 만을 출발점으로 삼은 호벨과 흄, 1829년과 1830년에 달링 강과 머리 강 유역을 답사한 찰스 스터트 대위가 지리학에 새로운 사실을 가져왔고 식민지 발전에 이바지했습니다."

"서른여섯 명." 로버트가 말했다.

"좋아, 좋아! 생각보다 빨리 나아가고 있군." 파가넬이 말했다. "1840년과 1841년에 이 일대를 답사한 에드워드 에어와 루드비히 라이하르트, 1845년의 스터트, 1846년에 오스트레일리아 동부를 도보로 답사한 스티븐 헨티와 벤저민 헬프먼(둘은 동서지간이었지요), 1847년에 빅토리아 강을 따라 걸었고 1848년에는 오스트레일리아 북부를 걸은 에드먼드 케네디, 1852년의 헨티, 1854년의 조지 오스틴, 1855년부터 1858년까지 북서부 지방을 탐험한 헨티 형제들, 토렌스 호에서 에어 호까지 걸은 버배지를 일단 언급하고, 드디어 오스트레일리아 역사에서 가장 유명한 탐험가, 세 번에 걸쳐 대륙에 대담한 발자취를 남긴 존 맥두얼 스튜어트에 이릅니다. 그의 첫 번째 내륙 탐험은 1860년에 이루어졌지요. 나중에라도 여러분이 원하신다면 오스트레일리아를 남쪽에서 북쪽으로 종단한 네 번의 여행이 어떻게 이루어졌는지 말씀드리겠습니다. 오늘은 이 긴 명단을 일단 마무리만 해두죠. 1860년부터 1862년까지 그렇게 많은 선구자들의 이름에 다시 다음 이름들을 덧붙여두겠습니다. 뎀스터 형제, 클락슨과 하퍼, 버크와 윌스, 닐슨, 워커, 랜즈버러, 매킨리, 호윗⋯⋯."

"쉰여섯 명!" 로버트가 외쳤다.

"좋아. 소령님, 덤을 좀 더 보태드리죠. 뒤페리, 부갱빌, 피츠로이, 위컴, 스톡스 같은 이름은 아직 꺼내지 않았으니까요."

"아니, 됐어요!" 소령은 수에 압도당하여 외쳤다.

"페루, 코와⋯⋯" 급행열차처럼 기세가 붙어버린 파가넬이 말을 이었다. "베넷, 커닝엄, 너첼, 티에르⋯⋯."

"제발, 그만!"

"딕슨, 스첼레츠키, 리드, 윌크스, 미첼⋯⋯."

"그만하세요, 파가넬 씨." 글레나번이 진심으로 웃으면서 말했다. "불운한 우리 소령님을 괴롭히지 말고 너그럽게 봐주세요! 소령님은 패배를 인정하고 있습니다."

"그럼 카빈총은요?" 지리학자는 의기양양한 얼굴로 물었다.

"총은 당신 거요." 소령이 대답했다. "정말 아깝지만. 당신은 동서고금의 모든 화기를 당신 것으로 만들어버릴 수 있을 만큼 놀라운 기억력을 갖고 있군요."

"오스트레일리아에 관해 이보다 더 자세한 지식을 갖는 것은 불가능할 거예요." 헬레나가 말했다. "지극히 하찮은 인명도, 지극히 사소한 사실까지도……."

"아니지, 지극히 사소한 사실이라면!" 소령이 고개를 저으면서 말했다.

"예? 그게 무슨 뜻이죠, 소령님?" 파가넬이 외쳤다.

"오스트레일리아 발견을 둘러싼 모든 사건을 당신은 아마 모르고 있을 거라는 뜻이오."

"무슨 소리를 하는 겁니까!" 파가넬이 항변하는 투로 말했다.

"그러면 내가 당신이 모르는 사실을 하나 언급하면 카빈총을 돌려주겠소?" 소령이 물었다.

"그럼요. 당장 돌려드리지요."

"그럼 그렇게 결정된 거요?"

"결정됐습니다."

"좋아요. 오스트레일리아가 왜 프랑스령이 되지 않았는지, 그 이유를 알고 있소?"

"그건 내가 보기에는……."

"아니면 적어도 거기에 대해 영국인이 어떤 이유를 들고 있는지 알고 있나요?"

"글쎄요, 모르겠는데요." 파가넬이 부루퉁한 얼굴로 말했다.

"그건 다름이 아니라…… 보댕 선장이 1802년에 오스트레일리아의 개구리 울음소리를 듣고 너무 무서워서 서둘러 닻을 올리고 도망친 뒤 두 번 다시 돌아오지 않았기 때문이랍니다."

"뭐라고요!" 학자가 외쳤다. "영국에서는 그런 말을 하고 있습니까? 아니, 그건 정말 짓궂은 농담이군요!"

"아주 짓궂은 농담이지. 그건 인정해요." 소령이 대답했다. "하지만 영국에서는 역사가 되어 있는걸."

"그건 비열하군요!" 애국적인 지리학자가 외쳤다. "그래서 지금도 그런 말을 진지하게 하고 있는 겁니까?"

"그건 인정하지 않을 수 없군요." 모두 폭소를 터뜨리자 글레나번이 말했다. "선생은 그 사실을 몰랐습니까?"

"전혀요! 하지만 나는 항의하겠습니다! 게다가 영국인은 우리를 '개구리 먹는 놈들'이라고 부르지 않나요? 일반적으로 사람은 자기가 먹는 것을 무서워하거나 하지는 않는 법이죠."

"그래도 역시 그렇게 말하고 있으니까요." 소령이 조심스럽게 미소를 지으면서 대답했다.

이리하여 '무어 앤 딕슨'사 제품인 그 유명한 카빈총은 맥내브스 소령의 손으로 돌아갔다.

# 5

## 인도양의 분노

이 대화가 있은 지 이틀 뒤, 존 맹글스는 정오에 배의 현재 위치를 측정하여 '덩컨'호가 동경 113도 37분에 있다고 알렸다. 승객들은 해도를 조사하여 베르누이 곶까지 5도도 남지 않은 것을 알고 만족하지 않을 수 없었다. 베르누이 곶과 앙트르카스토 곶 사이의 오스트레일리아 해안은 원호를 그리고, 남위 37도선이 그 양쪽 끝을 달리고 있다. 지금 '덩컨'호가 적도를 향해 북상했다면 북쪽으로 200킬로미터 지점에 있는 채텀 곶에 당장 부딪치게 되었을 것이다. 이때 '덩컨'호는 인도양의 오스트레일리아 대륙 언저리를 항해하고 있었다. 따라서 나흘 안으로 베르누이 곶이 수평선에 나타날 거라고 기대할 수 있었다.

지금까지는 서풍 덕분에 요트의 속도가 빨라졌다. 하지만 며칠 전부터 서풍은 약해져가는 경향을 보이고 있었다. 바람은 서서히 잔잔해졌다. 12월 13일에는 바람이 완전히 약해지고 돛은 돛대를 따라 축 늘어졌다. 강력한 스크루가 없었다면 '덩컨'호는 잔잔한 망망대해에 꼼짝없이 발이 묶였을 것이다.

　이런 기상 상태는 끝없이 계속될 수도 있었다. 저녁때 글레나번은 이 문제에 대해 존 맹글스와 이야기를 나누었다. 젊은 선장은 석탄 창고가 비어가는 것을 보고, 바람이 약해진 것 때문에 몹시 초조해하는 것 같았다. 그는 가벼운 산들바람이라도 이용할 수 있도록 모든 돛을 올리고 보조돛과 삼각돛들도 다 펴게 했다. 하지만 선원들의 표현을 빌리자면 '모자를 부풀리는 바람'조차 불지 않았다.

　"어쨌든……" 하고 글레나번이 말했다. "너무 푸념할 필요는 없네. 역풍보다는 차라리 바람이 없는 게 나으니까."

　"나리 말씀이 맞습니다." 존 맹글스가 대답했다. "하지만 이렇게 갑자기 바람이 잔잔해지는 게 날씨 변화를 가져오는 법이죠. 그래서 저는 두렵습니다. 현재 위치는 10월부터 4월까지 북동쪽에서 불어오는 몬순*의 한계 지역으로, 이 몬순이 조금이라도 역풍으로 바뀌면 배의 속도가 많이 느려질 겁니다."

　"어쩔 수 없지. 그런 사태가 일어나면 거기에 따를 수밖에. 결국에는 그저 조금 늦어질 뿐일 테니까."

　"그건 그렇습니다. 폭풍우가 가세하지만 않는다면……."

　"자네는 비바람으로 바다가 거칠어지는 것을 두려워하고 있나?" 글레나번이 하늘을 살피면서 말했지만, 하늘은 수평선에서 꼭대기까지 구름 한 점 없어 보였다.

　"그렇습니다. 나리께는 말씀드릴 수 있지만, 마님이나 그랜트 양을 겁먹게 하고 싶지는 않아서요."

---

* 인도양에 부는 강력한 계절풍.

"그건 현명한 일이야. 무슨 조짐이라도 있나?"

"바다가 거칠어질 확실한 징후가 보입니다. 하늘의 겉모습을 믿지 마세요. 그보다 더 사람을 헷갈리게 하는 건 없으니까요. 이틀 전부터 기압이 불안할 만큼 내려가고 있습니다. 지금은 기압계 눈금이 73.09센티미터를 가리키고 있는데, 이게 저로서는 무시할 수 없는 경고입니다. 그런데 저는 남양의 폭풍우가 특히 두렵습니다. 벌써 몇 번이나 당해본 적이 있으니까요. 수증기가 남극의 빙원에서 압축되어 공기를 격렬하게 끌어당깁니다. 그 때문에 극지의 바람과 적도의 바람이 서로 맞서 싸우고, 사이클론이나 토네이도*처럼 배가 도저히 맞설 수 없는 온갖 종류의 폭풍이 일어나지요."

"존, '덩컨'호는 튼튼한 배야. 선장은 유능한 뱃사람이고. 폭풍이 온다면 와도 좋아. 우리는 얼마든지 맞서 싸울 수 있어."

존 맹글스가 걱정과 두려움을 겉으로 드러낸 것은 바다 사나이의 본능에 따른 것이었다. 영어 표현을 빌리면 그는 노련한 'weather-wise'(날씨를 잘 알아맞히는 사람)이었다. 기압계 눈금이 계속 내려가는 것을 보고 그는 모든 예방 조치를 취했다. 하늘만 보면 아직 예상할 수 없는 폭풍을 그는 이미 예기하고 있었다. 절대로 틀리지 않는 기구가 그를 속일 리는 없었다. 공기는 압력이 높은 곳에서 낮은 곳으로 흐른다. 기압이 낮은 곳이 가까우면 가까울수록 기층 속에서 균형은 빨리 회복되고 풍속은 빨라진다.

---

* 사이클론: 벵골 만과 아라비아 해에서 발생하는 열대성 저기압. 토네이도: 미국 중남부 지역에서 일어나는 강력한 회오리바람.

존은 밤새도록 갑판에 나와 있었다. 11시쯤 남쪽 하늘이 흐려졌다. 존은 부하들을 모두 갑판으로 불러내어 작은 돛을 내리게 했다. 남겨둔 것은 앞돛대와 주돛대의 돛, 그리고 뱃머리의 삼각돛뿐이었다. 자정 무렵부터 바람이 세차졌다. 강풍이었다. 공기 분자가 초속 12미터로 날아갔다. 돛대가 삐걱거리는 소리, 밧줄이 요동치는 소리, 이따금 돛이 바람과 같은 방향으로 돌아가는 소리, 배 안의 칸막이벽이 삐걱거리는 소리가 승객들에게 그때까지 미처 몰랐던 것을 가르쳐주었다. 파가넬과 글레나번, 소령과 로버트는 호기심으로, 또는 자기도 무언가 일을 할 작정으로 갑판에 나타났다. 그들이 전에 보았을 때는 끝없이 맑고 별이 아로새겨져 있던 하늘에 지금은 두꺼운 구름이 달리고, 표범가죽 같은 무늬의 띠가 구름을 가로지르고 있었다.

"폭풍인가?" 글레나번이 존 맹글스에게 물었다.

"아직은 아닙니다. 하지만 이제 곧 닥쳐올 겁니다." 선장이 대답했다.

그와 동시에 그는 톱세일(앞돛대의 가로돛)의 버팀줄을 단단히 동여매라고 명령했다. 선원들은 바람이 불어오는 쪽의 밧줄에 덤벼들어 간신히 끌어내린 활대에 돛을 감아서 면적을 줄였다. 존 맹글스는 요트를 안정시켜 롤링(배가 좌우로 흔들리는 것)을 누그러뜨리기 위해 가능한 한 돛을 남겨두려고 했다.

이런 조치를 취한 뒤, 그는 곧 닥쳐올 게 분명한 폭풍에 대비하기 위해 톰 오스틴과 선원장에게 이런저런 명령을 내렸다. 보트를 묶는 끈과 예비품을 묶어놓은 끈은 보강되었다. 대포 옆의 복활차도 보강되었다. 돛대 버팀줄은 팽팽하게 당겨 놓았다. 갑판 승강구는 못을 박아서 고정했다. 존 맹글스는 요새의 갈라진 틈새 위에 서 있는 장교처럼 바람 불어오는 쪽의 뱃전을 떠나지 않고 고물 위에 서서, 그 험악한 하늘에 감추어져 있는 조짐을 읽어내려고 했다.

이때는 기압계 눈금이 66센티미터로 떨어져 있었다. 기압계 수은주가 이렇게 낮게 내려가는 것은 드문 일이고, 폭풍우 예보기는 폭풍이 오고 있음을 보여주었다.

오전 1시였다. 헬레나와 메리 그랜트는 각자 선실에서 격렬하게 흔들리고 있다가 과감하게 갑판 위로 올라와보았다. 이때 바람은 초속 28미터로 강해져 있었다. 바람은 밧줄 사이를 격렬하게 빠져나갔다. 이런 금속제 밧줄은 현악기의 현과도 비슷해서 거대한 활로 진동을 일으킨 것처럼 울려 퍼졌다. 도르래는 서로 부딪쳤다. 삭구는 도르래의 홈 속에서 날카로운 소리를 냈다. 돛은 대포처럼 요란한 소리를 냈다. 벌써 집채만큼 커진 파도가 요트를 덮쳤고, 요트는 아르시온*처럼 거품을 내는 파도의 물마루 위에서 까딱거리고 있었다.

존 선장은 여자들을 보고는 급히 다가와서 선실로 돌아가라고 부탁했다. 큰 파도가 벌써 몇 번이나 배 안으로 뛰어들어, 갑판이 언제 파도에 씻길지 몰랐기 때문이다. 바람 소리와 파도 소리는 이제 귀가 먹먹할 정도여서, 헬레나에게는 젊은 선장의 말이 거의 들리지 않았다.

그래도 그녀는 잠깐 조용해졌을 때 선장에게 물어볼 수 있었다.

"위험은 없나요?"

* 바다에 떠 있는 보금자리를 만든다는 전설의 말.

"전혀 없습니다. 하지만 마님께서 갑판에 계시면 안 됩니다. 그랜트 양도 마찬가집니다."

헬레나와 메리는 간청이나 다름없는 그의 명령에 거역하지 않고 선실로 돌아가려고 했지만, 마침 그때 배 이름이 적힌 고물의 나무판을 덮친 파도 때문에 그녀들의 선실로 통하는 입구의 유리창이 바르르 떨렸다. 돛대는 돛의 압력으로 휘었고, 요트는 파도 위로 떠오르는 것처럼 보였다.

"앞돛을 줄여!" 존 맹글스가 외쳤다. "톱세일과 지브(앞돛대의 삼각돛)를 내려!"

선원들은 각자 자기가 맡은 돛으로 달려갔다. 밧줄이 느슨해지고, 돛줄임줄에는 누름돌이 달리고, 지브는 하늘의 소리도 지워질 만큼 요란한 소리와 함께 내려졌다. 그리고 '덩컨'호는 굴뚝에서 검은 연기를 토해내면서 이따금 수면 위로 모습을 드러내는 스크루로 불규칙하게 바다를 때리고 있었다.

글레나번, 소령, 파가넬, 로버트는 '덩컨'호와 파도의 싸움을 공포와 감탄이 뒤섞인 눈으로 바라보고 있었다. 그들은 서로 한마디도 나누지 못한 채, 뱃전에 찰싹 달라붙어 거칠게 날뛰는 바람 속에서 장난치고 있는 '악마바다제비'라는 그 불길한 폭풍새 무리를 바라보았다.

이때 귀청을 찢는 경적 소리가 바람 소리를 뚫고 들려왔다. 수증기가 배기관이 아니라 보일러 밸브에서 격렬하게 분출한 것이다. 경적 소리는 이례적일 만큼 강하게 울려 퍼졌고, 요트는 무서울 만큼 기울어지고, 키를 잡고 있던 윌슨은 갑자기 돌아간 키에 부딪혀 쓰러졌다. '덩컨'호는 큰 파도를 옆구리에 받았고, 키는 더 이상 기능을 발휘하지 못하게 되었다.

"무슨 일이야?" 존 맹글스가 브리지*로 뛰어 올라가서 외쳤다.

"배가 옆으로 쓰러지겠어요!" 톰 오스틴이 대답했다.

"키가 망가졌나?"

"기관실로! 기관실로!" 기관사가 외쳤다.

존은 기관실 입구로 달려가 사다리를 뛰어 내려갔다. 수증기가 기관실을 가득 채우고 있었다. 피스톤은 실린더 안에서 멈춰서 있다. 기관사는 제 노력이 아무 소용도 없는 것을 깨닫고, 보일러가 폭발하지나 않을까 걱정이 되어 수증기를 보내는 것을 멈추고 배기관에서 증기를 빼낸 것이다.

"도대체 무슨 일이야?" 선장이 물었다.

"스크루가 휘었거나 무언가에 걸린 모양입니다. 움직이질 않아요." 기관사가 말했다.

"뭐라고? 떼어낼 수는 없나?"

"없습니다."

이런 고장을 수리하려고 애쓸 때가 아니었다. 절대로 움직일수 없는 확실한 사실이 하나 있었다. 스크루는 움직이지 않고 증기는 이미 추진력을 잃어버렸다는 사실이다. 그래서 존은 다시 돛에 의지할 수밖에 없었고, 이제는 가장 위험한 적이 되어버린 바람을 협력자로 삼아야 했다.

그는 다시 갑판으로 올라가 글레나번에게 간단히 사정을 설명했다. 그리고 다른 승객들과 함께 선실로 돌아가라고 글레나번을 재촉했다. 그러나 글레나번은 갑판에 남고 싶다고 말했다.

"아닙니다, 나리." 존 맹글스는 결연한 목소리로 대답했다.

* 선박의 맨 꼭대기 층 앞쪽에 있는 곳으로 배를 조종하는 곳이다.

"이곳엔 저와 부하들만 있어야 합니다. 돌아가주십시오! 배는 언제 심하게 기울어질지 모르고, 그렇게 되면 파도는 가차 없이 나리를 휩쓸어갈 겁니다."

"하지만 우리도 뭔가 도움이 될지 모르니까……."

"돌아가주십시오. 어서요. 그러셔야 합니다. 제가 이 배를 장악하지 않으면 안 될 경우도 있습니다. 돌아가세요. 이건 명령입니다!"

존 맹글스가 이렇듯 엄격하게 말하는 이상, 상황은 절박한 게 분명했다. 글레나번은 자기가 선장에게 복종하는 모범을 보여야 한다는 것을 깨달았다. 그래서 그는 세 사람을 데리고 갑판에서 내려가, 불안에 떨면서 풍파와의 싸움이 어떻게 끝날지 그 결과를 기다리고 있는 두 여자에게 갔다.

"존 선장은 과감한 남자야!" 식당으로 들어가면서 글레나번이 말했다.

"그래요." 파가넬이 대답했다. "그를 보면 위대한 셰익스피어의 작품에 나오는 뱃사람이 생각납니다. 《템페스트》라는 희곡에서 자기 배에 타고 있는 국왕에게 이렇게 외치죠. '저쪽으로 가세요! 조용히 하세요! 선실로 돌아가세요! 이 파도와 바람에게 침묵을 명할 수 없다면 가만히 있어주세요! 자, 거기서 비켜요! 비켜!' 하고 말입니다."

한편 존 맹글스는 1초도 낭비하지 않고 스크루가 걸렸기 때문에 생겨난 위험한 상황에서 배를 구출하는 작업에 착수했다. 침로에서 되도록 벗어나지 않기 위해 그는 돛의 면적을 최대한 줄여두기로 했다. 그래서 돛을 올린 채 두고, 바람의 방향에 대해 세로가 되도록 비스듬히 활대를 움직여야 했다. 톱세일은 아래

쪽만 풀고, 주돛대 버팀줄에 삼각돛을 올리고, 키는 바람 불어오는 방향으로 돌렸다.

뛰어난 항해 성능을 갖추고 있는 배는 박차가 가해진 준마처럼 움직여, 덮쳐오는 파도에 옆구리를 돌렸다. 돛을 이 정도만 줄여놓으면 견딜 수 있을까? 던디의 최고급 아마포로 만든 돛이다. 하지만 어떤 직물이 이렇게 격렬한 힘을 견딜 수 있을까?

이렇게 돛의 면적을 최대한 줄여놓으면, 요트에서 가장 튼튼한 부분을 파도에 노출시키고 최초의 방향을 유지할 수 있다는 이점이 있었다. 하지만 여기에도 위험이 없는 것은 아니었다. 배는 너울과 너울 사이의 깊은 골짜기로 빠져들어 거기서 다시 일어서지 못하는 경우도 있기 때문이다. 하지만 존 맹글스에게는 선택의 여지가 없었다. 그는 돛이나 돛대가 떨어지지 않는 한 그 상태를 계속 유지하기로 결심했다. 부하들은 그의 눈앞에 대기하면서, 필요한 곳으로 언제든지 뛰어갈 수 있도록 준비 태세를 갖추고 있었다. 존은 돛대 밧줄에 몸을 붙들어 맨 채 미쳐 날뛰는 바다를 지켜보고 있었다.

그날 하룻밤은 이런 상태로 지나갔다. 새벽에는 폭풍이 가라앉기를 기대했지만, 그것은 부질없는 기대였다. 오전 8시쯤 바람은 점점 강해져 초속 36미터에 이르는 폭풍이 되었다.

존은 아무 말도 하지 않았지만, 배와 배에 타고 있는 사람들을 생각하면 몸이 떨렸다. '덩컨'호는 무서울 만큼 기울어졌다. 배의 들보를 지탱하는 기둥은 삐걱삐걱 소리를 내고, 이따금 앞돛대의 돛을 펴는 하활이 파도의 물마루를 때렸다. 벌써 선원들은 도끼를 들고 주돛대의 밧줄을 끊으려고 달려갔지만, 이때 도르래의 홈에서 빠져나온 돛이 거대한 신천옹처럼 날아갔다.

'덩컨'호는 다시 일어섰다. 하지만 파도 위에 받침점도 없고 방향도 잃어서 몹시 흔들렸고, 그 때문에 돛대는 밑동까지 쪼개지지 않을까 싶을 정도였다. 이런 롤링을 오랫동안 참고 견딜 수는 없었다. 흔들렸을 때 배의 각 부분이 덜컹거렸고, 곧 피복에는 빈틈이 생기고 이음매는 어긋나게 되고, 바닷물이 마음대로 들어올 게 뻔했다.

존 맹글스에게 남은 방법은 이제 하나뿐이었다. 앞쪽에 있는 폭풍용 삼각돛을 펴고 폭풍우에서 달아나는 방법이었다. 몇 시간이나 노력해서, 몇 번이나 실패한 끝에 간신히 삼각돛을 펴는 데 성공했다. 삼각돛이 앞돛대의 버팀줄 위에서 바람을 받기 시작한 것은 오후 3시가 지나서였다.

그 후 '덩컨'호는 이 작은 돛으로 바람을 타고 순풍을 받아 엄청나게 빠른 속도로 달아나기 시작했다. 이리하여 배는 폭풍이 달려가는 북동쪽으로 향하게 되었다. 가능한 한 빠른 속도를 유지하지 않으면 안 되었다. 배의 안전은 오로지 속도에 달려 있었기 때문이다. 이따금 선체와 같은 방향으로 밀려가는 파도를 추월하려고 배는 그 유선형 뱃머리로 파도를 가르고 거대한 고래처럼 파도로 돌진하여, 뱃머리부터 고물까지 갑판 전체가 파도에 씻겼다. 때로는 배의 속도가 파도의 속도와 같아져서 키는 전혀 기능을 발휘하지 못하게 되고, 옆으로 쓰러지지나 않을까 싶을 만큼 기울어져 침로에서 벗어났다. 때로는 파도가 폭풍에 떠밀려 배보다 빠르게 달리는 경우도 있었다. 그렇게 되면 파도는 고물을 넘어 배 안으로 들어와, 갑판 전체를 뒤쪽에서 앞쪽으로 격렬하게 휩쓸고 지나갔다.

희망과 절망이 교차하는 이 위험한 상황은 12월 15일 하루와

'덩컨'호는 빠른 속도로 달아나기 시작했다.

그 이튿날 날이 밝을 때까지 계속되었다. 존 맹글스는 잠시도 제자리를 떠나지 않았다. 그는 아무것도 먹지 않았다. 태연자약한 얼굴은 감정을 드러내려 하지 않았지만, 사실 그는 불안에 시달리고 있었고, 그의 눈은 북쪽에 자욱하게 낀 짙은 안개 속을 꿰뚫어보려고 애쓰고 있었다.

실제로 그가 불안을 느끼는 것은 당연했다. 침로 밖으로 내던져진 '덩컨'호는 무엇으로도 막을 수 없는 속도로 오스트레일리아 해안을 향해 달리고 있었다. 존 맹글스는 무서운 해류가 배를 끌어당기고 있는 것을 본능적으로 느끼고 있었다. 언제 암초에 부딪혀 요트가 산산조각 날지 모른다고 두려워하고 있었다. 해안은 바람이 불어가는 쪽으로 20킬로미터 이내에는 없을 거라고 그는 계산했다. 하지만 이 경우 육지는 난파와 조난을 의미했다. 끝없는 바다가 훨씬 나았다. 배는 바다의 분노에 대해서는 양보하면서 자신을 지킬 수 있다. 하지만 폭풍이 배를 해안으로 내던지면 구원은 없다.

존 맹글스는 글레나번을 만나러 갔다. 그들은 단둘이 이야기를 나누었다. 존 맹글스는 글레나번에게 상황을 설명했고, 그 심각성을 줄이거나 덜어서 전달하려고는 하지 않았다. 어떤 일이라도 해낼 각오를 굳힌 뱃사람다운 냉정한 태도로 사태를 직시하고, 어쩌면 '덩컨'호를 해안에 상륙시켜야 할지도 모른다는 말로 이야기를 마무리지었다.

"가능하면 승객을 구하기 위해서입니다, 나리."

"그렇게 하게, 존." 글레나번이 대답했다.

"그러면 마님은요? 메리 그랜트 양은요?"

"마지막 순간, 항해를 계속할 가망이 완전히 사라졌을 때가 아니면 헬레나와 메리한테는 말하지 않겠네. 만약 그때가 오거든 나한테 알려주게."

"예, 나리."

글레나번은 여자들한테 돌아갔다. 헬레나와 메리도 위험의 전모까지는 모르지만 위험이 닥쳐오고 있는 것은 느끼고 있었고, 남자들 못지않은 용기를 보여주었다. 파가넬은 기류의 방향과 관련하여 토네이도와 사이클론과 직선 방향의 폭풍을 비교한 흥미로운 이론을 로버트에게 열심히 이야기하고 있었지만, 그것은 사실 이 경우에는 전혀 어울리지 않는 이론이었다. 소령은 숙명론을 믿는 이슬람교도처럼 종말이 다가오기를 기다리고 있었다.

11시쯤 폭풍우는 조금 약해진 것처럼 보였다. 눅눅한 안개가 흩어지고 날이 잠깐 개었을 때 존은 야트막한 육지를 볼 수 있었다. 육지는 바람이 불어가는 쪽으로 10킬로미터쯤 떨어진 곳에 있었다. 그는 배를 곧장 그쪽으로 몰았다. 거대한 파도가 놀랍게도 15미터가 넘는 높이까지 튀어 오르고 있었다. 존은 거기에 무언가 단단한 것이 있기 때문에 파도가 그런 높이까지 올라간다는 것을 알아차렸다.

"모래톱이 있어." 그는 오스틴에게 말했다.

"나도 그렇게 생각합니다." 항해사가 대답했다.

"우리는 신의 손아귀에 들어가 있어." 존이 다시 말했다. "신이 '덩컨'호에 통로를 열어주지 않으면, 그리고 몸소 그 통로로 인도해주지 않으면 우리는 끝장이야."

"지금은 밀물이라 수위가 높아요. 어쩌면 저 모래톱을 넘을 수 있을지도 모르잖아요?"

"하지만 오스틴, 저 격렬한 파도를 봐! 어떤 배가 저 파도에 저항할 수 있겠나? 우리를 도와달라고 신에게 기도나 하세!"

그러는 동안에도 '덩컨'호는 폭풍용 삼각돛을 올리고 무서운 속도로 해안을 향해 달려가고 있었다. 이윽고 모래톱까지의 거리가 3킬로미터밖에 남지 않았다. 하지만 존은 거품을 일으키고 있는 그 가장자리 너머에서 잔잔한 수면을 본 듯한 느낌이 들었다. 거기에만 가면 '덩컨'호는 비교적 안전할 수 있을 터였다. 하지만 저 모래톱을 어떻게 넘을까?

존은 승객들을 갑판으로 올라오게 했다. 배가 난파했을 경우 승객들이 선실에 갇혀 있으면 곤란하다고 생각했기 때문이다. 글레나번과 동료들은 무서운 바다를 바라보았다. 메리 그랜트는 안색이 변했다.

"존." 글레나번은 낮은 목소리로 젊은 선장에게 말했다. "나는 아내를 구하려고 애쓰겠네. 구하지 못하면 아내와 함께 죽을 거야. 자네는 메리를 맡아주게."

"예, 나리." 존 맹글스는 글레나번의 손을 잡고 눈물에 젖은 자기 눈으로 가져가면서 대답했다.

'덩컨'호는 이제 모래톱 기슭에서 2킬로미터 정도밖에 떨어져 있지 않았다. 바다는 이때 만조였으니까 요트가 그 위험한 여울을 넘기에 충분한 수심을 요트 밑에 남겨줄 것이다. 하지만 설령 그렇다 해도 거대한 파도가 배를 들어 올리거나 내던지면 용골이 바다에 닿을 것이다. 그러면 파도의 움직임을 누그러뜨리고 물 분자가 쉽게 미끄러지게 할 수 있는 방법, 요컨대 거칠게 날뛰는 바다를 잔잔하게 가라앉힐 방법은 없을까?

존 맹글스는 마지막 방법을 생각해냈다.

"기름!" 그가 외쳤다. "모두 기름을 흘려보내라, 기름을!"

선원들은 이 말을 당장 이해했다. 그것은 이따금 성공한 적이 있는 방법이었다. 수면을 기름막으로 덮어서 거칠고 세찬 파도를 진정시키는 것이다. 이 기름막은 수면 위를 덮어서 파도의 기세를 죽인다. 효과는 금방 나타나지만 또 금방 사라진다. 이 공작을 가한 수면을 배가 지나가면 수면의 분노는 더욱 강해진다. 그래서 그 배를 뒤따라온 배야말로 재난을 피할 수 없게 된다!*

선원들은 바다표범 기름을 담은 통을 뱃머리의 갑판 위로 끌어 올렸다. 위험이 다가오자 선원들은 놀라운 힘을 내고 있었다. 그들은 뱃머리에서 도끼로 기름통의 바닥을 떼어낸 뒤, 좌우의 뱃전으로 가져갔다.

"꽉 잡고 있어!" 존 맹글스는 기회를 엿보면서 외쳤다.

20초 뒤, 요트는 포효하며 역류하는 바닷물에 가로막힌 수로 입구에 다다랐다. 지금이 기회였다.

"부어라!" 젊은 선장이 외쳤다.

기름통이 뒤집히고 기름이 콸콸 쏟아져 나왔다. 순식간에 기름막이 거품 이는 수면을 덮었다. '덩컨'호는 잔잔해진 파도 위를 질주하여, 곧 무서운 모래톱 너머의 잔잔한 수역으로 들어갔다. 한편 방해물을 제거한 넓은 바다는 배 뒤에서 이루 형언할 수 없을 만큼 난폭하게 날뛰었다.

* 〔원주〕 그래서 해상법은 다른 배가 같은 수로에 뒤따라 들어올 때는 이 마지막 수단을 쓰는 것을 금지하고 있다.

기름이 콸콸 쏟아져 나왔다.

# 6

## 베르누이 곶

존 맹글스가 맨 처음 한 일은 두 개의 닻으로 배를 단단히 고정시키는 것이었다. 그는 10미터 아래의 해저에 닻을 내리게 했다. 해저는 단단하고 닻이 안정되게 놓일 수 있는 모래로 되어 있었다. 그래서 썰물이 져도 닻이 바닥에서 떠올라 배가 표류하거나 좌초할 염려는 없었다. '덩컨'호는 그렇게 오랫동안 위험을 견딘 끝에 이제는 고리 모양의 높은 곶이 난바다의 바람을 막아주는 일종의 후미에 들어와 있었다.

글레나번은 "수고했네, 존" 하면서 젊은 선장의 손을 잡았다.

그리고 존은 이 두 마디로 충분한 보상을 받았다고 느꼈다. 글레나번은 지금까지의 불안을 아무한테도 털어놓지 않고 가슴에 감추었기 때문에, 헬레나와 메리와 로버트도 방금 빠져나온 위험이 얼마나 심각했는지를 전혀 알아차리지 못했다.

그래도 아직 중대한 점 하나가 밝혀져야 했다. 폭풍에 떠밀린 '덩컨'호는 해안의 어느 지점에 표착한 것일까? 이제까지 더듬어온 남위 37도선을 또 어디서 만나게 될까? 원래의 목적지인 베르누이 곶은 남서쪽으로 얼마나 떨어져 있을까? 존 맹글스에게 던져진 첫 질문은 이것이었다. 존은 당장 계측을 실시하여 그 결과를 해도에 기입했다.

다행히 '덩컨'호는 예상 침로에서 그렇게 많이 벗어나지는 않았다. 겨우 2도를 벗어났을 뿐이다. 현재 위치는 동경 136도 12분·남위 35도 7분, 오스트레일리아 남부의 돌출부 가운데 하나인 커태스트로피(대참사) 곶이었고, 베르누이 곶에서는 약 500킬로미터 떨어진 곳이었다.

재수 없는 이름을 가진 이 커태스트로피 곶 맞은편에는 캥거루 섬의 보더 곶이 튀어나와 있었다. 이 두 곶 사이에 북쪽의 스펜서 만과 남쪽의 세인트빈센트 만으로 통하는 인베스티게이터 해협이 뚫려 있다. 세인트빈센트 만 동해안에 사우스오스트레일리아 주의 주도인 애들레이드 항이 자리 잡고 있는데, 1836년에 건설된 이 도시는 주민이 4만 명에 이르고 자원도 상당히 풍부하다. 하지만 도시 주민들은 커다란 공장을 세워 기업을 운영하기보다는 비옥한 땅을 경작하여 포도와 오렌지 같은 농작물을 수확하는 데 뜻을 두고 있었다. 주민들 중에는 기술자보다 농부가 더 많고, 주민의 일반적인 기풍은 상거래나 기계적 기술에는 별로 어울리지 않는다.

'덩컨'호는 여기서 손상된 부분을 수리할 수 있을까? 이 점을 확실히 해두지 않으면 안 되었다. 존 맹글스는 배가 실제로 얼마나 손상되었는지 알고 싶었다. 그래서 배 뒤쪽으로 잠수부를 보냈다. 잠수부들은 스크루의 날개 하나가 구부러져서 선미재*에 닿아 있다고 보고했다. 그래서 스크루가 회전운동을 할 수 없게 되어 있었다. 이 손상은 심각한 것으로 판단되었다. 게다가 그것을 수리하려면 애들레이드에서는 찾을 수 없는 도구가 필요했다.

글레나번과 존 선장은 심사숙고한 끝에 다음과 같은 결론에 도달했다. '덩컨'호는 '브리타니아'호의 흔적을 더듬으며 오스트레일리아 해안을 따라 달린다. 베르누이 곶에 들러 마지막 정보를 모으고, 다시 남쪽으로 멜버른까지 간다. 그곳에 가면 손상된 부분을 간단히 수리할 수 있을 것이다. 스크루를 수리하면 '덩컨'호는 동해안을 순항하며 예정된 수색을 끝낸다.

모두 이 제안에 동의했다. 존 맹글스는 순풍이 부는 대로 출범하기로 했다. 오래 기다릴 필요가 없었다. 저녁때 폭풍이 완전히 가라앉았다. 폭풍에 이어 남서쪽에서 순풍이 불어왔다. 출범 준비가 끝났다. 새 돛을 활대에 묶었다. 오전 4시에 선원들은 도르래를 감아올렸다. 곧 닻줄이 팽팽해지고 닻이 올라왔다. '덩컨'호는 앞돛과 중간돛, 이물과 고물의 삼각돛을 우현 쪽으로 열고 오스트레일리아 해안에서 불어오는 순풍을 타고 달리기 시작했다.

두 시간 뒤에 커태스트로피 곶은 보이지 않게 되었고, 배는 인베스티게이터 해협에 옆구리를 향하고 있었다. 저녁에는 보더 곶 앞을 지났지만 캥거루 섬은 수천 미터 떨어진 곳까지 뻗어 있었다. 캥거루 섬은 오스트레일리아의 작은 섬들 중에서는 가장 큰 섬으로, 탈옥한 죄수들의 은신처가 되어 있었다. 그 경

---

* 배의 뒤 끝을 마무리하는 기둥. 키나 스크루의 진동에 견딜 수 있도록 철강재로 만들어진다.

치는 매력적이었다. 드넓은 초록빛 융단이 겹겹이 층을 이룬 바닷가 암벽을 뒤덮고 있었다. 1802년에 이 섬이 발견되었을 무렵처럼 헤아릴 수 없이 많은 캥거루 떼가 들판을 종횡무진으로 뛰어다니는 것이 보였다. 이튿날 '덩컨'호가 파도를 헤치고 달리는 동안, 해안의 암초를 조사하기 위해 보트를 내보냈다. 이때 배는 남위 36도선에 있었는데, 글레나번은 남위 38도까지는 남김없이 탐색해두고 싶다고 생각했다.

12월 18일에 '덩컨'호는 진짜 쾌속선처럼 모든 돛을 펴고 바람을 옆에서 받으며 달리다가 인카운터 만을 스치듯 지나갔다. 1828년에 탐험가 스터트는 오스트레일리아 남부에서 가장 큰 하천인 머리 강을 발견한 뒤 이 만에 도착했는데, 그것은 캥거루 섬의 초록빛 해안이 아니라, 불모의 언덕이 톱니처럼 생긴 낮은 해안선의 단조로움을 이따금 깨뜨리는 황량한 곳이었다. 군데군데 회색 절벽이 솟아 있고 모래톱이 길게 뻗어 있지만, 모두 극지방에 가까운 대륙 특유의 메마른 모습을 보이고 있었다.

이 항해를 하는 동안 요트에 딸린 보트는 계속 혹사당했다. 그래도 선원들은 불평 한마디 하지 않았다. 보트가 나갈 때는 거의 언제나 글레나번이 선원들과 동행했고, 한시도 글레나번 곁을 떠나지 않는 파가넬과 로버트도 마찬가지였다. 그들은 '브리타니아'호의 표류물이라도 있으면 직접 보고 싶었다. 하지만 그 점에 관해서는 오스트레일리아 해안도 파타고니아 해안과 마찬가지로 침묵을 지키고 있었다. 그래도 문서에 지시되어 있는 지점에 도달하지 않는 한 희망을 잃어서는 안 된다. 그들이 이렇게 흔적을 찾는 것은 세세한 데까지 충분히 주의를 기울이기 위해서였고, 어떤 것도 우연에 맡기지 않기 위해서였다. 그

요트에 딸린 보트는 계속 혹사당했다.

래서 '덩컨'호는 밤에는 최대한 현재 위치에 머무르도록 닻을 내려 배를 세우고, 낮에는 해안을 주의 깊게 수색했다.

이리하여 12월 20일에 라세페드 만 끝에 있는 베르누이 곶에 도착했지만, 그때까지 표류물은 전혀 보이지 않았다. 하지만 표류물이 보이지 않는 것이 '브리타니아'호 선장에게 불리한 증거는 아니었다. 사실 그 비극이 일어난 2년 전부터 지금까지 그 삼대선의 잔해는 암초에 부딪혀 흩어지고 부식되고 유실되었을 것으로 여겨진다. 아니, 틀림없이 그랬을 것이다. 뿐만 아니라 독수리가 시체 냄새를 맡듯 난파선 냄새를 맡는 원주민들은 아무리 하찮은 파편 조각도 주워갔을 것이다. 파도에 실려 해안으로 올라가자마자 붙잡힌 그랜트 선장과 동료들은 내륙으로 끌려가 있을 것이다.

하지만 여기서 자크 파가넬의 교묘한 가설 가운데 하나가 무효가 되어버렸다. 아르헨티나 영토에 국한하는 한, 지리학자는 문서에 나온 숫자는 조난 장소가 아니라 그들이 붙잡혀 있는 곳과 관련되어 있다고 당연히 주장할 수 있었다. 확실히 그곳에는 팜파스의 큰 강과 수많은 지류가 있으니까, 그 하천들이 그 귀중한 문서를 바다로 실어 날랐다 해도 이상하지 않다. 반면에 오스트레일리아의 이 일대에는 남위 37도선을 가로지르는 수로가 그리 많지 않다. 게다가 콜로라도 강과 네그로 강은 사람이 살 수 없고 실제로 살고 있지 않은 황량한 해안을 지나 바다로 들어가는 반면, 머리 강이나 야라 강이나 토렌스 강이나 달링 강 같은 오스트레일리아의 주요 하천들은 서로 합류하거나, 선박 출입이 많은 항구가 되어 있는 하구를 통해 바다로 흘러든다. 그렇다면 깨지기 쉬운 유리병이 배가 자주 다니는 이 하천을 내려와 인도양에 다다를 가능성은 얼마나 될까?

통찰력을 가진 사람이라면 그게 불가능하다는 것을 모를 리가 없었다. 파가넬의 가설은 아르헨티나 영토인 파타고니아에서는 인정되지만 오스트레일리아에서는 사리에 맞지 않았다. 맥내브스 소령이 이 문제에 대해 제기한 논쟁이 벌어졌을 때 파가넬도 그 점을 인정했다. 문서에 적혀 있는 위도는 조난 장소 외에는 적용되지 않고, 따라서 유리병이 바다에 던져진 것은 '브리타니아'호가 난파한 오스트레일리아 서해안인 게 분명해졌다.

하지만 글레나번이 제대로 지적했듯이 이 결정적인 해석은 그랜트 선장이 붙잡혀 있다는 가설을 배제하지는 않는다. 그리고 그랜트 선장 자신이 문서에서 '잔인한 원주민에게 붙잡힐 것'이라는 무시할 수 없는 말로 그것을 암시하고 있다. 그래서 이제는 다른 어디보다 남위 37도선 부근에서 포로를 찾아야 할 이유가 전혀 없었다.

오랫동안 논의한 끝에 이 문제는 이렇게 최종적으로 해결되어 다음과 같은 결론에 도달했다. 즉, '브리타니아'호의 흔적이 베르누이 곳에서 발견되지 않으면 일행은 유럽으로 돌아갈 수밖에 없다. 수색은 결실을 맺지 못했지만, 그래도 글레나번과 동료들은 양심껏 용감하고 성실하게 의무를 수행했다.

이것은 요트 승객들을 몹시 안타깝게 하고, 메리와 로버트를 절망에 빠뜨릴 수밖에 없었다. 그랜트 선장의 두 아이는 글레나번 부부, 존 맹글스 선장, 맥내브스 소령, 자크 파가넬과 함께 해안으로 향해 가면서, 아버지가 구조되느냐 마느냐 하는 문제가 이제 최종 결정을 앞두고 있구나 하고 생각했다. 최종 결정.

그것은 좀 전의 논쟁에서 '브리타니아'호가 동해안의 암초에 부딪혀 난파되었다면 조난자들은 벌써 오래전에 고국으로 송환되었을 거라는 점을 파가넬이 확실하게 논증했기 때문이다.

"희망을 가져, 희망을! 어디까지나 희망을!" 헬레나는 보트 안에서 제 옆에 앉아 있는 메리에게 그 말을 되풀이했다. "하느님은 우리를 버리지 않으실 거야."

"그래요, 메리." 존 선장도 말했다. "사람이 할 수 있는 노력을 다한 뒤에야 비로소 하느님도 손을 내밀어, 뭔가 생각지도 않은 방법으로 인간에게 새로운 길을 열어주시는 법이죠!"

"하느님이 선장님의 소원을 들어주시면 좋겠네요!" 메리가 대답했다.

해안까지는 이제 200미터 정도밖에 남아 있지 않았다. 3킬로미터쯤 바다로 튀어나가 있는 곳의 말단은 이 해안에서 상당히 완만한 경사를 이루며 끝나 있었다. 보트는 형성되고 있는 산호초 사이의 작은 후미 안에서 접안했다. 이런 산호초는 시간을 들여 오스트레일리아 남부를 에워싸는 산호초 띠를 이루게 될 것이다. 지금 상태로도 이미 배 밑바닥에 상처를 주기에는 충분했고, 따라서 '브리타니아'호는 어쩌면 여기서 난파했는지도 모른다.

'덩컨'호의 승객들은 인적이 전혀 없는 해안에 쉽게 상륙했다. 띠 모양의 층리를 이룬 절벽이 15미터 내지 25미터 높이의 해안선을 이루고 있었다. 사다리도 없고 미끄러지는 것을 막아줄 스파이크도 없이 이 천연 성벽을 기어오르기는 어려웠을 것이다. 다행히 존 맹글스가 800미터쯤 남쪽에서 절벽이 일부 무너져 생긴 틈새를 발견했다. 아마 태풍이 닥쳐왔을 때 파도의 세찬 타격을 받고 무너졌을 것이다.

글레나번과 동료들은 그 틈새로 들어가 절벽 꼭대기까지 가파른 비탈을 올라갔다. 로버트는 새끼 고양이처럼 깎아지른 비탈을 기어올라 맨 먼저 꼭대기로 나가서 파가넬을 실망시켰다. 파가넬은 40대인 자신의 긴 다리가 열두 살 소년의 짧은 다리에 졌기 때문에 굴욕을 느꼈다. 물론 그는 침착하고 느긋한 소령보다는 훨씬 앞섰지만, 소령은 그런 데 별로 신경을 쓰지 않았다.

작은 무리는 곧 한데 모여 눈 아래 펼쳐진 평야를 바라보았다. 그것은 관목과 덤불에 덮인 황량하고 드넓은 불모지였다. 글레나번은 그곳을 스코틀랜드 저지의 골짜기와 비교했고, 파가넬은 브르타뉴의 척박한 황야와 비교했다. 그런데 이 지방은 해안에는 아무도 살지 않는 것처럼 보였지만, 저 멀리 희망을 불러일으키는 몇몇 건물은 인간, 그것도 미개인이 아니라 부지런한 일꾼의 존재를 알려주고 있었다.

"풍차다!" 로버트가 외쳤다.

과연 5킬로미터쯤 떨어진 곳에서 풍차 날개가 바람을 받아 돌고 있었다.

"정말로 풍차로군." 문제의 물체를 향해 망원경을 돌린 파가넬이 대답했다. "정말 소박하면서도 쓸모 있는 기념물이야. 게다가 보는 내 눈에 큰 기쁨을 주는군."

"꼭 종탑 같아요." 헬레나가 말했다.

"그렇습니다. 하나는 육신의 빵가루를 빻고 또 하나는 영혼의 빵가루를 빻지요. 그 점으로 보아도 풍차와 종탑은 아주 비슷합니다."

"풍차로 갑시다." 글레나번이 말했다.

"풍차로 갑시다." 글레나번이 말했다.

그들은 걷기 시작했다. 30분쯤 걷자 인간의 손길이 닿은 지면이 새로운 양상을 띠고 나타났다. 불모지에서 경작지로의 변화는 갑작스러웠다. 덤불이 아니라 산울타리가 최근에 개간된 밭을 둘러싸고 있었다. 소와 말이 몇 마리씩 튼튼한 아카시아 울타리로 둘러싸인 목장에서 풀을 뜯고 있었다. 곡식으로 뒤덮인 밭, 황금빛 이삭이 늘어서 있는 몇 에이커의 땅, 커다란 꿀벌 상자처럼 서 있는 건초 더미, 새 울타리를 두른 과수원이 나타났다. 호라티우스*가 노래해도 부끄럽지 않은 농장이고, 보기 좋은 것과 실용적인 것이 적절하게 섞여 있었다. 이어서 헛간과 알맞게 배분된 부속 건물들, 그리고 마지막으로 소박하지만 쾌적한 집, 그 옆에 박공이 뾰족한 풍차가 우뚝 솟아 있고, 그 커다란 날개의 움직이는 그림자가 집을 어루만지고 있었다.

그때 낯선 사람이 찾아왔음을 알리려는 듯 커다란 개 네 마리가 짖어대기 시작했고, 그 소리를 듣고 쉰 살쯤 된 선량한 얼굴의 사내가 안채에서 나왔다. 그의 아들로 보이는 늠름한 소년 다섯이 그들의 어머니인 덩치 큰 여자와 함께 따라 나왔다. 잘못 볼 리는 없었다. 거의 처녀지라고 해야 할 이 전원 속의 사내는 모국의 가난에 염증을 느끼고 바다 건너에서 행운과 행복을 찾으러 온 아일랜드인 식민자의 전형적인 모습을 보여주고 있었다.

글레나번 일행이 아직 자기소개도 하지 않고 이름이나 신분을 밝히기도 전에 이미 사내는 반갑게 그들을 맞이하고 있었다.

"여러분, 패디 무어의 집에 잘 오셨습니다."

---

* 호라티우스(서기전 65~8): 고대 로마의 시인. 풍자시·서정시로 명성을 얻었다.

"아일랜드인이십니까?" 글레나번이 상대가 내민 손을 잡으면서 말했다.

"전에는 그랬지요." 패디 무어가 대답했다. "지금은 오스트레일리아인입니다. 여러분이 어떤 분들인지는 모르지만 어서 들어오세요. 이 집은 여러분의 집이나 마찬가집니다."

이렇게 흔쾌한 초대는 흔쾌히 받아들일 수밖에 없다. 헬레나와 메리는 무어 부인의 안내를 받아 집으로 들어가고, 무어의 다섯 아들은 손님들의 총을 받아들었다.

밝고 서늘하고 널찍한 홀이 두꺼운 널판을 깔아놓은 집의 일층을 차지하고 있었다. 밝은 색으로 칠한 벽에 붙박여 있는 벤치들, 여남은 개의 걸상들, 하얀 도자기와 번쩍거리는 주석 주전자를 늘어놓은 참나무 선반, 스무 명은 충분히 둘러앉을 수 있는 넓고 긴 탁자가 단단한 집과 그 집에 사는 건장한 사람들에게 잘 어울리는 가구를 이루고 있었다.

점심식사가 차려졌다. 올리브와 포도, 오렌지를 담은 커다란 접시가 쇠고기와 양고기 구이를 둘러싸고, 그 사이에서 수프가 김을 모락모락 피워 올리고 있었다. 필요한 것은 모두 갖추어져 있었고, 필요 이상의 것까지도 빠짐없이 놓여 있었다. 주인 부부의 태도는 참으로 사람을 끌어당기는 매력을 갖고 있었다. 큰 식탁에 차려진 음식은 볼품도 있고 내용도 풍성해서, 식탁에 앉지 않는 것은 무례한 짓이었을 것이다. 농장에서 일하는 일꾼들도 주인과 대등한 입장에서 함께 식사를 하러 와 있었다. 패디 무어는 손님들에게 할당된 자리를 가리켰다.

"나는 당신을 기다리고 있었습니다." 무어가 글레나번에게 담담하게 말했다.

"그래요?" 글레나번이 깜짝 놀라서 물었다.

"나는 우리 집에 와줄 사람을 언제나 기다리고 있답니다." 아일랜드인이 대답했다.

그리고 가족과 고용인들이 공손히 서 있는 가운데 그는 엄숙한 목소리로 식전 기도를 올렸다. 헬레나는 이 소박한 인정에 진심으로 감동했고, 남편의 눈빛을 보고는 남편도 역시 그 소박함에 감탄하고 있음을 알았다.

음식은 모두 입맛을 다실 만큼 맛있었다. 온갖 다양한 화제를 놓고 활기찬 대화가 이루어졌다. 스코틀랜드인과 아일랜드인 사이에는 악수 이외의 번거로운 예의는 필요 없다. 너비가 10미터 정도밖에 안 되는 트위드 강이 칼레도니아와 에메랄드 섬*을 가르는 100킬로미터 너비의 노스 해협보다 더 깊은 골을 스코틀랜드와 잉글랜드 사이에 파놓았다. 패디 무어는 자신의 내력을 이야기했다. 그것은 가난 때문에 고국에서 쫓겨난 모든 이주자와 대동소이했다. 분발하여 새로운 운명을 개척하려고 먼 길을 왔지만, 환멸과 불행밖에 찾지 못한 사람도 많다. 그들은 자신의 어리석음, 자신의 게으름, 자신의 결점을 탓하는 대신 불운을 원망한다. 하지만 검소한 생활을 하고 용기가 있고 알뜰하게 절약하고 정직한 사람은 누구나 성공하는 법이다.

패디 무어는 언제나 그러했다. 그는 던독†에서 굶주림에 시달리다가 가족을 데리고 그곳을 떠나 오스트레일리아로 향했다. 애들레이드에 상륙한 그는 광부 일자리를 마다하고 요행과는

---

* 트위드 강: 영국 스코틀랜드 남동부를 흐르는 강. 길이 155킬로미터. 칼레도니아: 스코틀랜드의 옛 이름. 에메랄드 섬: 아일랜드 섬의 애칭.
† 아일랜드 북동부 렌스터 주에 있는 항구 도시.

별로 관계가 없는 농사를 택했다. 그리고 두 달 뒤 농장을 경영하기 시작하여 오늘날에는 이런 번영을 누리고 있는 것이다.

사우스오스트레일리아는 면적이 30헥타르에 이르는 필지로 분할되어 있었다. 정부는 이 필지를 식민자에게 불하하고, 부지런한 농부는 이 필지에서 생활비를 벌 수 있을 뿐만 아니라 1년에 80파운드*씩 저축도 할 수 있었다.

패디 무어는 그것을 알고 실천했다. 조국에서 경험한 농사 지식이 큰 도움이 되었다. 그는 부지런히 노력하고 근검절약하여 첫 필지에서 얻은 이익으로 다른 필지를 손에 넣었다. 그의 가족은 날로 번창했고 그의 농장도 번영했다. 그는 마침내 지주가 되었고, 그의 농장이 생긴 지 2년도 지나지 않았는데 그는 지금 200헥타르의 토지와 500마리의 가축을 소유하고 있었다. 일찍이 유럽인의 노예였던 그가 이제는 누구의 명령도 받지 않고, 세계에서 가장 자유로운 나라에서 얻을 수 있는 독립을 누리고 있었다.

손님들은 이 아일랜드인 이민자의 이야기를 듣고 진심으로 그를 축하했다. 패디 무어는 자신의 신상을 털어놓은 뒤 상대쪽에서도 뭔가 사연이 나올 거라고 기대한 모양이지만, 그것을 재촉하지는 않았다. 패디 무어는, 나는 이러이러한 사람이지만 당신은 어떤 사람인지 말해달라고는 하지 않는 신중한 사람이었다. 글레나번도 여느 경우 같으면 지금 베르누이 곶에 있는 '덩컨'호에 대해 우선 이야기하고 이어서 그가 집요하게 계속하고 있는 수색에 대해 말해야 했겠지만, 이번에는 단도직입적으

---

* 영국의 화폐 단위. 당시 1파운드는 현재 우리 화폐로 20만 원 정도.

로 본론에 들어가는 사람답게 처음부터 '브리타니아'호의 조난에 대해 패디 무어에게 물었다.

아일랜드인의 대답은 신통치 않았다. 그는 그런 배에 대해 들은 적이 없었다. 지난 2년 동안 어떤 배도 베르누이 곶의 북쪽이든 남쪽이든 어느 해안에서도 난파하지 않았다. 그런데 비극이 일어난 것은 불과 2년 전이었다. 따라서 그는 조난자가 서해안의 이 언저리에 밀려오지는 않았다고 자신 있게 단언할 수 있었다.

"그런데 왜 그런 걸 물으십니까?" 패디 무어가 말했다.

그래서 글레나번은 발견된 문서와 요트 항해, 그랜트 선장을 찾기 위한 온갖 시도에 대해 털어놓았다. 마음에 품고 있던 가장 큰 희망이 방금 무어의 단언으로 무너져버렸고, '브리타니아'호의 조난자를 찾을 수 있다는 희망도 잃어버렸다는 것을 그는 감추지 않았다.

이런 이야기는 글레나번의 말을 듣고 있는 사람들에게 비통한 느낌을 주지 않을 수 없었다. 로버트와 메리도 눈물을 글썽이면서 그의 말에 귀를 기울이고 있었다. 파가넬은 위로와 희망을 주는 말을 하려고 했지만, 그 말이 머리에 떠오르지 않았다. 존 맹글스는 억누를 수 없는 고통에 괴로워하고 있었다. '덩컨'호에 실려 이 먼 해안까지 온, 그러나 아무 보람도 얻지 못한 이 고결한 사람들의 마음은 이미 절망에 빠지려 하고 있었지만, 바로 그때 이런 말이 들렸다.

"나리, 신을 찬양하고 감사하세요! 그랜트 선장이 살아 있다면 이 오스트레일리아 대륙에 있을 겁니다."

# 7

## 에어턴

이 말에는 엄청난 놀라움이 뒤따랐다. 글레나번은 벌떡 일어나 의자를 뒤로 젖히며 외쳤다.

"누구요? 방금 그 말을 한 게."

"접니다." 식탁 끝에 앉아 있던 패디 무어의 고용인이 말했다.

"에어턴, 자네가?" 농장주는 글레나번 못지않게 놀라서 말했다.

"예, 접니다." 에어턴은 흥분했지만 또렷한 목소리로 대답했다. "나리와 같은 스코틀랜드인이고 '브리타니아'호의 조난자 가운데 한 사람입니다!"

이 말이 불러일으킨 효과는 도저히 필설로는 다할 수 없는 것이었다. 메리는 절반은 감동으로 정신이 아득해지고 절반은 기쁨으로 숨이 막힐 지경이 되어 헬레나의 품에 쓰러졌다. 존 맹글스와 로버트와 파가넬은 자기 자리를 떠나, 패디 무어가 방금 에어턴이라고 부른 남자 쪽으로 달려갔다.

그는 마흔다섯 살쯤 된 우락부락한 얼굴의 사내였다. 번득이는 눈은 움푹 들어간 눈구멍 속에 가라앉아 있었다. 몸은 여위었지만 남다른 완력을 가진 게 분명했다. 뼈와 근육뿐인 그는 스코틀랜드식 표현에 따르면 기름진 살을 만들기 위해 시간을 낭비하지 않았다. 중키에 어깨가 딱 바라지고 이목구비는 우락부락하지만 지성과 정력에 가득 찬 표정을 보면 평범한 인물은 아닌 듯했다. 그를 본 사람들이 느끼는 호감은 그 얼굴에 아직 남아 있는 고난의 흔적 때문에 더욱 강해졌다. 고통을 견디고 고통에 도전하고 고통을 이겨낼 수 있는 인간처럼 보이기는 하지만, 어쨌든 그가 극심한 고통을 겪은 것은 누구나 알 수 있었다.

글레나번과 동료들은 그를 보자마자 첫눈에 그것을 느꼈다. 에어턴의 풍모는 처음부터 강한 인상을 주었다. 글레나번은 누구나 생각하고 있는 것을 대변하여 그에게 연달아 질문을 퍼부었고, 에어턴은 거기에 답변했다. 글레나번과 에어턴이 여기서 우연히 만난 것은 그들 자신에게도 감동을 주었다.

그래서 글레나번의 질문은 처음 얼마 동안은 순서도 없고, 마치 그의 의지에 반하여 입에서 제멋대로 튀어나오는 것 같았다.

"당신이 '브리타니아'호에 타고 있다가 조난당했다고?" 그가 물었다.

"그렇습니다. 저는 그랜트 선장님 밑에서 일하던 갑판원이었습니다." 에어턴이 대답했다.

"조난당한 뒤 선장과 함께 구조됐소?"

"아닙니다, 나리. 그 무서운 순간, 갑판에 있던 저는 배에서 떨어진 뒤 해안으로 밀려 올라왔습니다."

"그러면 당신은 그 문서에 나오는 두 선원 가운데 한 사람은

그는 마흔다섯 살쯤 된 우락부락한 얼굴의 사내였다.

아니군?"

"예, 저는 그런 문서가 있는 줄도 몰랐습니다. 선장님은 제가 배를 떠난 뒤에 그 문서를 바다에 던진 모양입니다."

"하지만 선장은? 선장은 어떻게 됐소?"

"저는 '브리타니아'호의 모든 선원과 함께 선장님도 파도에 휩쓸려 행방불명된 줄 알았습니다. 저 혼자만 살아남은 줄 알았어요."

"하지만 당신은 그랜트 선장이 살아 있다고 말하지 않았소?"

"아니요. 저는 '그랜트 선장이 살아 있다면'이라고 말했습니다."

"그리고 당신은 덧붙여 말했소. 오스트레일리아 땅에 있을 거라고……."

"실제로 오스트레일리아가 아닌 다른 곳에 있을 리가 없으니까요."

"그러면 어디에 있는지는 모르는군?"

"예. 되풀이해 말하지만 저는 선장님이 파도에 휩쓸린 게 아니라면 암초나 바위에 부딪혀 돌아가신 줄 알았습니다. 선장님이 아직 살아 계실지도 모른다는 건 방금 나리께서 가르쳐주신 겁니다."

"그러면 당신은 뭘 알고 있지?"

"알고 있는 건 그랜트 선장님이 살아 있다면 오스트레일리아에 있을 거라는 것뿐입니다."

"도대체 조난은 어디서 당했소?" 맥내브스 소령이 물었다.

이것이야말로 맨 처음에 던졌어야 할 질문이었다. 하지만 뜻밖의 사태에 마음이 흐트러진 글레나번은 무엇보다 먼저 그랜트 선장이 있는 곳을 알고 싶은 마음이 앞선 나머지 '브리타니아'호가 난파한 장소를 물을 생각을 미처 못했던 것이다. 지금까지 두서없이 비논리적이고 비약적이었던 대화, 속은 파헤치지 못하고 겉만 스치고 갈 뿐 사실과 날짜를 뒤죽박죽 혼동하기만 했던 대화가 이때부터 좀 더 합리적인 면모를 갖추게 되었고, 분명치 않았던 이 사건의 진상이 듣는 사람들의 머릿속에서 곧 명쾌하고 정확하게 정리되어갔다.

맥내브스 소령의 질문에 에어턴은 이렇게 대답했다.

"저는 뱃머리에서 지브(삼각돛)를 내리고 있을 때 조난당했는데, 그때 '브리타니아'호는 오스트레일리아 해안을 향해 달리고 있었습니다. 해안까지 400미터도 남지 않았지요. 그러니까 난파는 거기서 일어난 게 틀림없습니다."

"남위 37도인가요?" 존 맹글스가 물었다.

"맞아요. 37도입니다." 에어턴이 대답했다.

"서해안인가요?"

"아닙니다. 동해안입니다!" 에어턴은 강한 어조로 대답했다.

"날짜는?"

"1862년 6월 27일 밤입니다."

"그래, 맞아!" 글레나번이 외쳤다.

"이제 제 말이 틀림없다는 걸 아시겠지요? 그랜트 선장님이 아직 살아 있다면 오스트레일리아 땅에서 살고 있고, 선장님을 찾으려면 바로 이 오스트레일리아 땅에서 찾아야 한다고."

"반드시 찾겠습니다. 선장을 실제로 찾아내서 구조하겠습니다!" 파가넬이 외쳤다. "아아, 귀중한 문서여!" 파가넬은 천진하게 덧붙였다. "그대는 얼마나 통찰력 있는 사람들 손에 들어왔는가!"

그러나 파가넬의 이 희망적인 말을 듣는 사람은 아마 아무도 없었을 것이다. 글레나번과 헬레나, 메리와 로버트는 에어턴 주위에 모여들었다. 그들은 에어턴의 손을 잡았다. 이 사내가 여기 있다는 것만으로도 그랜트 선장이 구조된 거나 마찬가지인 것처럼 여겨졌다. 일개 선원이 조난의 위험에서 벗어난 이상, 선장이 그 재난에서 빠져나가지 못할 이유가 있을까? 에어턴은 그랜트 선장이 자기와 마찬가지로 살아 있을 게 분명하다고 몇 번이나 되풀이해서 말했다. 어딘지는 자기도 말할 수 없지만 이 대륙에 있는 것은 틀림없다. 에어턴은 빗발치듯 쏟아지는 질문에 놀랄 만큼 분명하게 대답했다. 그가 말하는 동안 메리는 그의 손을 두 손으로 꼭 감싸 쥐고 있었다. 이 선원은 아버지의 동료였다. '브리타니아'호 선원들 가운데 하나였다! 아버지 곁에 있었고, 아버지와 함께 바다를 돌아다녔고, 같은 위험에 맞서왔다! 메리는 그의 우락부락한 얼굴에서 눈을 떼지 못한 채 기쁨의 눈물을 흘렸다.

그때까지는 이 갑판원이 하는 이야기의 진실성이나 그의 신분을 아무도 의심하려 하지 않았다. 다만 소령과 존 맹글스는 그렇게 턱없이 남의 말을 믿어버리는 성질이 아니었기 때문에, 에어턴의 말이 전적으로 믿을 만한지 어떤지를 의심했다. 이 생각지도 못한 만남은 어느 정도 의심을 불러일으켜도 이상하지 않았다. 확실히 에어턴은 앞뒤가 맞는 사항이나 날짜, 두드러진 사실을 언급하기는 했다. 하지만 세부는 아무리 정밀해도 그것 자체는 확증이 되지 않고, 이것은 다른 사람들도 이미 인정하고 있지만 일반적으로 거짓말은 세부의 정밀함 때문에 성립되는 법이다. 그래서 소령은 제 의견을 보류한 채 발언을 삼갔다.

존 맹글스도 처음에는 선원을 의심했지만 그 의심은 선원의 말에 끝까지 저항하지 못했고, 에어턴이 메리에게 아버지 이야기를 하는 것을 들은 뒤에는 그가 그랜트 선장의 부하가 틀림없다고 믿어버렸다. 에어턴은 메리와 로버트에 대해서도 잘 알고 있었다. '브리타니아'호가 출범할 때 글래스고에서 두 남매를 만났다는 것이다. 배에서 선장의 친지들을 위해 열린 송별회에 두 남매가 온 것을 보았다면서, 그때의 장면을 메리와 로버트에게 상기시켰다. 예컨대, 그 송별회에는 주 장관인 매킨타이어도 참석했다고 말했다. 당시 열 살이 될까 말까 했던 로버트는 선원장인 딕 터너에게 맡겨져 있었는데, 터너의 손에서 빠져나가 활대로 기어 올라갔던 일도 상기시켰다.

  "맞아요. 정말 그랬어요." 로버트가 말했다.

  그 후 에어턴은 여러 가지 사소한 것들을 상기시켰지만, 그런 사실을 그 자신은 존 맹글스처럼 중요하게 여기는 것 같지는 않았다. 그리고 그가 말을 끊었을 때 메리는 여느 때처럼 상냥한 목소리로 말했다.

  "더 얘기해주세요, 에어턴 씨. 아버지에 대해 좀 더 말해주세요."

  에어턴은 메리의 소망을 최대한 이루어주었다. 글레나번은 그것을 방해하지는 않았지만, 그보다 훨씬 유용한 질문이 몇 개나 그의 머릿속에서 번득이고 있었다. 그런데 헬레나가 메리의 기쁘고 들뜬 모습을 보고 남편의 말을 가로막았다.

  이 대화에서 에어턴은 '브리타니아'호 사건과 태평양 해역의 항해에 대해 이야기했다. 그 내용은 메리 그랜트도 대충 알고 있었다. 1862년 5월까지는 배의 소식이 있었기 때문이다. 그

1년 동안 그랜트 선장은 오세아니아의 주요 지점에 상륙했다. 헤브리디스 제도, 뉴기니, 뉴질랜드, 뉴칼레도니아에 기항하여, 식민지를 영유한 영국 관헌들의 불법적인 횡포를 목격하거나 그들의 악의적인 방해에 시달리기도 했다. 그의 배에 대해서는 영국령 식민지에 통보가 되어 있었기 때문이다. 하지만 그는 파푸아*의 서해안에서 중요한 거점을 찾아냈다. 그곳에 스코틀랜드의 식민지를 건설하는 것은 어렵지 않고, 식민지의 번영은 보증되어 있는 것처럼 보였다. 사실 몰루카 제도와 필리핀으로 갈 때 적당한 중계항은 많은 배를 끌어들일 터였다. 특히 수에즈 운하†가 열려서 희망봉을 도는 뱃길이 없어져버리면, 그랜트 선장은 영국 내에서 레셉스 씨의 사업을 찬양하고 국제적으로 큰 이익이 되는 일에 정치적 대립을 끌어들이지 않을 사람들 가운데 하나였다.

이 파푸아를 답사한 뒤에 '브리타니아'호는 페루의 카야오로 가서 보급을 끝내고, 1862년 5월 30일 인도양을 거쳐 희망봉을 돌아서 유럽으로 돌아가려고 카야오 항을 떠났다. 출범한 지 3주 뒤에 무서운 폭풍우를 만나 심한 손상을 입었다. 배를 조종할 수 없게 되었다. 돛대를 쓰러뜨리지 않으면 안 되었다. 배 밑바닥에 구멍이 뚫려서 아무리 애를 써도 구멍을 막을 수가 없었다. 선원들도 기진맥진하여, 배 안에 들어온 물을 더는 퍼낼 수가 없었다. 일주일 동안 '브리타니아'호는 폭풍우에 시달렸다.

---

* 오스트레일리아 북쪽에 있는 뉴기니 섬을 말한다. 19세기 전반까지만 해도 이 섬은 유럽에 거의 알려져 있지 않았다.
† 프랑스인 페르디낭 드 레셉스에 의해 1859년 4월에 착공되어 1869년 11월에 개통되었다.

배는 곧 얕은 여울에 올라앉았다.

배는 점점 가라앉았다. 보트는 폭풍에 휩쓸려 날아가버렸다. 이제 배 위에서 죽을 수밖에 없었지만, 6월 22일 밤에 파가넬의 추측대로 오스트레일리아 동해안이 보이기 시작했다. 배는 곧 얕은 여울에 올라앉았다. 심한 충격이 왔다. 이때 파도에 휩쓸린 에어턴은 소용돌이치는 물결 속으로 끌려들어가 의식을 잃었다. 정신을 차렸을 때 그는 원주민들의 손에 들어가 있었고, 원주민들은 그를 내륙으로 데려갔다. 이때부터 그는 '브리타니아'호의 소식을 듣지 못했고, 투폴드 만의 위험한 암초 지대에서 선체와 짐을 모두 잃었다고 생각했지만, 그것도 무리는 아니었을 것이다. 그랜트 선장에 대한 그의 이야기는 여기서 끝났다. 이 이야기는 여러 번 비탄의 외침 소리를 불러일으켰다. 이 이야기의 진실성을 소령이 의심했다면 비난받았을 것이다. 하지만 '브리타니아'호에 대해 이야기한 뒤 에어턴 자신의 이야기는 더욱 흥미를 끌게 되었다. 그 문서 덕분에 사람들은 의심조차 하지 않았지만, 사실 그랜트 선장은 에어턴과 마찬가지로 두 선원과 함께 난파에서 살아남았다. 한쪽의 운명을 보면 당연히 다른 쪽의 운명에 대해서도 짐작할 수 있다. 그래서 에어턴은 그가 겪은 모험에 대해 이야기해달라는 요구를 받았지만, 그 이야기는 아주 간단하고 짧았다.

조난을 당하여 원주민 부족의 포로가 된 에어턴은 달링 강 유역의 내륙으로, 즉 남위 37도 선에서 600킬로미터나 북쪽으로 끌려갔다. 그 부족들이 비참한 생활을 했기 때문에 에어턴도 거기서 비참하게 살 수밖에 없었지만, 다행히 학대는 당하지 않았다. 2년 동안의 길고 괴로운 노예 생활이었다. 하지만 자유를 되찾겠다는 열망은 한시도 그의 마음을 떠나지 않았다. 탈주하면

정신을 차렸을 때 그는 원주민들의 손에 들어가 있었다.

무수한 위험에 빠지게 되겠지만, 그는 줄곧 도망칠 기회를 엿보고 있었다.

1864년 10월의 어느 날 밤, 그는 감시하는 원주민들의 눈을 속이고 끝없는 숲 속으로 몸을 숨겼다. 한 달 동안 나무뿌리나 먹을 수 있는 양치류나 미모사의 고무질을 먹고, 낮에는 태양으로 밤에는 별을 이용하여 방위를 보고, 자주 절망에 시달리면서 아무도 없는 이 드넓은 땅을 헤매 다녔다. 그렇게 강이나 늪이나 산을 가로질러, 몇몇 여행자만이 대담한 발자국을 남긴 이 대륙의 무인 지대를 통과했다. 그런 고생 끝에 그는 마침내 탈진한 상태로 패디 무어의 집에 다다랐고, 여기서 노력을 제공하는 대가로 행복한 나날을 보내게 된 것이다.

그의 이야기가 끝나자 아일랜드인 농장주가 말했다.

"이렇게 에어턴은 나에게 만족하고 있지만, 나도 에어턴에게 만족하지 않을 수 없습니다. 똑똑하고 착실하고 일도 잘하니까요. 에어턴이 원한다면 앞으로도 계속 이 집에 살게 할 생각입니다."

에어턴은 몸짓으로 농장주에게 감사를 표하고 새 질문이 나오기를 기다렸다. 그는 질문을 기다리면서, 질문하는 사람의 정당한 호기심은 만족시켜주어야 한다고 자신에게 말하고 있었다. 그렇다 해도 이제부터 그가 대답하는 것은 벌써 모두 몇 번이나 되풀이한 말일 것이다. 그래서 글레나번은 에어턴과의 만남과 그의 정보를 이용하여 계획을 다시 짜는 문제에 대해 논의하려고 했지만, 바로 그때 소령이 에어턴에게 말했다.

"당신은 '브리타니아'호의 갑판원이었다고 했지?"

"그렇습니다." 에어턴이 즉각 대답했다.

그는 마침내 패디 무어의 집에 다다랐다.

하지만 어떤 불신, 지극히 미미하기는 하지만 한 가닥 의심 때문에 소령이 이런 질문을 던진 것을 깨닫고 에어턴은 덧붙여 말했다.

"그리고 저는 조난을 당했을 때 승선계약서를 갖고 나왔습니다."

그러고는 바로 그 증명서를 가져오려고 넓은 홀을 나갔다. 그가 방을 떠나 있었던 시간은 1분도 채 되지 않았지만, 그 사이에 패디 무어는 이런 말을 할 수 있었다.

"나리, 에어턴이 견실한 사람인 것은 제가 보증합니다. 벌써 두 달이나 제 밑에서 일하고 있지만, 흠잡을 데가 하나도 없습니다. 배가 난파했고 원주민한테 붙잡혀 있었다는 것은 저도 알고 있습니다. 전적으로 신뢰해도 좋은 성실한 사람입니다."

글레나번은 에어턴의 정직함을 의심해본 적도 없다고 대답하려 했지만, 바로 그때 에어턴이 돌아와서 정식 계약서를 보여주었다. 그것은 '브리타니아'호의 선주와 선장의 서명이 들어 있는 서류였고, 메리는 아버지의 필적을 확실히 알아보았다. 서류는 '1급 선원 톰 에어턴을 글래스고 선적의 삼대선 '브리타니아'호의 갑판원으로 고용한다'는 것을 확인하고 있었다. 그래서 에어턴의 신원에 대해서는 더 이상 의심할 수 없었다. 그가 이 계약서를 갖고 있는데, 계약서 자체가 그의 것이 아니라고 생각하기는 어려웠기 때문이다.

"그러면……" 하고 글레나번이 말했다. "모두 각자 의견을 말하기로 하고, 앞으로 무엇을 해야 할지에 대해 논의를 시작합시다. 에어턴, 당신 의견은 우리한테 특히 귀중하니까 여기서 말해주면 정말 고맙겠소."

에어턴은 잠시 생각한 뒤 이렇게 대답했다.

"나리, 저를 믿어주셔서 고맙습니다. 그 신뢰를 저버리고 싶지 않습니다. 저는 이 지방이나 원주민의 풍습을 다소 알고 있으니까, 도움이 된다면……."

"그야 물론이오." 글레나번이 말했다.

"저도 나리와 마찬가지로 그랜트 선장과 두 선원은 난파선에서 탈출했을 거라고 생각합니다. 하지만 여태 모습을 나타내지 않는 걸 보면, 저와 같은 길을 밟지 않고 아직도 원주민에게 붙잡혀 있는 게 분명합니다."

"에어턴, 그건 내가 이미 주장한 내용과 같소." 파가넬이 말했다. "조난자들은 십중팔구 원주민의 포로가 되어 있을 거요. 하지만 그들도 당신과 마찬가지로 37도선 북쪽으로 끌려갔다고 생각해야 할까요?"

"그렇게 생각해야겠지요." 에어턴이 대답했다. "영국에 귀순하지 않는 부족은 영국에 복속하는 지역 근처에는 거의 머무르지 않으니까요." "그러면 수색하기가 어려워지는데……." 글레나번이 몹시 실망한 어조로 말했다. "이렇게 넓은 대륙에서 어떻게 그들의 발자취를 찾아내지?"

긴 침묵이 이어졌다. 헬레나는 일행에게 몇 번이나 눈으로 물었지만, 대답은 얻지 못했다. 파가넬조차 평소의 그답지 않게 입을 다물고 있었다. 존 맹글스는 마치 자기 배의 갑판에 있는 것처럼, 그리고 무언가 곤란한 일에 부닥친 것처럼 넓은 홀을 성큼성큼 돌아다니고 있었다.

그때 헬레나가 선원에게 물었다.

"그러면 에어턴 씨, 당신이라면 어떻게 하실 거죠?"

"마님." 에어턴은 상당히 강한 어조로 말했다. "저라면 '덩컨' 호로 돌아가서 곧장 조난 현장으로 가겠습니다. 거기서 그 현장 상황을 보고, 우연히 얻을 수 있을지도 모르는 단서를 보고 나서 생각할 겁니다."

"좋아." 글레나번이 말했다. "하지만 '덩컨'호 수리가 끝날 때까지 기다려야 돼."

"아니, 배가 손상됐습니까?" 에어턴이 물었다.

"그래요." 존 맹글스가 대답했다.

"중대한 손상인가요?"

"아닙니다. 하지만 수선하려면 배에 없는 도구가 필요해요. 스크루 날개 하나가 구부러져서 멜버른에 가지 않으면 수리할 수가 없어요."

"돛을 올리고 갈 수는 없습니까?" 에어턴이 물었다.

"갈 수는 있지만, 조금이라도 바람 상태가 나쁘면 투폴드 만에 가는 데 시간이 많이 걸릴 테고, 어차피 멜버른으로 돌아가지 않으면 안 돼요."

"좋아요. 그렇다면 '덩컨'호는 멜버른으로 가면 됩니다." 파가넬이 외쳤다. "그리고 우리는 배를 타지 않고 투폴드 만으로 갑시다."

"어떻게요?" 존 맹글스가 물었다.

"남아메리카 대륙을 횡단했듯이 오스트레일리아를 횡단하면 돼요. 37도선을 따라서."

"하지만 '덩컨'호는 어떻게 하고요?" 에어턴은 무언가 특별한 의미라도 있는 것처럼 고집스럽게 물었다.

"'덩컨'호는 우리가 있는 곳으로 오거나, 아니면 경우에 따라서는 우리가 '덩컨'호 있는 곳으로 가면 돼요. 우리가 대륙을 횡단하는 동안 그랜트 선장을 발견하면 그분과 함께 멜버른으로 돌아가고, 발견하지 못하면 우리는 동해안까지 수색을 계속하고, '덩컨'호는 그곳으로 우리를 데리러 오는 거예요. 이 계획에 반대하는 사람 있나요? 소령님인가요?"

"나는 반대하지 않아요. 오스트레일리아를 횡단할 수 있다면." 맥내브스가 대답했다.

"얼마든지 할 수 있어요. 그래서 나는 헬레나 부인과 메리 양에게도 우리와 동행하자고 제안하겠습니다."

"파가넬 씨, 진심으로 하는 말입니까?" 글레나번이 물었다.

"물론 진심입니다. 겨우 560킬로미터밖에 안 되니까요! 하루에 20킬로미터씩 걸으면 한 달도 안 걸립니다. 한 달이면 '덩컨'호를 수리하는 데 걸리는 시간이지요. 좀 더 낮은 위도에서 오스트레일리아 대륙을 횡단하면 폭이 가장 넓은 곳을 질러가야 하고 더위가 극심한 사막을 건너가야 합니다. 요컨대 지금까지의 모든 여행자들 가운데 가장 대담한 여행가조차 시도하지 않은 일을 해야 한다면, 그건 이야기가 다르지요! 하지만 이 37도 선이 달리고 있는 것은 빅토리아 주예요. 이건 말하자면 영국의 한 지방과 같은 곳이어서 도로도 있고 철도도 있고, 주민들도 대부분 행정 구역에 살고 있습니다. 마음만 먹으면 포장이 달린 사륜마차나 짐수레로도 갈 수 있어요. 수레가 더 바람직하지요. 런던에서 에든버러까지 가는 정도입니다. 그 이상은 아니에요."

"하지만 맹수는?" 생각할 수 있는 모든 이의를 제기하려고 소령이 말했다.

"오스트레일리아에는 맹수가 없습니다."

"하지만 야만인은?"

"이 위도상에는 야만인이 없고, 설령 있다 해도 뉴질랜드 원주민처럼 잔인하지는 않아요."

"하지만 죄수는?"

"오스트레일리아 남부에는 없습니다. 죄수는 동부에만 있을 뿐이죠. 빅토리아 주는 죄수를 추방했을 뿐만 아니라 다른 주에서 방면된 죄수가 빅토리아 주에 들어오는 것도 금지하는 법령을 제정했지요."

"파가넬 씨 말씀이 옳습니다." 패디 무어가 말했다. "빅토리아 주만이 아니라 퀸즐랜드와 태즈메이니아까지 포함하여 오스트레일리아 남부 전체가 죄수를 배제하고 있습니다. 저도 이 농장에 정착한 뒤 한 번도 죄수 이야기는 듣지 못했습니다."

"저도 죄수를 만난 적은 한 번도 없어요." 에어턴도 말했다.

"여러분, 보시다시피 이렇습니다." 파가넬이 말을 이었다. "야만인은 별로 없고, 맹수도 없고, 죄수도 전혀 없다면, 유럽에도 이만큼 안전한 나라는 그리 많지 않습니다! 자, 그러면 이야기는 결정된 거지요?"

"헬레나, 당신은 어떻게 생각해?" 글레나번이 아내에게 물었다.

"우리 모두 같은 생각이에요, 여보." 헬레나는 대답하고 나서 동료들을 향해 말했다. "자, 어서 떠납시다!"

# 8

# 출발

어떤 생각을 채택한 뒤 그것을 실행에 옮길 때까지 쓸데없이 시간을 보내는 버릇은 글레나번에게는 없었다. 파가넬의 제안이 가결되자 글레나번은 당장 여행 준비를 되도록 빨리 끝내라고 지시했다. 출발은 이틀 뒤인 12월 22일로 결정되었다.

이 오스트레일리아 횡단은 어떤 성과를 거둘까? 그랜트 선장의 생존이 논란의 여지가 없는 사실이 되어버린 이상, 이 탐험의 결과는 큰 의미를 가질지도 모른다. 유리한 가능성은 점점 커졌다. 앞으로 일행이 더듬어가려는 37도선 위에서 그랜트 선장을 찾을 수 있으리라고는 아무도 믿지 않았다. 하지만 어쩌면 37도선은 그의 발자취와 교차하고 있을지도 모르고, 어쨌든 조난 현장으로 곧장 통해 있었다.

게다가 에어턴이 일행에 합류하여 빅토리아 주의 숲 속을 안내하고 동해안까지 일행을 데려가기로 동의해준다면, 성공할 가능성이 더욱 커진다. 글레나번은 그것을 확실히 의식하고 있었다. 그는 그랜트 선장의 부하에게 도움을 얻는 것을 특히 중요하게 생각했고, 그래서 에어턴을 일행에 포함시켜 데려가도 괜찮겠느냐고 패디 무어에게 물어보았다.

패디 무어는 동의했지만, 훌륭한 일꾼을 잃게 되는 데 대해서는 애석하게 여기지 않을 수 없었다.

"에어턴, 조난자를 수색하는 이 탐험에 따라가주지 않겠나?"

에어턴은 이 부탁에 당장 대답하지는 않았다. 한동안은 마음을 정하지 못하고 있는 듯이 보였다. 그리고 이것저것 생각한 끝에 말했다.

"좋습니다. 함께 가겠습니다. 그랜트 선장님의 발자취를 알아내지는 못하더라도, 하다못해 배가 난파한 곳으로 안내할 수는 있을 겁니다."

"고맙소, 에어턴." 글레나번이 말했다.

"다만 한 가지 질문이 있습니다."

"말해보시오."

"'덩컨'호는 어디서 만나게 됩니까?"

"오스트레일리아를 끝에서 끝까지 가로지르지 않는 경우에는 멜버른에서, 수색이 거기까지 미치는 경우에는 동해안에서."

"하지만 그 경우 선장은?"

"선장은 멜버른에서 내 지시를 기다리게 될 거요."

"좋습니다, 나리. 저를 믿어주십시오."

"믿겠소, 에어턴."

'덩컨'호 승객들은 '브리타니아'호 갑판원에게 열렬히 감사했다. '브리타니아'호 선장의 아이들은 마음껏 그에게 응석을 부렸다. 똑똑하고 성실한 일꾼을 잃게 된 아일랜드인 농장주를 제외하고는 모두 그의 결심을 반가워했다. 하지만 패디 무어도 글레나번이 에어턴의 동행을 얼마나 중요하게 여기고 있는지를 이해하고 아쉬운 마음을 접었다. 글레나번은 오스트레일리아를 횡단하는 여행에 필요한 운송 수단을 마련하는 일을 그에게 부탁했고, 그 이야기가 마무리되자 승객들은 에어턴과 언제 어디서 만나기로 약속한 뒤 배로 돌아갔다.

　배로 돌아가는 길은 활기에 넘쳤다. 모든 것이 일변해 있었다. 모든 의심과 망설임은 사라졌다. 수색대는 이제 37도선을 무턱대고 그냥 따라가는 게 아니었다. 그랜트 선장이 이 대륙 안에 있는 것은 이제 의심할 여지가 없었다. 그리고 의심 뒤에 얻은 이 확실성에 대해 다들 진심에서 우러나오는 만족감을 느끼고 있었다.

　일이 순조롭게 진행되면 '덩컨'호는 두 달 뒤에는 그랜트 선장을 스코틀랜드에 상륙시킬 수 있을 것이다!

　존 맹글스는 승객들과 함께 오스트레일리아를 가로지르자는 제안을 지지했고, 이번에는 자신도 일행을 따라갈 작정이었다. 그래서 그는 그 문제에 대해 글레나번과 의논을 나누었다. 그는 자신에게 유리한 온갖 이유를 들고 나왔다. 자신은 헬레나와 글레나번에게 헌신적이고, 수색대 조직자로서 도움이 될 수 있으며, 이제 자기는 '덩컨'호 선장으로 일할 필요가 없다고 말했다. 그 밖에도 훌륭한 이유를 많이 들고 나왔지만 가장 훌륭한 이유만은 입 밖에 내지 않았고, 글레나번도 그 이유를 듣기 전에 그의 주장에 동의했다.

　"다만 한 가지 물어볼 게 있는데, 자네는 항해사를 절대적으로 신뢰하나?"

승객들은 배로 돌아갔다.

"그럼요." 존 맹글스가 대답했다. "톰 오스틴은 훌륭한 선원입니다. '덩컨'호를 목적지로 가져가서 잘 수리하고 예정일에 어김없이 돌아올 겁니다. 톰은 의무와 기율을 반드시 지키는 사람입니다. 명령 수행을 변경하거나 늦추는 짓은 절대로 하지 않습니다. 저와 마찬가지로 톰을 믿으셔도 됩니다."

"좋아. 자네는 우리와 동행하게. 왜냐하면……" 하고 글레나번은 웃는 얼굴로 덧붙였다. "우리가 메리 그랜트의 아버지를 찾았을 때 그 자리에 자네도 있는 게 좋을 테니까 말이야."

"오, 나리……." 존 맹글스는 더 이상 아무 말도 못하고, 안색이 변하여 글레나번이 내민 손을 잡았다.

이튿날 존 맹글스는 목수와 식량을 운반하는 선원들을 데리고 패디 무어의 농장으로 되돌아갔다. 그는 아일랜드인과 협력하여 운송 문제를 지휘하기로 되어 있었다.

온 가족이 그의 지시에 따라 움직이려고 기다리고 있었다. 에어턴도 거기에 끼어서, 경험에서 나오는 여러 가지 조언을 아끼지 않았다.

패디와 그는 다음과 같은 점에 의견이 일치했다. 여자들은 소달구지로, 남자들은 말을 타고 여행한다는 것이었다. 패디는 우마와 탈것을 제공할 수 있었다.

탈것은 길이가 6미터쯤 되고 포장을 씌운 사륜 수레였고, 폭이 좁고 바퀴살이나 쇠테도 없이 단순한 원판에 불과한 바퀴 위에 얹혀 있었다. 앞쪽 차대는 뒤쪽 차대에서 멀리 떨어져 있고, 갑자기 돌아가지 않도록 하기 위한 원시적 장치로 차체에 붙어 있었다. 이 앞쪽 차대에서 10미터 길이의 채가 나와 있고, 이 채를 따라 두 마리씩 여섯 마리의 소가 늘어서게 되어 있다. 이렇게 배열된 소들은 목덜미에 걸쳐진 멍에와 비녀장으로 멍에와 연결된 목걸이로 머리와 목을 연결하여 달구지를 끌고 간다. 좁고 길고 진동이 많고 걸핏하면 옆으로 빗나가기 쉬운 이 수레를 다루고, 채찍 막대기를 이용하여 소들을 몰고 가려면 상당한 기술이 필요했다. 하지만 에어턴은 아일랜드인 농장에서 그 기술을 습득했고, 패디는 그의 솜씨를 장담했다. 그래서 달구지를 모는 역할은 그가 맡기로 결정되었다.

이 탈것은 용수철이 없어서 쾌적함과는 거리가 멀었다. 하지만 이런 상태로 만족할 수밖에 없었다. 존 맹글스는 이 허술한 구조를 바꿀 수는 없었기 때문에, 하다못해 내부만이라도 최대한 쾌적하게 꾸몄다. 그는 우선 널빤지로 칸막이를 만들어 달구지를 두 개의 방으로 나누었다. 뒤쪽에는 식량과 짐과 휴대용 취사도구를 실었다. 앞쪽은 여자들의 방이었다. 목수는 이 앞쪽 방에 두꺼운 융단을 깔고, 헬레나와 메리가 쓸 작은 침대 두 개와 화장대를 갖춘 기분 좋은 방으로 만들었다. 필요하면 두꺼운 가죽 커튼으로 이 방을 밀폐하고 밤의 냉기를 막을 수 있었다. 비가 많이 와서 어쩔 수 없을 때는 남자들도 이 방으로 피할 수 있다. 하지만 야영을 할 때면 남자들은 보통 텐트에 들어갈 터였다. 존 맹글스는 두 여자에게 필요한 것을 이 좁은 곳에 모두 모아놓을 수 있도록 궁리하여 성공을 거두었다. 헬레나와 메리 그랜트는 이 이동 객실에 있으면 '덩컨'호의 쾌적한 선실을 그리워하지 않아도 될 터였다.

남자들의 경우는 간단했다. 말 일곱 마리가 글레나번, 파가넬, 로버트, 맥내브스, 존 맹글스, 그리고 이 새로운 탐험에 동행하게 된 윌슨과 멀래디라는 두 선원에게 한 마리씩 할당되었다.

달구지를 수선하다.

에어턴은 당연히 달구지의 마부석을 차지했고, 별로 말을 탈 마음이 없는 올비넷은 달구지 뒷방에서 그가 아끼는 취사도구와 함께 가면 만족할 터였다.

짐승들은 농가의 목초지에서 풀을 뜯고 있어서, 출발하게 되면 쉽게 모을 수 있었다.

이런 준비가 다 갖추어지자 존 맹글스는 답례로 글레나번을 찾아뵙고 싶다는 아일랜드인 가족과 함께 배로 돌아갔다. 에어턴도 그들과 함께 가야 한다고 생각했고, 이리하여 4시쯤 존과 일행은 '덩컨'호의 출입구로 들어갔다.

그들은 열렬한 환영을 받았다. 글레나번은 선상에서 그들에게 만찬을 베풀었다. 그는 충분히 답례하고 싶었고, 초대받은 쪽도 요트 식당에서 자신들의 오스트레일리아식 환대에 대한 답례를 기꺼이 받기로 했다. 패디 무어는 선실의 세간들, 벽지와 벽걸이, 수면 위로 드러나 있는 부분이 모두 단풍나무나 자단나무로 되어 있는 것을 보고 감탄과 경탄을 연발했다. 반대로 에어턴은 그런 쓸데없는 것에 돈을 들이는 것을 별로 탐탁해하지 않는 눈치였다.

하지만 그 대신 그는 '브리타니아'호의 갑판원답게 좀 더 선원다운 관점에서 요트를 관찰했다. 그는 선창까지 둘러보았다. 스크루실에도 내려갔다. 기관실을 둘러보고, 기관의 실동력과 연료 소비량을 물었다. 그는 석탄 창고와 식량 창고와 화약 저장실을 조사했다. 특히 무기고와 뱃머리에 설치된 대포, 그리고 그 사정거리에 흥미를 보였다. 글레나번은 상대가 이런 것에 정통한 인물이라고 생각했다. 마지막으로 에어턴은 돛대와 삭구를 보고 이 순시를 끝냈다.

"멋진 배군요." 그가 말했다.

"무엇보다도 훌륭한 배라고 할 수 있지." 글레나번이 대답했다.

"톤수는 얼마나 됩니까?"

"210톤."

"기관이 전력을 다하면 시속 15노트는 너끈히 낼 수 있겠군요?"

"17노트라고 하세요." 존 맹글스가 옆에서 대답했다. "그게 더 정확합니다."

"17노트!" 에어턴은 놀라서 외쳤다.

"그렇다면 어떤 군함도 '덩컨'호를 따라올 수 없겠군요? 가장 뛰어난 군함도?"

"그럼요!" 존 맹글스가 말했다. "'덩컨'호는 어떤 항법으로도 다른 배에 뒤떨어지지 않는 진짜 경주용 요트랍니다."

"돛으로도 말입니까?"

"돛으로도."

"그러면 저는 배의 가치를 잘 알고 있는 뱃사람으로서 찬사를 드리겠습니다."

"좋아, 에어턴. 그렇다면 앞으로 줄곧 이 배를 타게나. 자네만 좋다면 이 배는 자네 배가 될 걸세." 글레나번이 대답했다.

"생각해보겠습니다, 나리." 에어턴은 짧게 대답했다.

바로 그때 올비넷이 와서 식사가 준비되었음을 알렸다. 글레나번과 손님들은 고물 쪽으로 갔다.

"저 에어턴은 머리가 좋은 남자예요." 파가넬이 소령에게 말했다.

"지나치게 좋지!" 소령이 중얼거렸다. 이것은 정말 옳지 않다고 말할 수밖에 없지만, 소령은 에어턴의 얼굴이나 태도가 아무래도 마음에 들지 않았다.

만찬이 계속되는 동안 에어턴은 그가 잘 알고 있는 오스트레일리아 대륙에 대해 흥미로운 사실을 이야기했다. 그는 선원을 몇 명 데려갈 작정이냐고 글레나번에게 물었다. 멀래디와 윌슨만 동행할 예정이라고 하자 에어턴은 놀란 것처럼 보였다. 그는 '덩컨'호의 가장 뛰어난 선원들로 부대를 편성하라고 권했다. 그는 이 점을 특히 강조했는데, 이런 태도가 맥내브스 소령의 마음에서 모든 의혹을 씻어낸 게 분명했다.

"그런데 우리가 사우스오스트레일리아를 여행하는 데에는 아무 위험도 없겠지?" 글레나번이 말했다.

"전혀 없습니다." 에어턴이 서둘러 대답했다.

"좋아. 그렇다면 되도록 많은 사람을 배에 남겨두겠네. '덩컨'호를 돛으로 움직이기 위해, 그리고 수리하기 위해서는 사람이 필요해. 무엇보다 나중에 만날 지점에 정확하게 도착하는 게 중요해. 그러니까 배에 남을 선원은 줄이지 않기로 하겠네."

에어턴은 글레나번의 이 지적을 납득한 듯 더는 아무 말도 하지 않았다.

밤에 스코틀랜드인들과 아일랜드인들은 헤어졌다. 에어턴과 무어 가족은 자기 집으로 돌아갔다. 말과 달구지는 이튿날 준비될 터였다. 그들은 아침 8시에 출발할 예정이었다.

헬레나와 메리 그랜트는 마지막 준비를 했다. 시간은 오래 걸리지 않았고, 무엇보다도 자크 파가넬의 준비만큼 공들인 것도 아니었다. 학자는 밤늦게까지 망원경 렌즈를 떼어서 닦고 다시 끼웠다. 그래서 이튿날 새벽에 소령이 천둥처럼 울려 퍼지는 목

132

소리로 그를 깨울 때까지 곤히 자고 있었다.

짐은 존 맹글스 덕분에 이미 농장으로 운반되어 있었다. 보트 한 척이 승객들을 기다리고 있었고, 그들은 곧 보트에 올라탔다. 젊은 선장은 톰 오스틴에게 마지막 지시를 내렸다. 멜버른에서 나리의 명령을 기다리라고, 그 명령이 어떤 것이든 정확하게 실행하라고 거듭 주의를 주었다.

늙은 선원은 존 맹글스에게 자기를 믿어도 된다고 대답했다. 그는 선원을 대표하여 나리의 탐험이 성공하기를 기원한다고 말했다. 보트는 뱃전을 떠났고, 우레 같은 환호 소리가 공중으로 폭발했다.

10분도 지나기 전에 보트는 해안에 도착했다. 그리고 15분 뒤 수색대는 아일랜드인의 농장에 도착했다.

준비는 모두 갖추어져 있었다. 헬레나는 달구지에 마련된 방을 보고 그 설비에 만족했다. 원시적인 바퀴와 묵직한 널빤지로 이루어진 거대한 수레는 뜻밖에 그녀의 마음에 들었다. 두 마리씩 연결된 여섯 마리의 소는 달구지에 어울리는 태곳적 모습을 하고 있었다. 에어턴은 채찍을 손에 들고 새 주인의 명령을 기다리고 있었다.

"이건 정말!" 파가넬이 혼잣말로 중얼거렸다. "훌륭한 탈것이로군. 전 세계의 우편 마차가 다 모여도 이 달구지에는 미치지 못할 거야. 길거리 광대처럼 세계를 두루 돌아다닌다면 이게 제일이지. 움직이고 나아가고 자기가 원하는 곳에 멈추는 집, 더이상 무엇을 바랄 수 있겠나! 이거야말로 일찍이 사르마티아인*

---

* 서기전 4세기 이래 남부 러시아를 중심으로 세력을 떨친 유목 기마민족.

이 터득한 것이고, 그들도 이런 식으로 여행을 했지."

"파가넬 선생님." 헬레나가 말했다. "선생님을 저의 살롱에 초대해도 될까요?"

"뭐라고요? 그건 저한테 큰 영광입니다! 날짜를 정하셨습니까?"

"친구라면 매일 오셔도 환영이에요." 헬레나는 웃으면서 말했다. "그리고 선생님은……."

"누구 못지않게 부인께 충실한 친구지요." 파가넬은 정중한 태도로 대답했다.

이 대화는 패디 무어의 아들 하나가 마구를 완전히 갖춘 말 일곱 마리를 데려왔기 때문에 중단되었다. 글레나번은 패디 무어에게 대가를 치르고 거듭해서 감사의 말을 퍼부었다. 성실하고 정직한 아일랜드인에게는 그 말이 금화에 못지않을 만큼 고맙게 여겨졌다.

출발 신호가 떨어졌다. 헬레나와 메리 그랜트는 달구지에 마련된 앞쪽 방에, 에어턴은 마부석에, 올비넷은 뒷방에 자리를 잡았다. 글레나번과 맥내브스 소령, 파가넬과 로버트, 존 맹글스와 두 선원은 각각 카빈총과 권총으로 무장하고 말에 올라탔다. "신의 가호가 있기를!" 패디 무어가 인사를 던졌고, 가족들도 그를 따라 인사를 했다. 에어턴은 독특한 외침 소리로 길게 줄을 지은 소들을 격려했다. 수레가 움직이기 시작했다. 널빤지가 삐걱거리고, 바퀴통 때문에 차축이 덜컹거렸다. 이윽고 길모퉁이를 돌자, 마음이 따뜻하고 정직한 아일랜드인의 농장도 보이지 않게 되었다.

출발 신호가 떨어졌다.

# 9

# 빅토리아 주

이날은 1864년 12월 23일이었다. 북반구에서는 그렇게 쓸쓸하고 그렇게 음산하고 그렇게 축축한 12월을 이 대륙에서는 6월이라고 불러야 할 것이다. 천문학적으로도 여름이 된 지 벌써 이틀이 지났다. 12월 21일에 태양은 동지선에 다다랐고, 지평선 위에 태양이 올라와 있는 시간은 이미 몇 분 줄어들었기 때문이다. 그래서 지금은 연중 가장 더운 계절이고, 이 새로운 여행은 거의 열대와도 같은 햇볕 아래에서 이루어지게 되었다.

태평양의 이 수역에 있는 영국 영유지 전체를 오스트레일리아라고 부르고 있는데, 거기에는 뉴네덜란드, 태즈메이니아, 뉴질랜드, 그리고 주변의 몇몇 섬이 포함되어 있다. 오스트레일리아 대륙은 크기도 풍족함도 제각기 다른 넓은 식민지로 분할되어 있다. 페터맨 씨나 프레쇨 씨가 작성한 근대 지도를 본 사람이라면 누구나 이 분할선이 똑바른 데 놀랄 것이다. 영국인은 이렇게 큰 주들을 나누는 경계선을 먹줄로 죽죽 그었다. 그들은 산이나 강줄기, 풍토의 변화나 인종의 차이 따위는 고려하지 않았다. 이들 식민지는 직선적으로 서로 접해 있고, 쪽매붙임 세공한 나무 조각들처럼 서로 짜 맞춰져 있다. 이 직선과 직각의 배열을 보면 그 분할 작업은 지리학자가 아니라 기하학자가 한 일이라는 것을 알 수 있다. 다만 해안선만은 변화가 풍부한 우여곡절, 즉 피오르드와 만, 곶과 하구를 갖고 있어서, '자연'을 대표하여 그 불규칙한 매력으로 항변하고 있다.

당연한 일이지만 이 체스판 같은 양상은 언제나 파가넬의 격정을 불러일으켰다. 오스트레일리아가 프랑스 영토였다면 프랑스 지리학자들은 이렇게까지 직각자와 먹줄펜에만 열중해버리지는 않았을 거라는 것이다.

오세아니아의 이 커다란 섬에 있는 식민지는 현재 여섯 개였다. 시드니를 수도로 하는 뉴사우스웨일스, 브리즈번을 수도로 하는 퀸즐랜드, 멜버른을 수도로 하는 빅토리아, 애들레이드를 수도로 하는 사우스오스트레일리아, 퍼스를 수도로 하는 웨스트오스트레일리아, 그리고 아직 수도가 없는 노스오스트레일리아.* 이들 식민지에는 해안에만 이주자가 살고 있을 뿐이다. 조금 큰 도시 중에 내륙으로 300킬로미터 이상 들어가 있는 곳은 거의 없다. 유럽 면적의 3분의 2와 맞먹는 면적을 가진 내륙에 대해서는 거의 알려져 있지 않다.

인간이 접근할 수 없는 이 광활한 황무지에서는 벌써 과학에 몸을 바친 희생자가 수없이 나왔지만, 다행히도 남위 37도선은 이 지방을 가로지르지 않는다. 만약 황무지를 지나야 한다면 글

* 현재의 노던 준주(연방직할행정구역)의 옛 이름.

레나번도 그런 곳에 함부로 발을 들여놓지는 못했을 것이다. 그가 맞붙을 곳은 오스트레일리아의 남부 지방, 즉 사우스오스트레일리아 주의 애들레이드 지역, 빅토리아 주 전체, 그리고 뉴사우스웨일스 주를 이루는 역삼각형의 정수리뿐이었다.

그런데 베르누이 곶에서 빅토리아 주 경계까지는 기껏해야 100킬로미터밖에 안 된다. 이틀이면 갈 수 있는 거리다. 에어턴은 이튿날 밤에는 앱슬리에서 묵을 작정이었는데, 앱슬리는 빅토리아 주에서 가장 서쪽에 있는 도시였다.

여행이 시작된 뒤 처음 얼마 동안은 말도 말을 탄 사람도 언제나 기운이 넘치는 법이다. 말을 탄 사람들의 흥분에 대해서는 별로 불평할 게 없지만, 말들의 걸음은 억제하는 편이 좋을 것 같았다. 멀리 가려고 하는 사람은 자기가 타는 말을 세심하게 돌보지 않으면 안 된다. 그래서 매일 평균 40킬로미터 내지 50킬로미터 이상은 가지 않기로 결정되었다.

게다가 힘은 말보다 세지만 속도가 느린 소들의 걸음에 말의 보조를 맞추어야 했다. 승객과 식량을 실은 소달구지는 이 수색대의 핵심이자 움직이는 요새였다. 말을 탄 사람들은 그 옆을 뛰어다닐 수는 있었지만, 절대로 달구지에서 멀어지면 안 되었다.

그래서 행진 순서는 특별히 정하지 않고 어느 범위 안에서 각자 편한 대로 자유롭게 행동했다. 사냥할 사람은 평원을 달리고, 사교적인 사람은 달구지의 거주자와 대화를 나누고, 철학자들은 서로 철학을 이야기했다. 이런 다양한 자질을 모두 갖추고 있는 파가넬은 동시에 여러 곳에 있어야 했다.

애들레이드 지역을 가로지를 때는 흥미로운 것이 전혀 없었다.

별로 높지는 않지만 흙먼지는 잔뜩 피어오르는 언덕들이 첩첩이 늘어서 있고, 오스트레일리아에서 '부시'라고 부르는 황무지가 길게 이어져 있고, 양들이 즐겨 먹는 울퉁불퉁한 잎을 가진 함수성 관목에 덮인 목장이 몇 킬로미터나 계속되고 있다. 이따금 '피그스 페이스'도 몇 마리 보였다. 이것은 돼지 같은 얼굴을 가진 뉴네덜란드 특산종 양인데, 최근 애들레이드와 해안 사이에 전신선을 가설하기 위해 세운 전신주 사이에서 풀을 뜯고 있었다.

지금까지 이런 평원은 묘하게도 아르헨티나 평원의 단조로운 황야를 연상시켰다. 여기서도 풀에 덮인 평탄한 땅이 이어진다. 하늘과 또렷이 구분된 지평선. 이래서는 저번에 건너온 나라에 있는 거나 마찬가지라고 맥내브스 소령은 투덜거렸다. 파가넬은 풍경이 곧 바뀔 거라고 단언했다. 사람들은 그의 장담을 믿고 경이로운 풍경을 볼 수 있겠구나 기대했다.

3시쯤 달구지는 '모기 평야'라는 이름으로 알려진 곳을 가로질렀다. 나무도 없는 광활한 평원이 그런 이름으로 불릴 만하다는 것을 확인하고, 지리학자는 학문적 만족감을 맛보았다. 사람과 말들은 이 성가신 쌍시류 곤충한테 몇 번이나 물리면서 몹시 시달렸다. 모기에 물리는 것을 피할 수는 없었다. 휴대약품 상자에 들어 있는 암모니아 덕분에 물린 상처의 통증을 누그러뜨리는 것은 쉬웠다. 파가넬은 그의 길쭉한 몸을 콕콕 찔러대는 이 집요한 곤충들한테 욕을 퍼붓지 않을 수 없었다.

저녁이 되자 아카시아 울타리가 평원에 밝은 느낌을 주었다. 여기저기 하얀 고무나무가 서 있고, 그 너머에는 최근에 생긴 바큇자국이 있었다. 그리고 올리브와 레몬나무 같은 유럽 원산

'모기 평야'를 가로지르다.

의 나무, 마지막으로 잘 손질된 자단나무. 8시에 소들은 에어턴의 채찍에 재촉을 받으면서 레드검 스테이션에 도착했다.

이 '스테이션'이라는 말은 오스트레일리아의 주요 자원인 가축 사육이 이루어지는 농장을 가리킨다. 가축을 사육하는 사람들은 '스콰터(squatter)', 즉 땅바닥에 쪼그려 앉는 사람들이다. 사실 이 끝없는 황야를 방황하다가 지친 식민자들이 우선 취하는 자세가 바로 쪼그려 앉는 자세다.

레드검 스테이션은 별로 크지 않은 농장이었다. 하지만 글레나번은 여기서 더없이 순박한 대접을 받았다. 이런 외딴집의 지붕 밑에는 언제나 여행자를 위한 식탁이 준비되어 있고, 오스트레일리아 식민자들은 언제나 손님을 극진히 대접하는 친절한 집주인이다.

이튿날 에어턴은 새벽부터 소를 달구지에 맸다. 그날 밤 안으로 빅토리아 주에 들어가고 싶었기 때문이다. 지형은 점점 기복이 많아졌다. 늘어서 있는 작은 언덕들은 모두 붉은색 모래가 아로새겨진 채 끝없이 물결치고 있었다. 마치 평원에 던져진 거대한 붉은 깃발의 주름이 산들바람에 부풀어 오른 것처럼 보였다. 하얀 반점이 있고 곧게 뻗은 매끈매끈한 줄기를 가진 전나무의 일종인 '말리' 몇 그루가 그 가지와 짙은 초록빛 잎사귀를 비옥한 목초지 위에 펼쳐놓고 있었다. 그 목초지에는 유쾌한 날쥐 무리가 우글거리고 있었다. 계속 가니, 관목과 어린 고무나무가 울창한 넓은 들판이 나왔다. 그 후 나무들은 사라지고, 외따로 떨어진 관목들은 나무가 되어 오스트레일리아 삼림의 첫 표본을 보여주었다.

하지만 빅토리아 주 경계가 가까워지자 풍경이 완전히 바뀌

레드검 스테이션.

었다. 일행은 새로운 땅을 밟고 있다는 것을 느꼈다. 그들은 어떤 것에도 흔들리지 않고 항상 직선 코스를 택했다. 산이든 호수든 어떤 장애물도 그들의 코스를 곡선이나 점선으로 바꾸지 못했다. 그들은 끊임없이 기하학의 제1공리*를 실천하여, 절대 옆으로 빗나가지 않고 한 점에서 다른 점으로 가는 최단 경로를 더듬어가고 있었다. 그들은 피로나 어려움을 예감하지 않았다. 그들의 보조는 느릿느릿한 소의 걸음과 일치했지만, 그 온순한 동물은 빨리 걷지는 않아도 결코 멈춰 서는 법이 없었다.

이렇게 이틀 동안 거의 100킬로미터를 걸은 뒤, 수색대는 빅토리아 주의 첫 번째 도시이자 동경 141도에 자리 잡고 있는 위메라 지구의 앱슬리에 도착했다.

에어턴은 달구지를 교묘하게 조종하여 '크라운 호텔'의 차고에 넣었다. 이것은 달리 더 좋은 이름이 없어서 '왕관'을 뜻하는 크라운이라는 이름을 붙인 호텔이었다. 다양하게 요리된 양고기로만 이루어진 저녁식사가 식탁 위에서 김을 피워 올리고 있었다.

그들은 열심히 먹었지만, 먹는 것보다 더 열심히 파가넬에게 질문을 퍼부었다. 모두 오스트레일리아 대륙의 특이성을 알고 싶었기 때문이다. 파가넬은 남들의 재촉을 받을 필요도 없이 '행복한 오스트레일리아'라고 알려진 이 빅토리아 주에 대해 이야기했다.

"그건 잘못된 형용사예요! 그보다는 '풍족한 오스트레일리

---

* 유클리드(고대 그리스의 수학자)가 창시한 기하학의 5대 공리 가운데 첫 번째 공리로, '점과 점 사이를 연결하는 직선은 하나뿐이다.'

아'라고 부르는 게 옳았을 겁니다. 풍족한 인간과 마찬가지로 풍족한 지방도 있으니까요. 하지만 부유하다고 해서 행복해지는 건 아니지요. 오스트레일리아는 금광 덕분에 파괴적이고 사나운 투기꾼 일당의 손에 맡겨졌습니다. 금광 지대를 지날 때는 여러분도 그걸 알 수 있을 거예요."

"빅토리아 식민지가 생긴 지는 얼마 안 되었지요?" 헬레나가 물었다.

"그렇습니다. 생긴 지 아직 30년도 안 됐어요. 1835년 6월 6일, 화요일이었지요……."

"그날 오후 7시 15분에." 소령이 덧붙여 말했지만, 그는 파가넬이 날짜에 예민한 것을 놀리기 좋아했다.

"아니, 7시 10분이었어요." 지리학자는 진지하게 정정했다. "배트먼과 포크너는 오늘날 대도시 멜버른이 있는 포트필립 만에 식민지를 세우고 정착했지요. 15년 동안 그 식민지는 뉴사우스웨일스의 일부였고, 그 수도인 시드니의 관할이었어요. 하지만 1851년에 독립을 선언하고 빅토리아라는 이름을 채택했지요."

"그리고 그 후 줄곧 번영하고 있나요?" 글레나번이 물었다.

"그건 직접 판단하세요." 파가넬이 대답했다. "여기에 최신 통계 자료가 제공하는 숫자가 있는데, 맥내브스 소령님이 어떻게 생각하든, 통계 숫자보다 더 많은 것을 말해주는 자료는 없다고 나는 생각하니까요."

"말해보시오." 소령이 말했다.

"좋습니다. 1836년에 포트필립 식민지 주민은 244명이었어요. 오늘날 빅토리아 주 인구는 55만 명에 이릅니다. 포도나무

700만 그루가 연간 45만 리터의 포도주를 생산합니다. 10만여 마리의 말이 평원을 뛰어다니고, 67만 5272마리의 소가 목장에서 사육되고 있지요."

"돼지도 몇 마리 있지 않소?" 맥내브스 소령이 말했다.

"물론 있지요. 7만 9625마리."

"그럼 양은 몇 마리나 되죠?"

"양은 711만 5943마리군요, 소령님."

"그 숫자에는 지금 우리가 먹고 있는 이 양도 포함되어 있소?"

"아니, 이놈은 포함하지 않았습니다. 벌써 4분의 3이나 먹어버렸으니까요."

"선생님, 정말 대단하세요!" 헬레나는 진심으로 웃으면서 외쳤다. "선생님이 그런 지리학적 문제에 강하다는 것은 인정하지 않으면 안 되겠군요. 소령님이 아무리 선생님의 허점을 찌르려 해도, 절대 못할 거예요."

"하지만 부인, 이런 것을 알고, 필요에 따라 여러분에게 가르쳐드리는 것이 제 사명이지요. 그러니까 이 기묘한 나라는 이제 곧 놀랄 만한 것을 우리에게 보여줄 거라고 내가 말하면 믿으셔도 좋습니다."

"하지만 지금까지는……." 파가넬의 격정을 마구 불러일으키기 위해 그를 놀리고 부추기기를 좋아하는 소령이 대답했다.

"좀 기다리세요. 너무 성급하게 굴지 말고!" 파가넬이 외쳤다. "이제 겨우 발 하나를 주 경계선에 걸쳐놓았을 뿐이잖아요. 그런데 벌써 불평을 하다니! 거듭해서 말하지만, 이 지방은 지상에서 가장 기묘한 곳이라고 강력하게 주장합니다. 그 생성, 자연, 산물, 풍토, 앞으로 일어날 소멸…… 이 모든 것이 과거와 현재와 미래의 모든 학자를 놀라게 합니다. 하나의 대륙을 상상해보세요. 이 대륙은 그 중심이 아니라 가장자리가 맨 먼저 거대한 고리처럼 물 위로 떠올랐습니다. 그리고 아마 그 중심부에는 반쯤 물이 증발한 내해를 품고 있었을 거예요. 그 바닷물은 나날이 말라갑니다. 습기는 이제 공중에도 지하에도 없습니다. 해마다 나무들은 잎을 떨어뜨리는 게 아니라 나무껍질을 잃습니다. 잎은 태양에 정면이 아니라 측면을 향하고 있기 때문에 이제 그늘을 만들지 않습니다. 장작이 타지 않는 경우도 많습니다. 꽤 큰 돌멩이가 비가 내리면 녹습니다. 숲은 낮고 풀은 거대합니다. 동물도 괴상합니다. 바늘두더지나 오리너구리처럼 네 발짐승이 부리를 갖고 있지요. 그래서 박물학자들은 어쩔 수 없이 단공류*라는 새로운 부류를 특별히 만들어야 했어요. 캥거루는 불균형한 다리로 펄쩍펄쩍 뛰어다닙니다. 양은 돼지 같은 얼굴을 갖고 있고, 여우는 나무에서 나무로 날아다닙니다. 고니는 색깔이 검습니다. 쥐는 둥지를 만들고, 바우어새는 응접실을 열고 날개 달린 친구의 방문을 환영합니다. 새들은 그 노래와 다양한 능력으로 인간의 상상력을 자극하지요. 시계 역할을 하는 새도 있고, 역마차 마부의 채찍 같은 소리를 내는 새도 있습니다. 칼 가는 숫돌 흉내를 내는 새도 있고, 진자시계의 흔들이처럼 움직이는 새도 있지요. 아침에 해가 뜰 때 웃는 새도 있고, 저녁에 해가 질 때 우는 새도 있습니다. 얼마나 기이하고 비논리적이고 역설적이고 변칙적인 곳입니까? 식물학자인 그리마

---

* 가장 원시적인 난생 포유류로, 다른 포유류와는 뚜렷하게 구분되는 특이한 동물이다.

르가 '오스트레일리아야말로 보편적 법칙의 패러디, 아니 나머지 세계의 면전에 던져진 도전장이다!'라고 말한 것은 백번 옳았습니다."

파가넬의 장광설은 충동적으로 격렬하게 쏟아져 나왔고, 결코 끝나지 않을 것처럼 보였다. 말솜씨가 유창한 지리학자는 이제 자제할 수가 없었다. 맹렬한 기세로 몸짓을 하고, 식탁에서 옆에 앉아 있는 사람에게는 위험한 일이지만 포크를 마구 휘두르면서 지껄이고 또 지껄였다. 하지만 마지막에 그의 목소리는 우레 같은 환호성에 묻혔고, 그제야 그는 겨우 입을 다물 수 있었다.

물론 그가 오스트레일리아의 그 기이한 특징들을 나열한 뒤에는 그를 편안히 쉬게 해줄 수도 있었겠지만, 소령은 최대한 냉정한 말투로 물었다.

"그것뿐이오, 파가넬 선생?"

"천만에요! 그것만이 아닙니다!" 학자는 또 흥분하여 대답했다.

"뭐라고요?" 헬레나가 흥미를 느끼며 물었다. "그럼 오스트레일리아에는 아직도 놀랄 만한 게 더 있나요?"

"그 풍토도 놀랍습니다! 사실 그 풍토는 산물보다 더 기묘하답니다."

"믿을 수 없군요!" 사람들이 외쳤다.

"나는 산소가 풍부하고 질소가 부족한 오스트레일리아 대륙의 위생상 장점에 대해서는 말하지 않겠습니다. 이 대륙에는 무역풍이 해안선과 평행으로 불고 있어서 습기 찬 바람이 없습니다. 그리고 티푸스부터 홍역이나 만성 질환에 이르기까지 대부분의 질병은 이곳에서 찾아볼 수 없습니다."

"하지만 그건 결코 사소한 장점이 아니잖습니까?" 글레나번이 말했다.

"그렇습니다. 하지만 내가 말하고자 하는 것은 그게 아니라, 무엇과도 비교할 수 없는 또 다른 장점입니다."

"어떤 장점인데요?" 존 맹글스가 물었다.

"내가 말해도 여러분은 믿지 않을 겁니다."

"믿을게요!" 청중이 정색하여 외쳤다.

"그러면 말씀드리죠. 그건……."

"어떤 장점인데요?"

"도덕적 갱생입니다!"

"도덕적 갱생!"

"그렇습니다." 학자는 자신 있게 대답했다. "매우 교화적이죠. 여기서는 금속이 공기에 노출되어도 녹슬지 않고, 인간도 역시 녹슬지 않습니다. 여기서는 맑고 건조한 대기가 당장 모든 것을 순백으로 만들지요. 속옷도 인간의 영혼도 깨끗하게 정화합니다! 영국에서는 교화해야 할 인간들을 이 나라에 보내기로 결정했을 때, 이런 풍토의 효력을 확실히 알아차리고 있었습니다."

"뭐라고요? 그 영향이 정말로 느껴지나요?" 헬레나가 물었다.

"그럼요. 동물한테도 인간에게도 확실히 영향을 미칩니다."

"농담은 아니겠죠, 선생님?"

"농담이 아닙니다. 말도 가축도 놀랄 만큼 유순합니다. 이제 곧 아시게 될 거예요."

"그럴 수가!"

"하지만 사실입니다! 그리고 악인들도 생기와 건강을 가져다

주는 이 공기 속에 들어오면 몇 년 안에 다시 태어납니다. 이 효과는 박애주의자들에게는 이미 알려져 있습니다. 오스트레일리아에서는 모든 천성이 좋아집니다."

"선생님은 안 그래도 착한 분인데, 이런 효과가 있는 땅에 오면 어떻게 되나요?"

"아주 뛰어난 사람이 되지요. 아주 뛰어난 사람, 그뿐입니다."

# 10

## 위메라 강

이튿날인 12월 24일, 그들은 새벽에 출발했다. 더위는 이미 지독했지만 견딜 수 없을 정도는 아니었고, 길은 거의 평탄하여 말들도 걷기가 쉬웠다. 수색대는 나무가 띄엄띄엄 서 있는 숲 속으로 들어갔다. 온종일 걸은 뒤, 저녁에 그들은 마실 수 없는 염수가 담겨 있는 화이트 호 부근에서 야영을 했다.

여기서 파가넬은 흑해가 검지 않고 홍해가 붉지 않고 황하가 노랗지 않고 블루 산이 푸르지 않은 것처럼 이 호수도 하얗지 않다는 것을 인정할 수밖에 없었다. 그래도 그는 지리학자의 자존심으로 자기주장을 내세우고 이의를 제기했지만, 그의 논리는 전혀 통하지 않았다.

올비넷은 저녁식사를 여느 때처럼 꼼꼼하게 차려놓았다. 여행자들은 달구지 안이나 텐트 안에서 오스트레일리아의 자칼인 '딩고' 무리가 멀리서 구슬프게 짖는 소리가 들리는데도 곧 잠들었다.

온통 국화꽃으로 장식된 아름다운 평원이 화이트 호 너머에 펼쳐져 있었다. 이튿날 아침에 눈을 뜬 글레나번과 동료들은 눈 앞에 나타난 이 멋진 무대장치에 박수를 치고 싶은 심정이었다. 그들은 출발했다. 멀리 보이는 몇 개의 언덕이 땅의 기복을 말해주고 있었다. 지평선까지 보이는 것이라고는 초원과 붉은 봄꽃뿐이었다. 잎이 가느다란 아마의 푸른 꽃이 이 지방 특유의 붉은 아칸서스 꽃과 조화를 이루고 있었다. 검은가슴물떼새의 많은 변종이 이 초록 지대에 활기를 불어넣고, 소금기가 밴 땅에 만연하는 명아줏과 식물, 청록색이나 붉은색을 띤 근대나 애기풀 밑에 숨었다. 이것들은 공업에 유용한 식물이다. 태워서 그 재를 물로 씻으면 고급 소다를 얻을 수 있기 때문이다. 꽃에 둘러싸이면 식물학자가 되는 파가넬은 이 다양한 품종의 이름을 일일이 언급하고, 매사에 숫자를 들먹이는 버릇대로 지금까지 보고된 오스트레일리아의 식물은 120과, 4200종에 이른다고 말하는 것을 잊지 않았다.

그 후 15킬로미터를 빠른 속도로 통과한 뒤, 달구지는 아카시아와 미모사, 하얀 고무나무 사이를 지나갔다. 이 나무들의 꽃차례는 참으로 다양했다. 이 '스프링 플레인스'(수많은 샘이 솟는 평원) 지방의 식물계는 태양의 은혜를 잊지 않고, 태양이 베풀어주는 빛을 향기와 빛깔로 보답하고 있었다.

동물계는 품종이 그렇게 많지는 않았다. 화식조 몇 마리가 평원을 뛰어다니고 있었지만, 가까이 갈 수는 없었다. 하지만 소령은 빠른 속도로 사라져가고 있는 이 희귀한 동물의 다리에다 총알 한 방을 쏘았다. 그것은 영국인 식민자들이 '거대한 두루미'라고 부르는 '자비루'였다. 이 새는 키가 1.5미터나 되고, 부리는 검고 폭이 넓은 원뿔 모양이고 끝은 아주 뾰족하고 길이는 50센티미터나 되었다. 머리의 보라색과 자주색은 목의 화려한 초록색, 목구멍의 눈부신 하얀색, 긴 다리의 진홍색과 뚜렷한 대조를 이루었다. 자연은 이 새를 위해 자연이 가지고 있는 팔레트의 원색을 모두 써버린 것처럼 보였다.

사람들은 이 새를 보며 연신 감탄했다. 로버트가 7, 8킬로미터 앞에서 고슴도치와 개미핥기를 반반씩 섞어놓은 듯한 이상한 동물, 세상이 막 창조된 시대의 동물처럼 형태가 절반밖에 이루어지지 않은 생물을 발견하고 용감하게 때려죽이지 않았다면, 이날의 영광은 소령이 차지했을 것이다.

"바늘두더지군!" 파가넬이 이 단공류의 이름을 말했다. "이런 동물을 한 번이라도 본 적이 있습니까?"

"정말 흉하게 생겼군요." 글레나번이 대답했다.

"흉하게 생겼지만 재미있어요. 게다가 오스트레일리아 특산입니다. 다른 어느 대륙에서도 찾아볼 수 없어요."

물론 파가넬은 이 흉측한 바늘두더지를 가져가려고 달구지의 뒷방에 넣으려고 했다. 그런데 올비넷이 몹시 화를 내며 항의했기 때문에 학자도 이 단공류 표본을 가져가는 것은 포기했다.

이날 수색대는 동경 141도 30분까지 전진했다. 여기까지도 식민자인 스쿼터들은 별로 그들 앞에 나타나지 않았다. 그곳은 무인 지대처럼 보였다. 원주민은 그림자도 보이지 않는다. 이들 미개 부족은 좀 더 북쪽에 있는 달링 강과 머리 강으로 흘러드는 지류 유역의 광대한 변방을 헤매고 있기 때문이다.

하지만 보기 드문 광경이 글레나번 일행의 흥미를 끌었다. 그들은 대담한 투기꾼들이 동부 산지에서 빅토리아 주와 사우

거대한 두루미의 일종인 '자비루'.

스오스트레일리아 주로 몰고 가는 대규모 가축 떼를 볼 수 있었다.

오후 4시쯤, 존 맹글스는 5킬로미터쯤 앞의 지평선을 뒤덮고 있는 거대한 먼지기둥을 발견하고 사람들에게 알렸다. 이 현상의 원인은 무엇일까? 그것은 아무도 확실히 말하지 못했다. 파가넬의 생각은 어떤 대기 현상 쪽으로 기울었고, 그의 활발한 상상력은 벌써 그것의 자연적 원인을 찾고 있었다. 하지만 에어턴은 먼지가 피어오르는 것은 가축의 행진 때문이라고 단언하고, 파가넬이 억측의 영역에 빠져드는 것을 막았다.

갑판원의 말이 옳았다. 짙은 구름이 다가왔다. 그 자욱한 먼지구름 속에서 양, 말, 소들의 울음소리가 새어나왔다. 외침 소리, 휘파람 소리, 고함 소리 등 인간의 목소리도 이 전원 교향곡에 섞여 있었다.

시끄러운 구름 속에서 한 남자가 나타났다. 그는 이 네발짐승 부대를 이끄는 총사령관이었다. 글레나번은 그 남자 앞으로 나아가, 특별한 의례나 인사도 없이 교섭을 시작했다. 사령관, 아니 정확히 말하면 목동은 그 가축 떼의 일부를 소유하고 있었다. 그의 이름은 샘 마첼이었고, 동부에서 포틀랜드 만으로 가는 길이었다.

그의 가축 부대는 1만 2075마리, 즉 소 1천 마리, 양 1만 1천 마리, 말 75마리로 이루어져 있었다. 블루 산 지방의 들판에서 삐쩍 마른 이 동물들을 사들인 다음, 사우스오스트레일리아의 건강한 목초지에서 살을 찌우면 많은 이익을 남기고 팔 수 있었다. 이리하여 샘 마첼은 소 한 마리당 2파운드, 말 한 마리당 1파운드, 양 한 마리당 0.5파운드를 벌 수 있으니까, 통틀어 7575파운드의 이윤을 얻게 될 터였다. 이것은 상당히 큰 규모의 거래였다. 하지만 감당하기 힘든 이 가축 부대를 목적지로 데려가려면 얼마나 많은 인내와 에너지가 필요할까. 어느 정도의 피로를 감수해야 할까! 이 힘든 직업이 가져다주는 벌이는 이마에 땀을 흘리지 않으면 손에 넣을 수 없다.

샘 마첼은 가축 떼가 미모사 사이를 나아가고 있는 동안 자신의 신상을 간단히 이야기해주었다. 헬레나와 메리 그랜트, 그리고 말 탄 사람들은 모두 땅에 내려 커다란 고무나무 그늘에서 목동의 이야기에 귀를 기울였다.

샘 마첼은 일곱 달 전에 출발했다. 그는 하루에 약 15킬로미터씩 전진했고, 그 여행은 앞으로도 석 달 동안 계속될 터였다. 개 스무 마리와 서른 명의 남자가 이 일을 도와주고 있었는데, 그 가운데 다섯 명은 흑인이고 길 잃은 가축의 발자국을 찾아내는 솜씨가 뛰어났다. 소달구지 여섯 대가 가축 떼를 따라왔다. 목동들은 길이가 50센티미터쯤 되는 자루에 길이가 2.5미터쯤 되는 채찍 막대를 들고 줄 사이를 돌아다니며, 걸핏하면 흐트러지는 질서를 여기저기서 바로잡았다. 한편 경기병이라고 할 수 있는 개들은 양쪽 옆을 뛰어다니고 있었다.

여행자들은 그 많은 가축 떼가 나름대로 규율을 유지하고 있는 데 감동했다. 소와 양과 말은 따로따로 걷고 있었다. 소와 제 멋대로 자란 양은 대개 사이가 나쁘다. 소는 양이 지나간 자리의 풀을 먹으려 하지 않는다. 그래서 소를 선두에 두어야 하고, 이렇게 소는 두 대대로 나뉘어 앞서 간다. 그 뒤를 이어 스무 명의 목동이 지휘하는 다섯 연대의 양, 이어서 말들로 이루어진 소대가 후미를 맡는다.

샘 마첼은 가축 떼를 앞서서 안내하는 것은 개나 인간이 아니라 소라고, 그의 이야기를 듣고 있는 사람들에게 강조했다. 선두를 맡는 것은 동류한테도 우월성을 인정받고 있는 머리 좋은 '리더'다. 그들은 본능적으로 옳은 길을 선택하고, 자기가 존중받는 것은 당연하다고 확신하면서 더할 나위 없이 장중하게 맨 앞에서 나아간다. 그래서 인간은 그들을 소중히 여긴다. 가축 떼는 불평하지 않고 그들을 따르기 때문이다. 그들이 멈춰 서는 게 좋다고 생각하면, 인간은 그 변덕에 양보하지 않으면 안 된다. 그리고 일단 멈춘 뒤에는 그들이 출발 신호를 하지 않으면 아무리 행진을 다시 시작하려 해도 소용이 없다.

목동은 다시 몇 가지 사실을 덧붙여 이 원정대의 역사를 마무리했다. 이 원정대 자체는 크세노폰*이 지휘할 가치가 없다 해도 그 역사는 크세노폰이 기록할 가치가 있었다. 군단이 평원을 행진하는 동안은 만사가 순조로웠다. 어려움도 없고 피곤하지도 않다. 가축은 걸으면서 풀을 뜯고, 초지 곳곳에 있는 개울에서 갈증을 달래고, 밤에는 잠을 자고 낮에는 걷고, 개가 짖으면 얌전히 모인다. 하지만 대륙의 넓은 숲, 유칼립투스나 미모사가 울창한 숲 속에서는 어려움이 늘어난다. 소대와 대대와 연대는 서로 섞이거나 떨어져버려서, 다시 집결시키는 데 상당한 시간이 걸린다. 불운하게도 리더가 길을 잃어버리면 무슨 일이 있어도 찾아내야 한다. 그러지 않으면 전체가 뿔뿔이 흩어져버린다. 그래서 흑인들은 이 어려운 수색을 며칠씩 계속할 때

---

* 크세노폰(서기전 430?~355?): 고대 그리스의 역사가. 페르시아 전쟁에 참전하여 겪은 일을 《아나바시스》(페르시아 원정기)에 남겼다.

가 많다. 비가 억수같이 내리기 시작하면 게으른 동물들은 걷지 않으려 하고, 거센 폭풍이 몰아치면 수습할 수 없는 공포가 이 동물들을 사로잡는다.

　그래도 목동은 끊임없이 나타나는 이런 어려움을 정력과 야심의 힘으로 이겨낸다. 그는 전진한다. 걸어온 거리는 늘어나고, 평원이나 숲이나 산들을 뒤에 남기고 간다. 하지만 이런 온갖 장점에 인내―모든 시련을 참고 견디는 인내, 몇 시간이나 며칠이 아니라 몇 주도 꺾이지 않는 인내―라는 최고의 장점이 보태져야 하는 것은 강을 건널 때다. 이때 목동은 강 앞에 못 박혀버린다. 장애는 절대로 강을 건너려 하지 않는 짐승들의 고집이다. 소들은 물 냄새를 맡으면 뒷걸음질을 친다. 양들은 물에 도전할 바에는 차라리 달아나는 쪽을 택하여 사방팔방으로 흩어진다. 사람들은 밤이 되기를 기다려 짐승들을 강으로 데려가지만, 그것도 성공하지 못한다. 수소들을 잡아서 물에 던져 넣어도 암소들은 그들을 따라갈 결심을 하지 못한다. 며칠 동안이나 물을 먹이지 않고 갈증으로 재촉해보려 해도 가축들은 전혀 모험을 하려 들지 않는다. 새끼의 울음소리를 들으면 어미가 그쪽으로 오지 않을까 해서 새끼 양을 강 건너편으로 데려간다. 새끼 양은 울지만, 어미 양들은 이쪽에서 꿈쩍도 하지 않는다. 이런 상황이 때로는 꼬박 한 달이나 계속되기도 한다. 목동은 온갖 울음소리를 내는 이 대집단을 어떻게 해야 좋을지 알 수 없게 된다. 그러다가 어느 날 아무 이유도 없이, 무엇 때문인지도 모르고 어떻게 건넜는지도 모르지만 순전히 변덕으로 한 무리가 강을 건넌다. 그러면 이번에는 짐승들이 무턱대고 강물에 뛰어드는 것을 막아야 하는 또 다른 어려움이 생긴다. 대열 속에 혼란이 일어나, 많은 동물이 급류 속에서 물에 빠져 죽는다.

샘 마첼이 이야기한 내용은 이런 것이었다. 그가 이야기하는 동안 가축 떼의 대부분은 질서 정연하게 행진해갔다. 이제 샘 마첼도 무리의 선두로 돌아가 제일 좋은 목초지를 골라야 했다. 그래서 그는 글레나번에게 작별을 고하고, 부하 한 사람이 고삐를 잡고 있던 훌륭한 오스트레일리아산 말에 올라타고 진심 어린 악수와 함께 여행자들의 작별 인사를 받았다. 잠시 후 그는 흙먼지의 소용돌이 속으로 사라졌다.

달구지는 그와 반대쪽을 향해 잠시 중단되었던 행진을 재개했다. 그리고 저녁에야 겨우 탤벗 산 기슭에 도착하여 걸음을 멈추었다.

이때 파가넬은 오늘이 12월 25일 성탄절, 영국인이 가족과 함께 성대하게 축하하는 크리스마스라는 것을 상기시켰다. 하지만 요리사도 그것을 잊고 있지는 않았다. 그가 천막에 차려놓은 맛있는 저녁식사 덕분에 그는 일행으로부터 진심에서 우러나온 칭찬을 받았다. 실제로 올비넷은 지금까지 거의 보여준 적이 없는 솜씨를 발휘했다. 그는 저장 식량을 이용하여 오스트레일리아 황무지에서는 별로 볼 수 없는 유럽풍 요리를 만들었다. 순록 고기로 만든 햄, 소금에 절인 쇠고기 편육, 훈제 연어, 귀리 케이크, 보릿가루로 만든 스콘에 홍차는 마음대로 얼마든지 마실 수 있었고, 위스키도 풍부했다. 그리고 포트와인 몇 병. 이것이 이 놀랄 만한 식사의 메뉴였다. 사람들은 스코틀랜드의 하일랜드 한복판에 있는 맬컴 성의 대식당에서 만찬을 즐기고 있는 듯한 기분이 들었을지도 모른다.

물론 이 향연에는 생강 수프부터 디저트인 민스미트 파이까지 빠짐없이 갖추어져 있었다. 하지만 파가넬은 언덕 기슭에 나있는 야생 오렌지 열매가 여기에 추가되어야 한다고 생각했다. 이것을 원주민은 '모칼리'라고 불렀는데, 이 오렌지는 별로 맛이 없는 과일이었지만, 씨를 쪼개면 고추처럼 입이 비뚤어질 만큼 매웠다. 지리학자는 과학에 대한 애정으로 고집을 부리며 양심적으로 그것을 먹었기 때문에 입안이 타버려서, 소령이 오스트레일리아 사막의 특징에 대해 연달아 퍼붓는 질문에 대답할 수가 없었다.

이튿날인 12월 26일은 기록할 만한 사건이 하나도 일어나지 않았다. 일행은 노턴 강의 온천 지대를 지나 반쯤 말라버린 매킨지 강에 다다랐다. 날씨는 계속 맑았고 견디기 좋은 온도였다. 바람은 남쪽에서 불어와, 북반구의 북풍처럼 대기를 차갑게 식히고 있었다. 파가넬은 이 점을 로버트에게 지적했다.

"이건 고마운 일이야. 평균 기온은 북반구보다 남반구가 더 높으니까."

"왜요?" 소년이 물었다.

"왜냐고? 지구는 여름보다 겨울에 태양과 더 가깝다는 말을 들어본 적이 없니?"

"있어요, 선생님."

"그리고 추위는 햇빛이 비스듬히 비치기 때문이라는 것도?"

"물론 알아요."

"남반구가 북반구보다 온도가 높은 건 바로 그 때문이야."

"모르겠는데요." 로버트는 대답하고 눈을 크게 떴다.

"잘 생각해봐. 유럽이 겨울일 때, 그 반대쪽인 이 오스트레일리아의 계절은 뭐지?"

"여름요."

"바로 이 시기에 지구는 태양에 가까이 다가가고 있으니까……
알았니?"

"알았어요."

"지구가 태양과 가까우니까 남반구의 여름은 북반구의 여름
보다 더운 거야."

"그렇군요."

"그러니까 겨울에 태양이 지구와 더 가깝다는 것은 북반구에
살고 있는 우리한테만 옳은 이야기일 뿐이야."

"그건 아직 생각해보지 않았는데요."

"그러면 이젠 그걸 잊지 마라."

로버트는 이 우주 형태론의 가르침을 기꺼이 받고, 마지막에
빅토리아 주의 평균 기온은 섭씨 25도 35분이라는 것을 배웠다.

그날 밤 일행은 북쪽에 우뚝 솟아 있는 드럼먼트 산과 남쪽
지평선에 솟아 있는 그리 높지 않은 드라이든 산 사이에 있는
론즈데일 호수를 건너 8킬로미터쯤 간 곳에서 야영했다.

이튿날 11시에 달구지는 동경 143도 선상에 있는 위메라 강
에 도착했다.

이 강은 너비가 800미터나 되고, 줄지어 서 있는 고무나무와
아카시아 사이를 맑은 물이 흐르고 있었다. 몇 종의 도금양과
식물, 그중에서도 특히 '메트로시데로스 스페시오사'는 붉은 꽃
이 달린 기다란 가지가 15미터 높이까지 뻗어 있었다. 수다스러
운 앵무새는 별도로 하더라도 꾀꼬리와 검은방울새, 금빛 날개
를 가진 비둘기 등 수많은 새들이 초록빛 가지 사이를 날아다니
고 있었다. 그 아래 수면에서는 겁이 많아서 사람을 접근시키지

않는 검은 고니 한 쌍이 서로 희롱하고 있었다. 이 오스트레일리아 하천의 '기이한 새'는 곧 구불구불 이어지는 위메라 강으로 사라지고, 강물은 이 매력적인 지방을 변덕스럽게 촉촉이 적시고 있었다.

그동안 달구지는 가장자리가 급류 위까지 늘어져 있는 융단 같은 풀밭 위에 멈춰서 있었다. 그곳엔 뗏목도 없고 다리도 없었다. 하지만 강을 건너지 않으면 안 된다. 에어턴은 도하 지점을 찾는 일을 떠맡았다. 상류 쪽으로 400미터쯤 올라간 곳이 얕아 보였고, 그는 이 지점에서 강을 건너기로 마음을 굳혔다. 여러 가지 방법으로 깊이를 쟀지만 수심은 90센티미터밖에 안 되었다. 따라서 달구지는 별다른 위험 없이 이 여울에 들어갈 수 있을 터였다.

"이 강을 건너는 방법이 그것밖에 없나?" 글레나번이 에어턴에게 물었다.

"없습니다. 하지만 이 여울은 별로 위험해 보이지 않는데요. 어떻게든 건널 수 있을 겁니다."

"아내와 메리는 달구지에서 내려야 하나?"

"그렇지 않습니다. 소는 다리가 튼튼하고, 길을 잘못 들지 않도록 제가 신경을 쓰겠습니다."

"그렇게 해주게, 에어턴. 자네한테 맡기겠네."

말 탄 사람들이 달구지를 둘러싼 채 모두 함께 결연히 강물 속으로 들어갔다. 무거운 달구지가 이런 식으로 강을 건널 때는 보통 빈 통을 주위에 줄줄이 매달아서 물에 뜨게 하는 법이다. 하지만 지금 경우에는 그런 부낭 같은 것을 구할 수 없었다. 그래서 신중한 에어턴이 소들의 영리함을 믿을 수밖에 없었다. 에어턴은 마부석에서 소들을 이끌었다. 소령과 두 선원은 몇 미터 앞에서 급류를 가르며 나아갔다. 글레나번과 존 맹글스는 각자 달구지 양쪽에 자리를 잡고, 만약의 경우에는 즉각 헬레나와 메리를 구하러 갈 태세를 갖추었다. 마지막으로 파가넬과 로버트가 후미를 맡았다.

위메라 강의 한복판까지는 모든 게 순조로웠다. 하지만 거기까지 오자 수심이 깊어져서 물이 바퀴 위까지 올라왔다. 여울에서 벗어난 소들은 발 디딜 곳을 잃고 덜컹거리는 달구지를 자기와 함께 질질 끌고 가버릴지도 몰랐다. 에어턴은 용감하게 몸을 아끼지 않고 활약했다. 그는 물속에 들어가 소뿔을 잡고 소들을 원래의 길로 돌려놓는 데 성공했다.

이때 예상치 못했던 충돌이 일어났다. 뚝 하는 소리가 나고, 달구지가 불안해질 만큼 옆으로 기울었다. 물은 헬레나와 메리의 발까지 올라왔다. 글레나번과 존 맹글스가 달구지의 가로대를 잡고 매달렸지만, 달구지는 여전히 옆으로 떠내려갔다. 위기의 순간이었다.

하지만 두 다리를 벌리고 힘껏 버틴 덕에 다행히도 달구지는 강 건너편으로 다가갔다. 강은 소와 말들의 발밑에서 오르막을 이루었고, 이윽고 사람과 동물들은 모두 안전하게 건너편에 도착하여, 비록 온몸이 흠뻑 젖었지만 안심했다.

다만 달구지 앞부분의 차대가 충격으로 구부러졌고, 글레나번이 탄 말의 앞발 편자가 떨어져 나갔다.

이것은 당장 수리할 필요가 있었다. 그래서 사람들은 난감한 표정으로 얼굴을 마주 보았다. 그때 에어턴이 30킬로미터쯤 북쪽에 있는 블랙포인트 스테이션(가축 농장)에 가서 대장장이를

달구지가 불안해질 만큼 옆으로 기울었다.

데려오겠다고 말했다.

"가게, 에어턴. 어서 가." 글레나번이 말했다. "거기까지 갔다가 돌아오려면 시간이 얼마나 걸릴까?"

"열다섯 시간쯤 걸릴 겁니다. 하지만 그 이상은 걸리지 않을 겁니다."

"그럼 떠나게. 우리는 자네가 돌아오기를 기다리면서 위메라 강 부근에서 야영을 하겠네."

몇 분 뒤, 윌슨의 말을 탄 에어턴은 미모사의 두꺼운 커튼 너머로 사라졌다.

# 11

# 버크와 스튜어트

그날의 나머지 시간은 수다와 산책으로 보냈다. 일행은 잡담을 하거나 감탄하면서 위메라 강 연안을 돌아다녔다. 회색 두루미와 따오기가 그들이 다가가면 쉰 목소리로 울면서 달아났다. 바우어새는 야생 무화과나무의 높은 가지 위에 숨고, 꾀꼬리와 검은딱새와 극락조는 백합과 식물의 줄기 사이를 날아다니고, 물총새는 여느 때의 낚시를 그만두었지만, 프리즘의 일곱 가지 색으로 장식된 '블루 마운틴'이나 진홍색 머리에 노란색 목을 가진 '로스칠'이나 붉은색과 푸른색 깃털을 가진 '로리'처럼 좀 더 문명화한 앵무새들은 꽃이 핀 고무나무 우듬지에서 계속 시끄럽게 재잘거리고 있었다.

그들은 이렇게 강가를 돌아다니거나 시끄러운 소리를 내며 흐르는 강물 옆 풀밭에 드러눕거나 미모사 덤불 사이를 정처 없이 헤매면서 해 질 녘까지 이 아름다운 자연을 감상했다. 어수선한 황혼에 이어 밤이 온 것은 그들이 야영지에서 800미터쯤 떨어져 있을 때였다. 그들은 남반구에서는 보이지 않는 북극성이 아니라 지평선과 천정 중간에서 반짝이는 남십자성을 길잡이로 삼아 야영지로 돌아왔다.

올비넷은 천막에 저녁식사를 차려놓았다. 사람들은 식탁에 앉았다. 요리 가운데 인기가 있었던 것은 윌슨이 잡고 요리사가 조리한 앵무새 고기 스튜였다.

저녁식사가 끝나자 모두 이렇게 아름다운 밤에 잠이나 잘 수는 없다고 다투어 말했다. 헬레나는 파가넬에게 오스트레일리아 탐험가들의 이야기—벌써 오래전에 약속되어 있었던 이야기—를 해달라고 부탁했고, 다른 사람들도 모두 거기에 동의했다.

이것은 파가넬도 바라던 바였다. 청중은 커다란 나무 밑에 드러누워 저마다 편안하게 자리를 잡았다. 이윽고 담배 연기가 어둠에 싸인 나뭇잎까지 피어오르고, 지리학자는 무진장한 기억에 의지하여 이야기를 시작했다.

"내가 '덩컨'호에서 열거한 탐험가들은 여러분도 기억하실 겁니다. 오스트레일리아 내륙으로 들어가려고 한 사람들 가운데 남쪽에서 북쪽으로, 또는 북쪽에서 남쪽으로 대륙을 종단하는 데 성공한 사람은 겨우 네 명뿐이었어요. 1860년과 61년에 로버트 버크, 1861년과 62년에 존 매킨리, 1862년에 윌리엄 랜즈버러, 1862년에 찰스 스튜어트. 매킨리와 랜즈버러에 대해서는 별로 말할 게 없습니다. 매킨리는 애들레이드에서 카펜테리아 만으로 갔고, 랜즈버러는 카펜테리아 만에서 멜버른으로 갔지만, 둘 다 버크를 수색하기 위해 파견된 사람들이었지요. 이 버크는 행방이 묘연해져 어디로 갔는지 알 수 없게 되었고, 앞으

그들은 남십자성을 길잡이로 삼아 야영지로 돌아왔다.

로 두 번 다시 나타나지 않을 것으로 여겨졌습니다.

버크와 스튜어트, 내가 이제부터 여러분에게 이야기할 사람은 이 대담무쌍한 두 탐험가입니다. 그러면 서론은 생략하고 바로 시작하겠습니다.

1860년 8월 20일, 멜버른 왕립협회 후원으로 퇴역 장교인 한 아일랜드인이 탐험을 떠났습니다. 전에는 캐슬메인*에서 형사로 일한 적이 있는 로버트 오하라 버크†라는 남자였지요. 열일곱 명의 남자가 버크와 동행했습니다. 나이는 젊지만 뛰어난 천문학자인 윌리엄 존 윌스, 독일인 의사인 헤르만 베클러, 식물학자인 찰리 그레이, 인도군의 청년 장교인 존 킹, 윌리엄 라이트, 윌리엄 브라헤, 그리고 인도인 병사 몇 명. 말 25마리와 낙타 25마리가 대원들과 짐, 그리고 18개월분의 식량을 싣고 갔지요. 탐험대는 처음에는 쿠퍼 강을 따라 북해안의 카펜테리아 만으로 가기로 되어 있었습니다. 탐험대는 머리 강과 달링 강을 쉽게 건너서 식민지 경계선에 있는 메닌디 스테이션에 도착했지요.

여기서 그들은 몹시 방해가 되는 짐이 많다는 것을 깨달았습니다. 이 불편과 버크의 가혹한 성격이 탐험대에 불화를 일으켰지요. 낙타 몰이꾼인 랜덜스는 인도인 인부 몇 명을 데리고 탐험대를 떠나 달링 강으로 돌아가버렸고, 버크는 계속 전진했습니다. 때로는 물이 충분한 목초지를 지났고, 때로는 물이 없는

---

* 오스트레일리아 남부 빅토리아 주에 있는 작은 도시.
† 로버트 오하라 버크(1821~1861): 아일랜드 출신의 탐험가. 오스트레일리아 내륙을 탐험하던 중에 사망했다.

돌투성이 길을 지나 쿠퍼 강 쪽으로 내려갔지요. 출발한 지 석 달 뒤인 11월 20일, 그는 이 쿠퍼 강 근처에 첫 번째 식량 창고를 세웠습니다.

여기서 여행자들은 북쪽으로 가는 루트, 물을 걱정할 필요가 없는 루트를 찾지 못한 채 한동안 발이 묶여 있었습니다. 온갖 어려움을 겪은 뒤 그들은 어느 야영지에 도착하여 그곳을 포트 윌스라고 명명했습니다. 그들은 이곳에 울타리를 둘러치고, 멜버른과 카펜테리아의 중간에 있는 기지로 삼았습니다. 여기서 버크는 탐험대를 둘로 나누었습니다. 하나는 브라헤의 지휘 아래 포트윌스에 석 달 동안, 아니 식량이 떨어지지만 않으면 그 이상도 머물면서 다른 대원들이 돌아오기를 기다리기로 했습니다. 버크와 킹, 그레이와 윌스, 이렇게 네 사람으로 이루어진 탐험대는 낙타 여섯 마리를 데려갔습니다. 그들이 가져간 것은 석 달치 식량, 즉 밀가루 150킬로그램, 쌀 25킬로그램, 귀리 가루 25킬로그램, 말린 말고기 100킬로그램, 소금에 절인 돼지고기와 베이컨 45킬로그램, 비스킷 15킬로그램, 이것이 왕복 2400킬로미터를 여행하기 위해 준비한 식량이었습니다.

이들 네 남자는 출발했습니다. 돌투성이 사막을 힘들게 건넌 뒤, 1845년에 찰스 스터트가 도달했던 최종점인 에어 강변에 도착하여 동경 150도선을 되도록 정확하게 거슬러서 북쪽으로 향했습니다.

1월 7일, 그들은 이글거리는 태양 아래에서 기대를 배신하는 신기루에 속아 물이 부족할 때가 많았지만, 때로는 세찬 폭풍우를 만나 갈증을 풀고, 여기저기 방랑하는 원주민과 마주치기도 했지만, 그들에게 시달리지 않고 남회귀선을 가로질렀습니다.

요컨대 호수나 강이나 산이 방해하지 않는 길이라서 행군은 그리 어렵지 않았습니다.

1월 12일, 사암 언덕 몇 개가 북쪽에 나타났습니다. 특히 포브스 산과 화강암 산맥이 나타났는데, 이때는 피로가 극에 달한 상태였지요. 그들은 거의 전진하지 못했습니다. 동물들이 더 이상 앞으로 나아가려 하지 않았답니다. 버크는 여행 일기에 '여전히 산맥 안에 있다! 낙타는 두려움에 떨면서 땀을 흘리고 있다!'라고 썼습니다. 그래도 애쓴 끝에 대원들은 터너 강에 도착했고, 이어서 플린더스 강 상류에 도달했는데, 이 강은 1841년에 존 스토크스가 본 것이고, 병풍처럼 늘어서 있는 야자나무와 유칼립투스 사이를 흘러 카펜테리아 만으로 들어갑니다.

바다가 가까이에 있다는 것은 소택지가 계속되고 있는 것을 보고 알았습니다. 낙타 한 마리는 거기서 죽었습니다. 다른 낙타들은 늪지를 지나가기를 거부했습니다. 킹과 그레이는 낙타와 함께 머물 수밖에 없었지요. 버크와 윌스는 북쪽으로 계속 걸었고, 그들의 수첩에 애매하게 기록되어 있는 어려움을 겪은 뒤 밀물이 들어오면 바닷물이 늪을 뒤덮는 지점에 도달했지만, 그들의 눈에는 바다가 전혀 보이지 않았습니다. 그게 1861년 2월 11일이었지요."

"그러면 그 용감한 사람들은 그곳을 지나갈 수 없었나요?" 헬레나가 물었다.

"그렇습니다. 늪지대는 발이 푹푹 빠져서, 그들은 포트윌스에서 기다리고 있는 동료들한테 돌아가는 문제를 생각해야 했지요. 돌아가는 길은 정말로 비참했습니다! 버크와 윌스는 기진맥진한 몸을 질질 끌면서 그레이와 킹에게 돌아갔지요. 그리고 탐험대는 왔던 길을 되짚어서 쿠퍼 강으로 남하했습니다.

이 여행을 하는 동안 일어난 온갖 사건과 위험과 고통은 우리도 정확하게 알지 못합니다. 탐험가들의 수첩에는 적혀 있지 않으니까요. 하지만 그것은 끔찍한 사건이었을 게 분명합니다.

실제로 4월에 쿠퍼 강에 도착했을 때 그들은 네 명이 아니라 세 명이 되어 있었습니다. 그레이가 쓰라린 고생 끝에 쓰러지고 말았지요. 낙타도 네 마리나 죽었습니다. 하지만 브라헤와 식량이 기다리고 있는 포트윌스에 돌아갈 수만 있다면 살 수 있을 겁니다. 그들은 힘을 내어 또 며칠 동안 몸을 끌면서 전진했지요. 4월 21일 그들은 포트윌스의 울타리를 보았습니다. 드디어 도착했다! 하지만 다섯 달 동안 그들을 기다렸던 브라헤가 하필이면 바로 그날 떠나버린 겁니다."

"떠나버렸다고요?" 로버트가 외쳤다.

"그래, 떠나버렸어. 이 얼마나 기막힌 운명인가! 하필이면 바로 그날! 브라헤가 남긴 편지는 겨우 일곱 시간 전에 쓴 것이었어요! 버크는 그를 따라잡을 생각도 할 수 없었지요. 그 불행한 사람들은 남아 있던 식량을 배에 조금 채워 넣었지만, 탈것이 없었어요. 그리고 달링 강까지는 아직도 600킬로미터나 남아 있었답니다.

이때 버크는 윌스의 의견에 반대하고, 포트윌스에서 250킬로미터 떨어진 호플레스(절망의) 산 옆에 있는 오스트레일리아인 농장에 가기로 마음먹었습니다. 그들은 출발했지요. 남아 있던 낙타 두 마리 가운데 한 마리는 쿠퍼 강의 늪 같은 개울에서 죽었고, 마지막 한 마리는 한 발짝도 걸을 수 없는 상태였어요. 그래서 그들은 그 짐승을 쏘아 죽이고 고기를 먹어야 했답니다.

식량은 곧 바닥났어요. 불운한 세 사람은 어쩔 수 없이 '날두'를 먹으면서 굶주림을 견뎌야 했는데, '날두'는 수초이고, 포자를 먹을 수 있지요. 물은 없고, 있어도 그 물을 운반할 수 없었기 때문에 그들은 쿠퍼 강 연안을 떠날 수 없었습니다. 그런데 불이 나는 바람에 오두막은 불타버리고, 그들의 야영용 짐도 불타버렸어요. 이제 끝장인 거예요! 그들은 이제 꼼짝없이 죽을 수밖에 없었지요!

버크가 킹을 옆으로 불러서 말했어요. '내 목숨은 이제 몇 시간밖에 남지 않았다. 여기 내 시계와 기록이 있다. 내가 죽거든 내 오른손에 권총을 쥐어주고, 땅속에 묻지 말고 그대로 놔두고 가라!' 버크는 더 이상 아무 말도 하지 않고 이튿날 아침 8시에 숨을 거두었답니다.

킹은 놀라고 당황하여 오스트레일리아 원주민 부족을 찾으러 갔어요. 킹이 돌아와 보니 윌스도 막 숨을 거둔 참이었지요. 킹은 원주민에게 구조된 뒤, 매킨리와 랜즈버러와 동시에 버크를 수색하기 위해 파견된 호윗 탐험대에 발견된 것이 9월이었답니다. 결국 네 명의 탐험가 가운데 이 오스트레일리아 대륙 종단에서 살아남은 것은 겨우 한 사람뿐이었어요."

파가넬의 이야기는 청중의 마음속에 비통한 인상을 남겼다. 그들은 이야기를 들으면서 모두 버크와 동료들처럼 이 불길한 대륙 한복판을 헤매고 있을지도 모르는 그랜트 선장을 생각했다. 이 대담한 선구자들을 차례로 쓰러뜨린 고통을 그 조난자들은 면할 수 있을까? 이런 식으로 양쪽을 아울러 생각하는 것은 지극히 자연스러웠기 때문에 메리 그랜트의 눈에는 눈물이 가득 고였다.

버크의 죽음.

"아버지! 아버지!" 메리가 중얼거렸다.

"메리! 메리!" 존 맹글스가 외쳤다. "그런 고난을 당하는 건 내륙으로 들어갔을 때뿐입니다. 그랜트 선장님은 킹처럼 원주민에게 붙잡혀 있어요. 그러니 킹과 마찬가지로 구조될 겁니다! 선장님은 상황이 그렇게 나쁘지는 않았으니까요!"

"그렇고말고." 파가넬이 거들었다. "그리고 되풀이해서 말하지만 오스트레일리아 원주민은 친절한 사람들이야."

"그렇다면 다행이지만!" 메리가 대답했다.

글레나번은 이런 우울한 생각의 방향을 돌리려고 물었다.

"그럼 스튜어트는요?"

"스튜어트요?" 파가넬이 되물었다. "아아, 스튜어트는 그보다 운이 좋았습니다. 그리고 그의 이름은 오스트레일리아 역사에서 잘 알려져 있지요. 1848년부터 이미 여러분의 동포인 존 맥두얼 스튜어트*는 애들레이드 북쪽에 있는 사막에 스터트와 함께 가는 등, 여행 준비를 하고 있었습니다. 1860년에는 두 남자를 데리고 오스트레일리아 내륙으로 들어가려고 했지만 성공하지 못했지요. 하지만 그는 낙담할 남자가 아니었습니다. 1861년 1월 1일, 그는 열한 명의 용감한 동료들을 이끌고 체임버스 강을 출발하여 카펜테리아 만에서 25킬로미터 떨어진 곳에 올 때까지 잠시도 쉬지 않았습니다. 하지만 식량 부족으로 대륙을 횡단하지 못하고 애들레이드로 되돌아갈 수밖에 없었지요. 하지만 그는 과감하게 다시 운명에 도전하여 세 번째 탐험

---

* 존 맥두얼 스튜어트(1815~1866): 스코틀랜드 출신의 탐험가. 오스트레일리아 내륙을 탐험했다.

대를 조직했고, 이번 탐험대는 그렇게 열망했던 목적지에 도달하게 됩니다.

사우스오스트레일리아 주의회는 이 새로운 탐험대를 열심히 후원하여 2천 파운드의 보조금 지급을 의결했습니다. 스튜어트는 선구자로서 자신의 경험이 권하는 모든 조치를 취했지요. 그의 친구인 박물학자 워터하우스, 이전의 동행자인 스링과 케크윅, 그리고 우드퍼드와 올드 등, 모두 열 명이 그와 동행했습니다. 각자 25리터들이 가죽 주머니를 휴대하고, 1862년 4월 5일에 탐험대는 남위 18도선 너머에 있는 뉴캐슬워터 분지에 집결했는데, 이곳은 바로 스튜어트가 지난번 탐험 때 넘지 못했던 지점이었지요. 그들은 대체로 동경 131도선을 따라갔고, 따라서 버크의 탐험 경로에서 서쪽으로 7도쯤 떨어져 있었습니다.

뉴캐슬워터 분지는 그 후 새 탐험대들의 전초기지가 됩니다. 스튜어트는 울창한 숲에 둘러싸여 북쪽이나 북동쪽으로 나가려고 했지만 성공하지 못했어요. 서쪽의 빅토리아 강으로 가려고 했지만, 그것 역시 실패했지요. 도저히 뚫고 들어갈 수 없는 울창한 덤불이 모든 출구를 막고 있었던 겁니다.

그래서 스튜어트는 야영지를 바꾸기로 결정하고, 조금 북쪽으로 올라간 하워 소택지로 기지를 옮길 수 있었습니다. 그리고 거기서 동쪽으로 가는 동안, 풀이 무성한 평원에서 데일리 강을 만나 50킬로미터쯤 그 강을 거슬러 올라갔습니다.

주위는 아름다워졌습니다. 여기서는 유칼립투스가 놀랄 만한 높이까지 자라고 있었지요. 스튜어트는 경탄하면서 계속 앞으로 전진했습니다. 그는 스트랭웨이 강과 라이하르트가 발견한 로퍼 강 연안에 다다랐습니다. 두 강은 이 열대지방에 어울리는 야자나무 사이를 흐르고 있었지요. 이곳에는 원주민 부족들이 있었고, 그들은 탐험대를 반갑게 맞아주었습니다.

이 지점에서 탐험대는 바위에 덮인 땅을 돌아서 반디멘 만으로 흘러드는 애들레이드 강의 원류를 찾으면서 북서쪽으로 방향을 돌렸습니다. 이때 탐험대는 대나무와 소나무, 판다누스 사이를 누비며 아넘랜드*를 가로지르고 있었습니다. 애들레이드 강은 폭이 넓어지고, 그 연안은 더 질퍽해져서 발이 푹푹 빠지고, 이제 바다가 가까워졌습니다.

7월 22일 화요일, 스튜어트는 루트를 가로지르는 수많은 개울에 시달리면서 소택지에서 야영을 했습니다. 스튜어트는 세 동료에게 사람이 다닐 수 있는 길을 찾게 했습니다. 이튿날은 건널 수 없는 후미를 우회하거나 발이 푹푹 빠지는 늪지를 겨우 건너서 잔디로 덮인 꽤 높은 초원에 다다랐는데, 그곳에는 고무나무 따위가 군락을 이루며 자라고 있었지요. 기러기와 따오기, 그 밖에 사람에게 익숙지 않은 물새들이 떼 지어 날고 있었습니다. 원주민은 거의 또는 전혀 없었지요. 멀리서 야영을 하는 듯 연기가 피어오르고 있을 뿐이었습니다.

애들레이드를 출발한 지 아홉 달 뒤인 7월 24일, 스튜어트는 오전 8시 20분에 북쪽으로 출발했습니다. 그는 그날 안으로 바다에 닿고 싶었지요. 지형은 다소 높아졌고 화산암이 점점이 흩어져 있었습니다. 나무는 왜소해졌지요. 그들은 공기에서 바다 냄새를 맡았습니다. 충적토가 쌓인 넓은 골짜기가 나타나고, 그

---

* 오스트레일리아 북부 노던 주의 북쪽 지역. 동쪽의 카펜테리아 만과 서쪽의 반디멘 만 사이에 있는 반도의 동반부를 가리킨다.

너머에는 관목이 병풍처럼 둘러서 있었습니다. 스튜어트는 밀려오는 파도 소리를 분명히 들었지만, 동료들에게는 아무 말도 하지 않았지요. 일행은 개머루 덩굴이 얽힌 숲 속으로 들어갔습니다.

스튜어트는 몇 걸음 앞으로 나아갔습니다. 거기가 바로 인도양이었지요! '바다다! 바다야!' 스링이 멍한 얼굴로 외쳤습니다. 일행이 달려와서 만세 삼창을 인도양으로 보냈지요.

스튜어트는 총독인 리처드 맥도닐 경에게 약속한 바에 따라 발을 물에 담그고 바닷물로 세수를 했습니다. 그런 다음 골짜기로 돌아가서 나무에다 'J.M.D.S.'라는 제 이름(John McDouall Stuart)의 머리글자를 새겼지요. 그리고 물이 흐르는 개울가에 야영지를 차렸습니다.

이튿날 스링은 남서쪽에서 애들레이드 만 하구에 도달할 수 있는지 정찰하러 갔습니다. 하지만 말을 타고 가기에는 땅이 너무 질퍽거렸지요. 이것은 포기할 수밖에 없었습니다.

그래서 스튜어트는 숲 속의 빈터에서 키 큰 나무 한 그루를 골랐습니다. 그는 아래쪽 가지를 자르고 나무 꼭대기에 오스트레일리아 깃발을 걸었지요. 그 나무의 껍질에는 '남쪽으로 30센티미터 떨어진 지점을 팔 것'이라는 문장을 새겼습니다.

언젠가 어느 여행자가 여기서 지정한 곳을 팠다면 양철 상자를 발견했을 겁니다. 그리고 그 상자 안에서는 내 기억에 새겨져 있는 다음과 같은 글이 적힌 종이를 발견했겠지요.


남쪽에서 북쪽으로 오스트레일리아 대륙을 종단한 대탐험
존 맥두얼 스튜어트가 지휘하는 탐험대는 대륙 중심부를

스튜어트는 나무 꼭대기에 오스트레일리아 깃발을 걸었다.

지나 오스트레일리아 전체를 남쪽 바다에서 인도양 연안까지 종단한 뒤, 1862년 7월 25일 이곳에 도착했다. 그들은 1861년 10월 26일 애들레이드를 떠나 1862년 1월 21일 식민지의 마지막 스테이션에서 북쪽을 향해 출발했다. 이 경사스러운 업적을 기념하여 대원들은 대장의 이름과 함께 오스트레일리아 깃발을 여기에 내걸었다. 모든 게 더할 나위 없이 좋다. 여왕 폐하 만세!

그런 다음 스튜어트와 동료들의 서명이 있습니다.

전 세계에 엄청난 반향을 불러일으킨 이 사건은 이렇게 확인되었지요."

"그래서 그 용감한 사람들은 모두 남쪽의 동료들과 재회했나요?" 헬레나가 물었다.

"그렇습니다. 모두 재회했지요. 하지만 지독한 피로는 면할 수 없었습니다. 제일 고생한 사람은 스튜어트였지요. 애들레이드를 향해 귀로에 올랐을 때는 괴혈병이 그의 건강을 심각하게 위협하고 있었답니다. 7월 초에 병이 다시 악화했고, 그는 이제 다시는 사람이 살고 있는 지역을 볼 수 없을 거라고 생각했을 정도였지요. 그는 더 이상 안장 위에서 몸을 지탱할 수도 없었기 때문에, 말 네 마리에 매단 가마에 누워서 갔습니다. 10월 말에는 각혈 때문에 죽음의 문턱까지 갔어요. 대원들은 말을 한 마리 잡아서 스튜어트를 위해 말고기 수프를 끓였지요. 그는 10월 28일에는 죽을 줄 알았는데, 갑자기 병세가 호전되어 11월 10일에 탐험대는 한 사람도 빠짐없이 모두 최초의 농장에 도착했답니다.

스튜어트가 열광하는 주민들에게 둘러싸여 애들레이드에 들어간 것은 12월 17일이었지요. 하지만 그의 건강은 여전히 좋지 않아서, 지리학회의 금메달을 받은 뒤 '인더스'호를 타고 그리운 고국 스코틀랜드로 향했습니다. 우리도 스코틀랜드로 돌아가면 그를 만날 수 있겠지요."*

"스튜어트는 강인한 정신력을 고도로 몸에 지니고 있던 사람이었어요." 글레나번이 말했다. "그리고 체력보다는 이 정신력이 대사업을 성취시키는 법이지요. 스코틀랜드는 스튜어트를 후세에 가르치는 것을 당연히 자랑스럽게 여기고 있답니다."

"그러면 스튜어트 다음에는 어떤 여행자도 새로운 발견을 시도하지 않았나요?" 헬레나가 물었다.

"아니요." 파가넬이 대답했다. "라이하르트†에 대해서는 자주 이야기했지만, 이 여행자는 1844년에 이미 오스트레일리아 북부에서 주목할 만한 탐험을 했습니다. 1848년에는 북동쪽을 향해 두 번째 탐험을 했지만, 그 후 벌써 17년 동안 행방이 묘연해졌지요. 작년에 유명한 식물학자인 멜버른의 밀러 박사가 수색대 파견 비용을 마련하기 위해 공개 모금을 시작했는데, 그 비용은 당장 모금되었고, 총명하고 대담한 매킨타이어가 이끄는 수색대가 1864년 6월 21일 펄 강 부근의 목초지를 출발했습

---

* 〔원주〕자크 파가넬은 스코틀랜드로 돌아가서 스튜어트를 만날 수 있었지만, 이 유명한 여행가와 교제를 오래 즐길 수는 없었다. 스튜어트는 1866년 6월 5일 노팅엄힐에 있는 소박한 집에서 세상을 떠났기 때문이다.
† 루드비히 라이하르트(1813~1848): 독일의 박물학자이자 탐험가. 오스트레일리아의 내륙 탐사를 두 차례나 시도하여 오스트레일리아의 서부 개척에 발판을 놓았다.

니다. 이런 이야기를 하고 있는 지금도 그들은 라이하르트를 찾아 대륙 내부로 깊숙이 들어가고 있을 게 분명합니다. 그들이 성공하면 좋으련만. 그리고 그들과 마찬가지로 우리도 우리 마음에 걸려 있는 친구들을 찾아낼 수 있다면 얼마나 좋겠습니까?"

지리학자의 이야기는 이렇게 끝났다. 밤이 이슥했다. 그들은 파가넬에게 인사를 했고, 잠시 후에는 모두 편안하게 잠들어 있었다. 한편 하얀 고무나무 잎 아래 숨은 시계 새는 규칙적으로 이 조용한 밤의 시각을 알리고 있었다.

# 12

# 멜버른-샌드허스트 철도

맥내브스 소령은 에어턴이 위메라 강변 야영지를 떠나 블랙
포인트 스테이션으로 대장장이를 데리러 가는 것을 보고 어떤
의구심을 느끼지 않을 수 없었다. 하지만 그는 자신의 의심을
입 밖에 내지 않고 그저 강 언저리를 경계하는 데 머물렀다. 이
평화로운 들녘의 정적은 무엇으로도 흐트러지지 않았고, 몇 시
간 뒤에 태양은 다시 지평선 위에 나타났다.

글레나번이 느낀 불안은 에어턴이 과연 대장장이를 데리고
올 수 있을까 하는 것뿐이었다. 대장장이가 없으면 달구지는 출
발할 수 없을 것이고, 그렇게 되면 여행은 며칠 더 늦어질 것이
기 때문이다. 한시라도 빨리 목적을 달성하고 싶은 글레나번으
로서는 여행이 지체되는 것을 참을 수 없었다.

다행히도 에어턴은 시간과 노력을 허비하지 않았다. 그는 이
튿날 새벽에 돌아왔다. 블랙포인트의 대장장이라는 자가 따라
왔는데, 키가 크고 건장한 사내였지만 별로 호감이 가지 않는

천박하고 짐승 같은 생김새를 갖고 있었다. 하지만 솜씨만 확실하면 그런 것은 아무래도 좋다. 어쨌든 대장장이는 거의 말을 하지 않았고, 쓸데없는 말은 한 마디도 입에서 나오지 않았다.

"기술은 좋은가요?" 존 맹글스가 에어턴에게 물었다.

"나도 저 사람을 선장님보다 잘 알고 있는 건 아니지만, 곧 알게 되겠지요." 에어턴이 대답했다.

대장장이는 일을 시작했는데, 꽤 솜씨가 좋았다. 달구지의 앞쪽 차대를 수리하는 것을 보면 금방 알 수 있었다. 그는 활기차고 능숙하게 일했다. 소령은 그의 손목이 고랑처럼 깊이 파여 있고 거무스름한 멍 자국이 고리처럼 나 있는 것을 보았다. 그것은 최근에 입은 상처의 흔적이었고, 초라한 셔츠 소매 아래로 분명히 보였다. 맥내브스 소령은 몹시 아플 게 분명한 그 상처에 대해 대장장이에게 물어보았다. 하지만 상대는 아무 대꾸도 하지 않고 일을 계속했다. 두 시간 뒤에 달구지의 손상은 말끔히 수리되었다.

글레나번의 말편자도 간단히 수리되었다. 대장장이는 재치를 발휘하여 편자를 가져왔기 때문에 그것을 말발굽에 박아 넣기만 하면 되었다. 그 편자는 특수한 것이어서 소령의 눈은 그것을 놓치지 않았다. 편자는 앞쪽이 거칠게 잘린 곤봉 모양을 하고 있었다. 소령은 그것을 에어턴에게 보여주었다.

"블랙포인트의 표시입니다." 에어턴이 대답했다. "이것 덕분에 스테이션에서 벗어난 말의 발자국을 추적할 수 있고, 다른 말과 혼동하는 것을 피할 수 있지요."

곧 편자가 말발굽에 고정되었다. 대장장이는 품삯을 요구했고, 인사도 제대로 하지 않고 돌아갔다.

30분 뒤에 여행자들은 출발했다. 미모사 커튼 너머에는 '열린 평원'이라고 부르기에 어울리는 광활한 공간이 펼쳐져 있었다. 덤불과 키 자란 풀과 수많은 가축을 둘러싸고 있는 울타리 사이로 석영과 철분을 함유한 바위 파편이 보였다. 다시 7, 8킬로미터쯤 가자 수레바퀴는 거대한 갈대 커튼에 반쯤 덮여 있고 불규칙한 개울이 몇 개나 시끄러운 소리를 내며 흐르고 있는 소택지에 상당히 깊은 자국을 남겼다. 그 후 일행은 증발하고 있는 넓은 함수호를 따라 나아갔다. 이 여행은 고생스럽지도 않았고, 덧붙여 말하면 따분하지도 않았다.

헬레나는 말을 타고 가는 사람들을 한 사람씩 번갈아 살롱에 초대했다. 그녀의 살롱은 아주 비좁았기 때문이다. 사람들은 그녀의 살롱에서 승마의 피로를 풀고, 이 사랑스러운 여성과 대화를 나누면서 원기를 되찾곤 했다. 헬레나는 메리의 도움을 받아 이 움직이는 살롱에서 더없이 상냥하게 손님들을 대접했다. 존 맹글스도 날마다 빠짐없이 초대를 받았고, 조금 진지한 그의 이야기도 여기서는 유쾌하게 받아들여졌다.

이렇게 일행은 호샴에서 크로랜드까지 뻗어 있는 우편 마차 도로를 비스듬히 가로질렀다. 이 도로는 걸어가는 나그네라면 결코 택하지 않는 먼지 많은 길이었다. 탤벗 언저리를 가로지를 때는 별로 높지 않은 언덕들을 따라 나아갔고, 저녁에 일행은 메리버러에서 북쪽으로 5킬로미터 떨어진 지점에 도달했다. 가랑비가 내리고 있었다. 다른 나라라면 이런 비는 땅을 흠뻑 적셨을 테지만, 여기서는 대기가 습기를 놀랄 만큼 많이 흡수해버려서 야영하는 데 아무 지장도 없었다.

이튿날인 12월 29일, 스위스의 축소판을 연상시키는 작은 언덕들이 연이어 있어서 속도가 조금 떨어졌다. 끊임없이 언덕을 오르내리느라 몸이 계속 불쾌하게 흔들렸다. 여행자들은 이따금 말에서 내려 걸어갔지만 아무도 불평하지 않았다.

11시에 상당히 중요한 도시인 캐리스브룩에 도착했다. 에어턴은 시내에 들어가지 않고 우회하는 게 좋다는 의견이었다. 시간을 벌기 위해서란다. 글레나번은 그의 의견에 찬성했지만, 언제나 신기한 것을 좋아하는 파가넬은 캐리스브룩을 구경하고 싶어 했다. 일행은 그가 마음대로 하게 내버려두고 달구지는 계속 천천히 나아갔다.

파가넬은 여느 때의 습관대로 로버트를 데려갔다. 시내 구경은 곧 끝났지만, 오스트레일리아 도시에 대한 개념을 얻는 데에는 그것으로 충분했다. 그곳에는 은행과 재판소, 시장, 학교, 교회가 하나씩 있고, 똑같은 모양의 벽돌집이 백 채쯤 있었는데, 그 집들은 모두 영국식으로 평행하는 도로에 규칙적으로 구획된 직사각형 안에 배열되어 있었다. 이보다 더 단순하고 이보다 더 재미없는 것은 없다. 도시 인구가 늘어나면 성장하는 아이의 바지 길이를 늘이듯 도로를 연장한다. 그러면 최초의 대칭성은 전혀 변하지 않는다.

이상한 활기가 캐리스브룩을 지배하고 있었다. 그것은 갓 태어난 이런 도시의 뚜렷한 특징이다. 오스트레일리아에서는 도시도 태양열을 받아 수목처럼 자라는 것 같다. 사람들이 바쁜 듯 도로를 달리고 있었다. 금을 보내는 사람들이 화물취급소에 우글거리고 있었다. 현지 경찰이 지키는 이 귀금속은 벤디고나 알렉산더 산의 공장에서 온다. 이욕에 사로잡힌 이들은 장사밖에는 염두에 없고, 이방인은 이 부지런한 주민들 사이에서 전혀 눈에 띄지 않는다.

한 시간쯤 캐리스브룩을 돌아다닌 뒤, 두 사람은 정성껏 경작된 밭을 지나 동료들에게 돌아가려고 했다. 밭에 이어 '저지 평원'이라는 이름으로 알려진 길쭉한 목초지가 늘어서 있고, 수많은 양 떼와 목부의 오두막이 점점이 흩어져 있었다. 그리고 아무런 중간 단계도 없이 갑자기 사막이 나타났다. 그렇게 풍경이 갑자기 바뀌는 것은 오스트레일리아 자연의 독특한 특징이다. 심프슨 산과 타렌고워 산이 동경 144도선과 로던 지구의 경계선이 만나는 남쪽 교차점을 나타내고 있었다.

지금까지는 미개한 생활을 하고 있는 원주민 부족을 한 번도 만나지 못했다. 글레나번은 아르헨티나의 팜파스에 인디언이 없었듯이 오스트레일리아에는 원주민이 없는 게 아닐까 하고 생각했다. 하지만 파가넬은 이 위도에서는 동쪽으로 150킬로미터 떨어진 곳에 있는 머리 평원에서 주로 원주민이 나타난다고 가르쳐주었다.

"우리는 금이 많이 나는 지대에 접근하고 있습니다." 파가넬이 말했다. "이틀 안에 우리는 그 풍요로운 알렉산더 산 근처를 지날 겁니다. 1852년에 거기서 수많은 광부가 살해되었지요. 원주민들은 내륙의 사막으로 도망친 게 분명합니다. 겉으로는 그렇게 보이지 않지만 이곳은 꽤 문명화된 지방입니다. 그리고 오늘이 끝나기 전에 우리는 머리 평원과 바다를 잇는 철길을 가로지를 텐데, 이것만은 미리 말해둬야겠군요. 오스트레일리아 철도야말로 내게는 불가사의한 것으로 보입니다!"

"도대체 무엇 때문에?" 글레나번이 물었다.

"왜냐고요? 신경에 거슬리니까요! 아니, 먼 영유지에 식민하는 습관을 갖고, 뉴질랜드에 전신을 설치하거나 만국박람회를 여는 당신들한테는 그런 게 지극히 당연하게 여겨진다는 건 나도 잘 알고 있습니다. 하지만 그게 나 같은 프랑스인의 머리에는 익숙해지지 않을뿐더러, 오스트레일리아에 대해 갖고 있는 생각마저 혼란시킵니다."

"그건 당신들이 현재가 아니라 과거를 향하고 있기 때문이에요." 존 맹글스가 대답했다.

"그건 인정하죠." 파가넬이 말했다. "하지만 기적을 울리며 사막을 달리는 기관차, 미모사나 유칼립투스 가지에 얽히는 연기의 소용돌이, 급행열차 앞에서 달아나는 바늘두더지와 오리너구리, 멜버른에서 카인턴으로, 캐슬메인으로, 샌드허스트로, 또는 에추카로 가려고 세 시 반 급행열차를 타는 원주민…… 이런 것은 영국인이나 미국인이 아니면 누구에게나 놀랄 만한 일이지요."

"그런 건 아무래도 좋지 않소? 진보가 침투하기만 한다면." 소령이 대답했다.

힘찬 기적 소리가 논쟁을 중단시켰다. 여행자들은 철도에서 1.5킬로미터도 떨어져 있지 않았다. 남쪽에서 느린 속도로 달려온 기관차 한 대가 철도와 달구지가 더듬어온 길이 교차하는 곳에 멈춰 섰다.

파가넬이 말했듯이 이 철도는 빅토리아의 주도 멜버른과 오스트레일리아 최대의 강인 머리 강을 잇는 것이었다. 1828년에 스튜어트가 발견한 머리 강은 오스트레일리아알프스*에서 발원

* 오스트레일리아 대륙 동남부, 동해안을 따라 그레이트디바이딩 산맥의 남쪽 끝을 이루는 산맥.

하여 라클런 강과 달링 강을 합치고 빅토리아 주의 북쪽 경계선 전체를 지나 애들레이드 옆에 있는 인카운터 만으로 흘러든다. 강은 풍요롭고 비옥한 지방을 가로지르고 철도를 통해 멜버른과 쉽게 연락할 수 있기 때문에, 식민자들의 스테이션은 그 유역에 점점 늘어나고 있었다.

이 철도가 당시에는 카인턴과 캐슬메인을 포함하여 멜버른에서 샌드허스트까지 170킬로미터가 이용되고 있었다. 그리고 이 해에 머리 강 연안에 건설된 식민지의 중심 도시 에추카까지 100킬로미터의 선로가 부설되고 있었다.

37도선은 캐슬메인에서 북쪽으로 7, 8킬로미터 떨어진 곳, 머리 강의 수많은 지류 가운데 하나인 로던 강에 걸려 있는 캠든 철교를 가로지르고 있었다.

에어턴은 이 지점으로 달구지를 몰았다. 말을 탄 사람들은 캠든 철교까지 전속력으로 달려 앞서 갔다. 그리고 또다시 그들은 강한 호기심에 사로잡혀 이 다리로 끌려가고 있었다.

사실 엄청난 군중이 철교 쪽으로 향하고 있었다. 가까운 스테이션의 주민들은 집을 비워놓고, 목부들은 가축을 내팽개치고, 철도 주위에 우글거리고 있었다.

"철도로!" 하는 외침 소리가 몇 번이나 되풀이하여 들렸다.

무언가 중대한 사건이 일어나 이런 흥분을 불러일으킨 게 분명했다. 어쩌면 큰 사고가 났는지도 모른다.

글레나번은 동료들을 데리고 말의 걸음을 재촉했다. 5분 만에 그는 캠든 다리에 도착했다. 거기에 가보니 사람들이 모여 있는 이유를 알 수 있었다.

무서운 사고가 난 것이다. 충돌은 아니고, 탈선과 추락으로

무서운 사고가 난 것이다.

객차와 기관차의 파편이 사방에 흩어져 있었다. 다리가 열차의 무게를 견디지 못했는지 아니면 열차가 레일에서 벗어났는지는 알 수 없지만, 여섯 대의 차량 가운데 다섯 대가 기관차에 매달린 채 로던 강으로 추락한 것이다. 쇠고리가 끊어지는 바람에 기적적으로 추락을 면한 마지막 차량만 낙하점에서 1미터도 떨어지지 않은 선로에 남아 있었다. 아래쪽에는 찌그러진 검은 차축과 부서진 차량과 뒤틀린 선로와 검게 탄 침목들이 섬뜩하게 쌓여 있을 뿐이었다. 충격으로 폭발한 보일러는 그 파편을 놀랄 만큼 멀리까지 내던졌다. 형체도 없는 덩어리 속에서 지금도 불꽃과 검은 연기가 섞인 소용돌이가 피어오르고 있었다. 무서운 추락에 이어 그보다 훨씬 무서운 화재가 일어난 것이다. 커다란 핏자국, 뿔뿔이 흩어진 사지, 검게 그을린 몸통들이 여기저기 보이고, 그 잔해 밑에 겹겹이 쌓여 있는 희생자의 수는 아무도 감히 헤아릴 수 없었다.

글레나번, 파가넬, 맥내브스, 맹글스는 군중 속에 섞인 채 차례로 전해오는 이야기에 귀를 기울였다. 사람들은 제각기 피해자를 구출하기 위해 애쓰면서 저마다 사고의 원인을 설명하려고 했다.

"다리가 무너졌어." 한 사람이 말했다.

"다리가 무너져?" 다른 사람이 대답했다. "무너지기는커녕 멀쩡해, 열차가 지나갈 때 다리를 닫는 걸 잊었어. 그것뿐이야."

실제로 그 다리는 강을 오가는 배를 통과시키기 위해 열리는 도개교였다. 그렇다면 관리인이 용서할 수 없는 태만 때문에 다리를 닫는 것을 잊었고, 전속력으로 달려온 열차는 갑자기 길이 없어져 이렇게 로던 강으로 뛰어든 것일까? 이 추측은 아주 그럴듯하게 보였다. 다리의 절반은 객차의 잔해 위에 걸쳐져 있었지만 나머지 절반은 강 건너편으로 철수되어 아직 멀쩡한 쇠사슬에 매달려 있었기 때문이다. 이제 의심할 여지가 없었다. 관리인의 부주의가 이 대형 참사를 일으킨 것이다.

사고가 일어난 것은 한밤중이었고, 열차는 오후 11시 45분 멜버른발 제37호 급행열차였다. 시각은 오전 3시 15분이었을 것이다. 열차는 캐슬메인 역을 출발한 지 25분 뒤에 캠든 철교에 접어들어, 거기서 오도 가도 못하게 되었다. 마지막 객차의 승객과 승무원들은 당장 구조를 요청하려고 했다. 하지만 전신주가 쓰러져 전신을 쓸 수가 없었다. 캐슬메인 당국이 현장에 오는 데 세 시간이 걸렸다. 그래서 철도 감독관 미첼 씨와 경위를 비롯한 경찰관들의 지휘 아래 구조대가 조직된 것은 오전 6시였다. 스콰터들과 그 고용인들도 가세하여, 우선 맹렬한 기세로 타고 있는 불을 끄기 시작했다. 식별할 수 없는 시신 몇 구가 둑 위에 너부러져 있었다. 하지만 이 맹렬한 불길 속에서 생존자를 구출하는 것은 포기할 수밖에 없었다. 불은 순식간에 모든 것을 파괴했다. 열차 승객이 몇 명이었는지는 모르지만, 그들 가운데 살아남은 것은 맨 뒤의 차량에 타고 있던 열 명뿐이었다. 철도 회사는 그들을 다시 캐슬메인으로 데려가기 위해 예비 기관차 한 대를 보낸 참이었다.

그럭저럭하는 동안 글레나번은 철도 감독관에게 명함을 내놓고 면담을 청하여, 그 감독관 및 경위와 이야기를 나누었다. 키가 크고 여윈 경위는 아주 침착해서, 마음속에 감수성을 다소 감추고 있다 해도 그 무표정한 얼굴에는 아무것도 드러나지 않았다. 이 참사에 대한 그의 태도는 문제를 앞에 둔 수학자와 마찬가지였다. 그는 문제를 해결하기 위해 미지수를 밝혀내려 하고 있었다. 그래서 "엄청난 불행입니다!"라는 글레나번의 말에 대해 그는 침착하게 다음과 같이 대답했다.

"그 이상입니다."

"그 이상이라고요?" 글레나번은 그 말에 불쾌감을 느끼고 외쳤다. "불행 이상의 뭐가 있다는 거죠?"

"범죄예요!" 경위는 침착하게 대답했다.

글레나번은 그 온당치 못한 말을 마음에 두지 않고, 미첼 씨를 돌아보며 눈으로 물었다.

"그렇습니다." 감독관이 말했다. "조사 결과, 이 참사는 범죄의 결과라는 확신에 도달했습니다. 맨 뒤의 화물차가 약탈당했습니다. 살아남은 승객들은 대여섯 명의 악당에게 습격당했고요. 다리가 열려 있었던 것은 관리인의 태만 때문이 아니라 고의적인 짓입니다. 이 사실과 관리인의 실종을 아울러 생각하면, 그놈은 범죄자들과 한패였다고 결론짓지 않을 수 없습니다."

경위는 감독관의 추론에 대해 고개를 저었다.

"경위님은 나와 의견이 다른 모양이죠?" 미첼 씨가 경위에게 물었다.

"관리인이 한패였다는 점에서는 의견이 다릅니다."

"하지만 관리인의 공모를 인정하면, 머리 강 부근의 들판을 헤매고 있는 원주민의 범행으로 볼 수 있습니다. 관리인이 공모하지 않았다면 그 원주민들은 도개교를 열지 못했을 겁니다. 장치를 모르니까요."

"그렇습니다."

"그런데 오후 10시 40분에 캠든 다리 밑을 지나간 뱃사공이 진술한 바에 따르면, 그 배가 통과한 뒤 다리가 규정대로 닫힌 것은 확실합니다."

"그렇습니다."

"그러니까 관리인의 공모는 명명백백할 만큼 확증된 것처럼 보이는데요?"

경위는 여전히 고개를 계속 젓고 있었다.

"하지만 그렇다면……" 하고 글레나번이 경위에게 물었다. "경위님은 범행이 원주민의 소행이라고 보지 않는 건가요?"

"그들의 소행이 절대 아닙니다."

"그럼 누가?"

바로 그때 상류 쪽으로 수백 미터 떨어진 곳에서 웅성거리는 소리가 들렸다. 사람들이 우르르 모여들어 군중은 눈 깜짝할 사이에 늘어났다. 그들은 곧 역으로 몰려왔다. 군중 한복판에서 두 남자가 시신 한 구를 나르고 있었다. 그것은 이미 차갑게 굳어버린 관리인의 시체였다. 그는 비수에 심장을 찔렸다. 범인들은 관리인의 시체를 캠든 다리에서 멀리 끌고 가서, 초동수사에서 경찰의 의심을 관리인 쪽으로 돌리려고 했을 것이다. 그런데 이 발견은 경위의 의심이 옳다는 것을 증명해주었다. 원주민은 범행과는 아무 관계도 없었다.

"범인은 이 작은 연장을 능숙하게 사용하는 자들입니다." 경위가 말했다.

그는 자물쇠가 달린 이중 쇠고리로 이루어진 일종의 '수갑'을 보여주었다.

"조만간……" 하고 그가 덧붙여 말했다. "나는 놈들한테 이걸 선물로 줄 수 있을 겁니다."

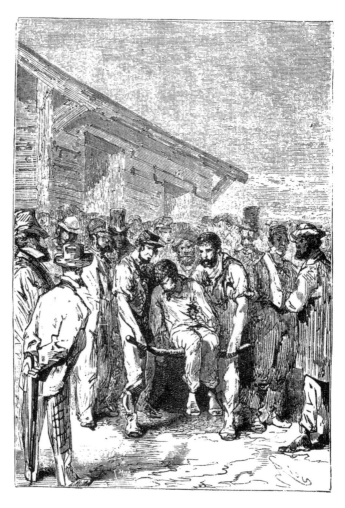

그것은 관리인의 시체였다.

"그러면 경위님이 의심하고 있는 건……."

"'공짜로 폐하의 배를 타고 온' 놈들이죠."

"뭐라고요? 유형수들이!" 오스트레일리아 식민지에서 쓰이는 이 비유를 잘 알고 있는 파가넬이 외쳤다.

"유형수는 빅토리아 주에 거주할 권리가 없는 줄 알았는데요?" 글레나번이 끼어들었다.

"흥!" 경위가 대답했다. "권리가 없어도 놈들은 멋대로 권리를 차지합니다. 유형수들은 이따금 탈주하지요. 내가 잘못 생각한 게 아니라면 놈들은 퍼스*에서 곧장 여기로 옵니다. 하지만 장담하건대, 놈들은 퍼스로 다시 돌아가게 될 겁니다."

미첼 씨는 경위의 말에 몸짓으로 동의했다. 바로 이때 달구지가 철도 건널목에 도착했다. 글레나번은 캠든 다리의 처참한 광경을 여자들에게 보이고 싶지 않았다. 그는 감독관에게 작별 인사를 하고 일행에게 자기를 따라 오라고 신호했다.

달구지까지 가자 글레나번은 헬레나에게 철도 사고가 있었다고만 말하고 이 참사에 범죄가 관련되었다는 말은 하지 않았다. 그는 또한 유형수 일당이 이 지방에 있다는 것도 에어턴에게만 따로 알리기로 하고 다른 사람들에게는 말하지 않았다. 그들은 다리에서 상류 쪽으로 수백 미터 올라간 곳에서 철로를 건너, 다시 여느 때처럼 동쪽으로 계속 나아갔다.

---

* 오스트레일리아 웨스턴오스트레일리아 주의 주도. 오스트레일리아 서남쪽 스완 강 어귀에 있으며, 영국에서 건너온 유형수들의 감옥이 있었다.

# 13
## 꼬마 지리학자

철도에서 3킬로미터쯤 떨어진 곳에서 언덕 몇 개가 길게 이어진 윤곽이 지평선 위에 떠올라, 평원이 거기서 끝나고 있음을 알려주었다. 달구지는 곧 변덕스럽게 구불거리는 좁은 협곡에 접어들었다. 협곡이 끝나자 아름다운 나무가 띄엄띄엄 서 있는 매력적인 곳이 나왔다. 나무들은 숲을 이루지 않고 열대다운 왕성한 생명력으로 무성하게 우거져 있었다. 가장 멋진 나무들 중에서도 줄기의 튼튼한 구조는 떡갈나무에서, 향기로운 열매는 아카시아에서, 살짝 청록빛이 도는 잎의 단단함은 소나무에서 빌려온 것처럼 보이는 '카수아리나'는 특히 훌륭했다. 그 나무의 작은 가지는 호리호리하고 더없이 우아해 보이는 '뱅크시아'의 기묘한 원뿔 모양과 섞여 있었다. 덤불 속에서 작은 가지를 늘어뜨리고 있는 대형 관목은 수반에서 넘쳐흐르는 초록빛 물 같은 느낌을 주었다. 사람들의 눈은 이런 자연의 경이 사이를 헤매면서 감탄의 눈길을 어디에 쏟아야 좋을지 모를 정도였다.

일행은 잠시 휴식을 취했다. 에어턴은 헬레나의 지시에 따라 소를 달구지에 그대로 묶어두었다. 달구지의 커다란 바퀴는 석영질 모래 위에서 삐걱거리는 것을 멈추었다. 나무 밑에 초록빛 융단이 길게 펼쳐져 있었다. 규칙적으로 부풀어 오른 지면의 융기가 땅을 커다란 체스판처럼 여러 칸으로 또렷하게 나누고 있었다.

파가넬은 영원한 잠을 위해 시적으로 꾸며진 이 푸른 황무지가 무엇인지를 알아차렸다. 지금은 풀이 그 마지막 흔적마저 지워버렸지만, 그는 거기가 묘지라는 것을 알 수 있었다. 묘지는 여행자가 오스트레일리아 땅에서는 좀처럼 만나기 힘든 곳이다.

"죽음의 숲이야." 그가 말했다.

실제로 그의 눈앞에 있는 것은 원주민의 묘지였다. 하지만 시원하고 그늘이 많고 작은 새들이 즐겁게 날아다니고 있는 묘지는 전혀 어두운 생각을 불러일으키지 않는 매혹적인 곳이었다. 마치 죽음이 이 지상에서 추방된 뒤의 에덴동산 같았다. 산 사람을 위해 있는 것처럼 보였을 정도다. 하지만 원주민들이 경건한 마음을 담아 소중히 여겨온 묘지는 이미 넘치는 풀에 덮여 있었다. 백인들의 정복으로 말미암아 원주민들은 조상들이 잠들어 있는 땅에서 멀리 쫓겨났고, 백인들의 식민으로 말미암아 이 묘지도 이제 곧 가축 떼에 짓밟혀 사라져버릴 것이다. 그래서 이런 숲도 이제는 드물어졌다. 원주민들이 조상들을 묻어놓은 이런 숲 가운데 얼마나 많은 숲이 무심한 나그네의 발에 짓밟히고 있을까!

하지만 파가넬과 로버트는 다른 사람들보다 먼저 가서 무덤 사이의 그늘진 오솔길을 걸었다. 그들은 이야기를 나누면서 서로를 계발하고 있었다. 지리학자는 로버트 소년과의 대화에서 얻는 게 많다고 주장했기 때문이다. 하지만 그들이 아직 300미터도 채 가기 전에 멈춰 서더니 말에서 내려 땅 쪽으로 허리를 숙이는 것을 글레나번은 보았다. 그들의 몸짓을 보면 무언가 아주 재미있는 것을 관찰하고 있는 것 같았다.

에어턴이 소를 채찍질하여, 달구지도 곧 두 사람이 있는 곳에 도착했다. 파가넬과 로버트가 깜짝 놀라 멈춰 선 이유는 당장 알 수 있었다. 유럽인의 옷을 입은 일고여덟 살쯤 된 원주민 사내아이가 커다란 뱅크시아 나무 그늘에서 편안히 자고 있었던 것이다. 그 인종의 특징을 잘못 볼 리는 없었다. 곱슬머리, 새까만 피부, 납작한 코, 두꺼운 입술, 유난히 긴 팔을 보면 당장 내륙 지역의 원주민이라는 것을 알 수 있었다. 하지만 영리해 보이는 표정은 다른 원주민과 달랐고, 이 미개인 소년은 교육 덕분에 그 천한 태생에서 끌어올려지고 있는 게 분명했다.

소년을 보고 흥미를 느낀 헬레나는 달구지에서 내렸고, 곧 일행은 모두 깊이 잠들어 있는 어린 원주민을 둘러쌌다.

"가엾은 아이네요." 메리 그랜트가 말했다. "이 인적 없는 황무지에서 길을 잃은 것일까요?"

"멀리서 이 죽음의 숲에 참배하러 온 걸 거야! 이 아이가 사랑하는 사람들이 여기 잠들어 있는 게 분명해!" 헬레나가 대답했다.

"하지만 내버려두고 갈 수는 없어요!" 로버트가 말했다. "혼자뿐이고, 게다가……."

로버트가 하려던 말은 원주민 아이가 몸을 뒤척이는 바람에 중단되었다. 하지만 그때 아이의 어깨에 표찰이 달려 있고, 거

원주민 사내아이가 나무 그늘에서 자고 있었다.

기에 이런 글이 쓰여 있는 것을 보고는 모두 깜짝 놀랐다.

톨리네.
목적지는 에추카.
보호자는 철도 짐꾼인 제프리스 스미스.
운임은 선불했음.

"과연 영국인답군!" 파가넬이 외쳤다. "아이를 짐짝처럼 보내다니! 수하물처럼 탁송해서! 물론 그런 이야기는 들은 적이 있지만 믿을 마음은 나지 않았는데……."

"가엾어라!" 헬레나가 말했다. "캠든 다리에서 탈선한 열차에 타고 있었을까요? 어쩌면 부모는 죽고 이 아이 혼자 남았을지도 몰라요!"

"저는 그렇게 생각지 않습니다." 존 맹글스가 말했다. "반대로 이 표찰은 이 아이가 혼자 여행하고 있었다는 것을 보여주고 있습니다."

"눈을 떴어요." 메리가 말했다.

실제로 아이가 눈을 떴다. 눈이 점점 뜨였지만, 눈부신 햇살 때문에 또 금방 감겨버렸다. 헬레나가 아이의 손을 잡았다. 아이는 몸을 일으키더니 놀란 눈으로 여행자들을 바라보았다. 아이의 표정이 처음에는 불안으로 일그러졌지만, 헬레나가 눈앞에 있는 것이 아이를 안심시켰다.

"영어 할 줄 아니?" 헬레나가 물었다.

"알아요. 영어로 말할 수 있어요." 아이가 여행자들의 모국어로 대답했지만, 사투리가 심했다.

그의 발음은 영어로 말하는 프랑스인의 발음을 연상시켰다.

"이름이 뭐지?" 헬레나가 물었다.

"톨리네." 원주민 아이가 대답했다.

"아, 톨리네!" 파가넬이 외쳤다. "내가 잘못 알고 있는 게 아니라면, 그 말은 오스트레일리아 원주민 언어로 '나무껍질'이라는 뜻인데……"

톨리네는 고개를 끄덕이고 다시 헬레나와 메리에게 눈길을 돌렸다.

"어디서 왔니?" 헬레나가 다시 물었다.

"멜버른에서요. 샌드허스트 철도로."

"그럼 캠든 다리에서 탈선한 열차에 타고 있었니?" 글레나번이 물었다.

"네. 하지만 하느님이 저를 지켜주셨어요." 톨리네가 대답했다.

"너 혼자 왔어?"

"혼자 왔어요. 팩스턴 목사님이 저를 제프리스 스미스한테 맡겼어요. 불행히도 그 짐꾼 아저씨는 죽어버렸어요."

"그러면 그 열차에 네가 아는 사람은 하나도 없었니?"

"하나도 없었어요. 하지만 하느님은 아이들한테 마음을 쓰고 계시니까, 아이들을 버리고 돌아보지 않거나 하시진 않아요!"

톨리네는 이런 말을 감동적일 만큼 평온한 목소리로 말했다. 하느님 이야기를 할 때면 아이의 목소리는 더욱 엄숙해지고 눈은 반짝반짝 빛나고, 그 어린 영혼 속에 숨어 있는 열정이 분명히 느껴졌다.

이런 철없는 나이에 어울리지 않는 이런 종교적 열정은 쉽게 설명할 수 있을 것이다. 이 아이는 영국인 선교사에게 세례를 받고, 감리교회의 엄격한 계율을 지키며 자란 원주민 아이들 가운데 하나였다. 아이의 침착한 대답, 말쑥한 차림새, 검은색 옷은 이미 어린 목사의 풍격을 아이에게 부여하고 있었다.

하지만 아이는 이런 황무지를 지나 도대체 어디로 가는 것일까? 그리고 왜 그는 캠든 다리를 떠났을까? 헬레나는 그 점을 물어보았다.

"래클런 지방의 부족한테 돌아가려고 했어요." 아이가 대답했다. "가족을 만나고 싶어서요."

"오스트레일리아 원주민이니?" 존 맹글스가 물었다.

"래클런의 오스트레일리아인이에요."

"아버지와 어머니가 있니?" 로버트가 물었다.

"네, 형." 톨리네는 로버트에게 손을 내밀면서 대답했다. '형'이라고 불린 로버트는 깊이 감동했다. 그는 톨리네에게 입을 맞추었고, 그것으로 두 아이는 벌써 단짝이 되어버렸다.

그러는 동안 원주민 아이의 대답에 흥미를 느낀 여행자들은 점점 아이 주위에 앉아서 그의 이야기에 귀를 기울이고 있었다. 태양은 이미 나무 뒤로 기울어 있었다. 그곳은 쉬기에 좋아 보였고, 밤이 되기 전에 7, 8킬로미터를 더 가야 할 필요도 없었기 때문에 글레나번은 야영 준비를 하라고 일렀다. 에어턴은 소를 달구지에서 풀었다. 그는 멀래디와 윌슨의 도움을 받아서 소들에게 족쇄를 채우고 마음대로 풀을 뜯게 했다. 텐트가 쳐지고, 올비넷은 식사 준비를 했다. 톨리네는 배가 고프면서도 조금 사양한 뒤에야 식사 대접을 승낙했다. 모두 식탁에 앉았다. 두 아이는 나란히 앉았다. 로버트는 새 친구에게 제일 맛있는 음식을 골라주었고, 톨리네는 머뭇거리면서도 귀엽고 예의 바르게 그것을 받아먹었다.

그러는 동안에도 대화는 활기를 잃지 않았다. 모두 아이에게 관심을 갖고 여러 가지 질문을 던졌다. 그들은 아이의 내력을 알고 싶어 했다. 그것은 참으로 간단했다. 아이의 과거는 식민지 인근에 사는 부족이 아주 어릴 때 박애적인 선교회에 맡긴 가난한 원주민 아이들이 공통적으로 갖고 있는 과거였다. 오스트레일리아 원주민은 성질이 온순하다. 그들은 침탈자들에게 뉴질랜드 원주민이나 오스트레일리아 북부의 일부 원주민의 특징인 그 격렬한 증오심을 보이지 않았다. 그들은 애들레이드, 시드니, 멜버른 같은 대도시에 자주 찾아왔고, 원시적인 차림으로 대도시를 배회하는 모습을 보이기도 했다. 그곳에서 그들은 자기네 마을에서 생산한 자질구레한 물건들, 사냥 도구나 낚시 도구, 무기 따위를 팔았고, 일부 추장은 아마 경제적인 이유 때문이겠지만 자진해서 자식들을 영국 학교로 보내 무상 교육의 혜택을 누리게 했다.

머리 강 건너편에 있는 광대한 래클런 지방의 미개한 원주민인 톨리네의 부모도 그러했다. 톨리네는 벌써 5년 동안 멜버른에 살았고, 그동안 톨리네는 가족을 아무도 만나지 않았다. 그런데도 그의 마음속에는 결코 사라지지 않는 가족애가 여전히 살아 있었고, 그가 다시 황무지로 힘든 여행을 떠난 것은 어쩌면 뿔뿔이 흩어졌을지 모르는 부족이나 죽었을지도 모르는 가족을 다시 만나기 위해서였다.

"그러면 부모님을 만난 뒤에는 다시 멜버른으로 돌아갈 거니?" 헬레나가 물었다.

"네." 톨리네는 진심에서 우러나오는 애정이 담긴 눈길로 젊은 부인을 바라보면서 대답했다.

"그럼 장래에는 뭘 하고 싶니?"

"저는 제 형제들을 가난과 무지에서 구출하고 싶어요! 형제들을 교육시키고 하느님을 알고 사랑하게 하고 싶어요! 선교사가 되고 싶어요!"

여덟 살밖에 안 된 아이의 입에서 나온 그 열띤 말을 듣고, 남을 놀리기 좋아하는 경박한 사람들은 웃음을 터뜨렸을 것이다. 하지만 이 정직한 스코틀랜드인들은 그 말을 이해하고 존중했다. 그들은 벌써 싸움을 마다하지 않을 각오가 되어 있는 이 어린 사도의 경건한 용기에 감탄했다. 파가넬은 마음 밑바닥이 흔들리는 것을 느끼고, 그 원주민 아이에게 진심으로 공감했다.

사실 바로 그 순간까지만 해도 유럽식 옷을 입은 이 원주민은 별로 그의 마음에 들지 않았었다. 그는 코트와 바지를 입은 원주민을 보기 위해 오스트레일리아에 온 것은 아니었다. 그는 그들이 그저 문신만 했기를 바랐다. 그런데 이 '단정한' 차림은 그의 생각을 혼란시켰다. 하지만 톨리네가 그렇게 열띤 목소리로 말했을 때부터 그는 생각을 바꾸어 톨리네를 찬탄하게 되었다. 게다가 이 대화의 결말은 정직한 지리학자를 어린 원주민의 가장 든든한 아군으로 만들지 않을 수 없었다.

톨리네가 헬레나의 질문을 받고, 팩스턴 목사가 교장으로 있는 멜버른의 사범학교에서 공부하고 있다고 대답한 것이다.

"그 학교에서 뭘 배우고 있지?" 헬레나가 물었다.

"성경, 산수, 지리······."

"아아, 지리!" 파가넬이 귀를 쫑긋 세우고 외쳤다.

"네, 선생님." 톨리네가 대답했다. "저는 지난 1월에 방학하기 전에 지리에서 우등상을 받았어요."

"지리에서 우등상을 받았다고?"

"이거예요." 톨리네는 주머니에서 책 한 권을 꺼내면서 말했다.

그것은 훌륭하게 장정된 32절판 성서였다. 첫 페이지 뒤에는 다음과 같이 쓰여 있었다.

멜버른 사범학교
지리 과목 우등상
래클런 출신 톨리네

파가넬은 더 이상 참을 수가 없었다. 지리에 뛰어난 오스트레일리아 원주민! 그는 몹시 놀라고 기뻐하면서, 자기가 시상식 날의 팩스턴 목사라도 되는 것처럼 톨리네의 두 볼에 입을 맞추었다. 그런데 파가넬은 미처 몰랐지만, 오스트레일리아의 학교에서는 그런 일이 드물지 않았다. 젊은 원주민들은 지리를 습득하는 재능은 뛰어났지만, 그 대신 산수에는 별로 어울리지 않는 기질을 보여주었다.

톨리네는 학자가 왜 갑자기 다정하게 입을 맞추는지 알 수가 없었다. 그래서 헬레나는 파가넬이 유명한 지리학자이고 경우에 따라서는 훌륭한 교사가 되기도 한다고 설명해야 했다.

"지리 선생님!" 톨리네가 말했다. "아, 선생님, 저한테 질문해주세요!"

"너한테 질문하라고?" 파가넬이 말했다. "그거야말로 내가 바라는 바야. 나는 네 허락도 받지 않고 질문하려던 참이니까. 멜버른 사범학교에서 어떤 식으로 지리를 가르치는지 알아두는 것도 나쁘진 않겠지!"

"톨리네가 당신보다 뛰어나면 어떡하려고 그래요?" 맥내브스 소령이 말했다.

"농담으로라도 그런 말씀은 하지 마세요!" 지리학자가 외쳤다. "프랑스 지리학회 간사보다 뛰어날 리가 있습니까?"

그는 안경을 코 위로 밀어올리고 큰 키를 쭉 뻗고 교사에게 어울리는 엄숙한 어조로 말했다.

"톨리네 학생, 일어나게."

톨리네는 이미 일어나 있었기 때문에 더 이상 설 수가 없었다. 그래서 그는 다소곳한 태도로 지리학자의 질문을 기다렸다.

"톨리네, 세계의 오대주는 무엇 무엇인가?"

"아시아, 아프리카, 아메리카, 오세아니아, 유럽입니다."

"좋아. 우선 오세아니아부터 시작해볼까? 지금 우리는 오세아니아에 있으니까. 오세아니아를 크게 나누면?"

"폴리네시아, 말레이시아, 미크로네시아, 멜라네시아로 나뉩니다. 주요 섬은 영국령 오스트레일리아, 영국령 뉴질랜드, 영국령 태즈메이니아, 그 밖에 채텀 제도, 오클랜드, 매쿼리, 케르메덱, 마킨, 마라키도 역시 영국령입니다."

"좋아. 하지만 뉴칼레도니아, 샌드위치 제도, 멘다나 제도, 포모투 제도는?"

"그 섬들은 영국의 보호령입니다."

"뭐라고? 영국의 보호령이라고? 내 생각에는 반대로 프랑스가……."

"프랑스라고요?" 아이가 놀란 얼굴로 말했다.

"아니, 멜버른 사범학교에서는 그렇게 가르치냐?"

"톨리네 학생, 일어나게."

"그런데요. 왜, 사실이 아닌가요?"

"아니, 맞아. 그건 사실이야. 오세아니아는 모두 영국에 속해 있지! 그건 양해된 사실이야. 그럼 계속하자."

파가넬이 놀라움과 짜증이 뒤섞인 표정을 짓는 것을 보고 소령은 기분이 좋았다.

질문은 계속되었다.

"이번엔 아시아로 넘어가자." 지리학자가 말했다.

"아시아는 엄청나게 넓은 땅입니다. 주요 도시로는 캘커타, 봄베이, 마드라스, 캘리컷, 아덴, 말라카, 싱가포르, 페구, 콜롬보가 있고, 라카디브 제도, 몰디브 제도, 차고스 제도 등은 영국령입니다."

"아주 좋아! 그럼 아프리카는?"

"아프리카는 두 개의 주요 식민지로 이루어져 있습니다. 하나는 남부에 있는 케이프 식민지이고 수도는 케이프타운입니다. 서부에는 영국 식민지가 몇 개 있는데, 주요 도시는 시에라리온입니다."

"대답 잘했다!" 파가넬은 소년이 제대로 배우긴 했지만 지나치게 영국 중심으로 배운 게 탈이라는 생각을 하면서 말했다. "하지만 알제리, 모로코, 이집트는 모두 영국의 도시 목록에서 지워져 있지. 그러면 아메리카로 넘어갈까?"

"아메리카는 북아메리카와 남아메리카로 나뉩니다. 캐나다, 뉴브런즈윅, 뉴스코틀랜드(노바스코샤), 그리고 존슨 총독이 다스리고 있는 미합중국으로 이루어진 북아메리카는 영국에 속해 있습니다!"

"존슨 총독이라고?" 파가넬이 외쳤다. "하하! 노예제를 열광적으로 지지하는 미치광이한테 암살당한 위대하고 선량한 링컨의 후계자 말이군! 최고야! 아주 잘했어! 그리고 기아나, 사우스셰틀랜드 제도, 조지아, 자메이카, 트리니다드 등을 포함하는 남아메리카도 영국에 속해 있지. 그 점에 대해서는 이의를 제기하지 않겠다. 하지만 톨리네, 나는 네가 유럽을 어떻게 생각하는지, 의견을 듣고 싶구나. 아니, 네 의견이라기보다 너를 가르친 선생의 의견을 알고 싶어."

"유럽요?" 톨리네는 파가넬이 흥분하는 이유를 전혀 이해하지 못하고 되물었다.

"그래, 유럽! 유럽은 누구한테 속해 있지?"

"물론 영국인들한테 속해 있죠." 톨리네는 그것이 완전히 확정된 사실인 것처럼 대답했다.

"그럴 줄 알았어." 파가넬이 대답했다. "하지만 유럽이 어떻게 영국의 것인지, 그걸 알고 싶구나."

"잉글랜드, 아일랜드, 스코틀랜드, 몰타, 저지 섬과 건지 섬, 이오니아 제도, 헤브리디스 제도, 셰틀랜드 제도, 오크니 제도……."

"그래, 그래. 하지만 네가 깜박 잊고 언급하지 않은 다른 나라들도 있어."

"어떤 나라요?" 아이는 조금도 당황하지 않고 침착하게 물었다.

"스페인, 러시아, 오스트리아, 프로이센, 프랑스……."

"그건 나라가 아니라 주예요." 톨리네가 말했다.

"정말 어이가 없구나!" 파가넬은 안경을 벗으면서 외쳤다.

"아니, 맞아요." 아이가 말을 이었다. "스페인 주의 주도는 지브롤터예요."

"훌륭해! 완벽해! 최고야! 그럼 프랑스는? 나는 프랑스인이고, 그래서 내가 누구한테 속해 있는지 알고 싶어서 말이다."

"프랑스도 영국의 주예요." 톨리네는 조용히 말했다. "그리고 주도는 칼레*예요."

"칼레라고?" 파가넬이 외쳤다. "그러니까 너는 칼레가 아직도 영국령이라고 생각하는구나?"

"물론이죠."

"그리고 칼레가 프랑스의 수도라고 생각하는 거지?"

"그럼요. 그리고 프랑스 총독인 나폴레옹 경이 살고 있는 곳도 거기예요."

이 마지막 대답은 파가넬이 유머 감각으로 받아넘기기에는 너무 지나쳤다. 그는 더 이상 참지 못하고 웃음을 터뜨렸다. 톨리네는 어떻게 생각해야 좋을지 몰라서 어리둥절했다. 그는 파가넬의 질문에 대답하려고 최선을 다했다. 하지만 대답이 이상한 것은 톨리네 탓이 아니었다. 사실 그는 제 대답이 이상하다고는 상상도 하지 못했다. 하지만 그는 조금도 당황한 기색을 보이지 않고 파가넬이 평정을 되찾기를 조용히 기다리고 있었다.

"어때요?" 하고 소령이 웃으면서 파가넬에게 말했다. "톨리네가 당신을 깨우칠 수 있을 거라는 내 말이 맞았지요?"

"확실히 그렇군요." 지리학자가 대답했다. "아아, 멜버른 사범학교에서 이런 식으로 지리를 가르치다니! 사범학교 선생들은 잘하고 있어요. 유럽, 아시아, 아프리카, 아메리카, 오세아니

---

* 프랑스 북부, 도버 해협에 면해 있는 도시. 백년전쟁 때인 1347년에 영국군에 함락된 적이 있었다.

아, 전 세계를 모두 영국 땅으로 만들어버렸으니까! 이렇게 교묘히 교육을 하니까 원주민이 굴복하는 것도 당연해요! 얘야, 톨리네, 달은 어떠냐? 달도 영국 거냐?"

"언젠가는 그렇게 되겠지요." 어린 원주민은 엄숙하게 대답했다.

그 말을 듣고 파가넬은 벌떡 일어났다. 더 이상 가만히 앉아 있을 수가 없었다. 다른 곳에 가서 참았던 웃음을 마음껏 터뜨릴 필요가 있었다. 그는 야영지에서 300미터쯤 떨어진 곳으로 가서 웃음을 폭발시킨 뒤에야 겨우 평정을 되찾았다.

그동안 글레나번은 여행용 문고에서 책을 한 권 가지러 갔다. 그것은 새뮤얼 리처드슨의 《지리학 요강》이었다. 영국에서는 높은 평가를 받고 있는 책이고, 멜버른의 교사들보다는 지리학에 조예가 깊은 책이었다.

"자, 얘야." 그가 톨리네에게 말했다. "이 책을 너에게 주마. 네가 지리에서는 좀 잘못된 지식을 배운 것 같아. 그러니 올바로 고치는 게 좋겠다. 너를 만난 기념으로 이 책을 주마."

톨리네는 대답도 하지 않고 책을 받아들었다. 그는 믿을 수 없다는 얼굴로 고개를 저으면서 주의 깊게 책을 바라볼 뿐, 그것을 주머니에 넣을 결심은 하지 못하고 있었다.

그러는 동안 날이 완전히 저물었다. 벌써 오후 10시였다. 이튿날 아침 일찍 일어나려면 휴식을 생각해야 할 시간이었다. 로버트는 친구인 톨리네에게 제 침상의 절반을 내주었고, 어린 원주민은 그것을 흔쾌히 받았다.

잠시 후 헬레나와 메리는 달구지로 돌아가고 여행자들은 텐트 속에 누웠지만, 그러는 동안에도 파가넬의 웃음소리는 까치의 낮고 달콤한 노랫소리에 섞여 간간이 들려왔다.

하지만 이튿날 아침 6시에 햇빛이 자고 있는 사람들의 잠을 깨웠을 때 원주민 아이는 아무리 찾아도 보이지 않았다. 톨리네는 사라졌다. 우물쭈물하지 않고 서둘러 고향으로 돌아가고 싶었을까? 파가넬의 웃음 때문에 기분이 상했을까? 그것은 알 수 없었다.

하지만 헬레나는 눈을 떴을 때 싱싱한 미모사 잎이 달린 가지하나가 가슴에 놓여 있는 것을 알았고, 파가넬은 조끼 주머니에서 책 한 권을 발견했는데, 그 책은 새뮤얼 리처드슨의《지리학 요강》이었다.

# 14

## 알렉산더 산의 금광

1814년, 현재 런던의 왕립지리학회 회장을 맡고 있는 로더릭 임피 머치슨은 오스트레일리아 남해안 근처를 북쪽에서 남쪽으로 달리고 있는 산맥과 우랄 산맥의 형상을 조사하여 두 산맥 사이에 뚜렷한 동질 관계를 발견했다.

그런데 우랄 산맥은 금을 산출하는 산맥이니까, 지리학자는 이 귀금속을 오스트레일리아의 산맥에서도 찾을 수 있지 않을까 생각했다. 그의 생각은 틀리지 않았다.

그로부터 2년 뒤에 몇 가지 표본이 뉴사우스웨일스에서 그에게 보내졌다. 그는 이 표본을 검토한 결과, 콘월*의 광부들을 오스트레일리아 지방으로 대거 이주시키기로 결정했다.

사우스오스트레일리아에서 처음으로 천연 금덩어리를 발견

---

* 영국 잉글랜드 남서부에 있는 주. 광물자원도 풍부하며, 특히 구리와 주석이 많아 19세기까지만 해도 세계에서 손꼽히는 산지였다.

한 것은 프랜시스 더턴이었고, 뉴사우스웨일스에서 처음으로 금광을 발견한 사람은 포브스와 스미스였다.

첫 발견으로 탄력이 붙자 광부들이 세계 각지에서 몰려들었다. 영국인, 미국인, 이탈리아인, 프랑스인, 독일인, 중국인도 몰려왔다. 하지만 하그레이브스가 가장 풍부한 금광을 발견하고, 500파운드만 주면 그 소재지를 가르쳐주겠다고 시드니 식민지 총독 찰스 피츠로이 경에게 제의한 것은 1851년 4월 3일이었다.

그의 제의는 받아들여지지 않았지만, 대규모 금광이 발견되었다는 소문은 사방으로 퍼져 나갔다. 금을 찾는 사람들은 서머힐과 레니스폰드로 몰려갔다. 오피르 시가 건설되었다. 그리고 많은 금이 채굴된 덕분에 이 도시는 곧 성서에서 따온 그 이름을 욕되게 하지 않는다는 것을 보여주었다.

지금까지 빅토리아 주는 별로 문제가 되지 않았지만, 이윽고 그 풍부한 금광 덕분에 다른 주들을 능가하게 되었다.

사실 그로부터 몇 달 뒤인 1851년 8월, 빅토리아 주에서 처음으로 금광이 채굴되고 곧이어 네 지구에서 대규모 채굴이 이루어지게 되었다. 이들 네 지구는 밸러랫, 오븐스, 벤디고, 알렉산더 산이었고, 모두 금이 풍부하게 매장되어 있었다. 하지만 오븐스 강 부근에서는 물이 많아서 작업하기가 어렵게 되었다. 밸러랫에서는 금의 분포가 고르지 않아서 채굴자의 예상이 자주 빗나갔고, 벤디고에서는 토지가 인부들의 뜻대로 되지 않았다. 알렉산더 산에서는 성공 조건이 색다른 점이라고는 하나도 없는 곳에 모두 집중되어 있었다. 그리고 1파운드당 1441프랑까지 나가는 이 귀금속은 세계의 모든 시장에서 가장 비싼 값에 팔렸다.

그랜트 선장을 찾는 사람들이 남위 37도선에 이끌려간 곳은 바로 파산과 횡재가 빈발하는 이곳이었다.

기복이 많은 지형은 말이나 소를 몹시 지치게 한다. 12월 31일 하루 동안 그런 곳을 계속 걸은 뒤, 알렉산더 산의 봉우리들이 그들의 시야에 들어왔다. 그들은 이 작은 산맥 안의 좁은 협곡에 캠프를 쳤고, 짐승들은 족쇄를 찬 채 땅바닥에 점점이 흩어져 있는 석영 덩어리 사이에서 먹이를 찾으러 갔다. 여기서는 아직 금이 채굴되고 있지 않았다. 이튿날인 1866년 1월 1일에 비로소 달구지는 이 풍요로운 지방의 길바닥에 바퀴 자국을 남겼다.

파가넬과 일행은 오스트레일리아 원주민 말로 '제부르'라고 불리는 그 유명한 산을 지나가는 길에 보고 마음을 빼앗겼다. 바로 이곳에 금광을 찾는 사람들이 몰려든 것이다. 도둑도 착실한 사람도, 남을 파산시키는 인간도 스스로 파산하는 인간도 모여들었다. 1851년이라는 그 황금의 해, 금광이 발견되었다는 소문이 퍼지기 시작하자마자 시민은 도시를 버렸고 스콰터는 밭을 버렸고 선원은 배를 버렸다. 골드러시는 페스트처럼 유행병이 되고 전염병이 되었다. 이미 한 재산을 벌었다고 믿고 있던 사람들이 그 유행병 때문에 얼마나 많이 죽었던가! 인심 좋은 자연은 이 아름다운 오스트레일리아의 남위 25도 이북의 땅에 수백만 파운드의 금을 뿌려놓았다고 사람들은 말했다. 지금이야말로 그 금을 수확해야 할 때다. 그리고 이 새로운 수확자들은 금을 수확하려고 달려왔다. 땅을 파는 직업은 다른 모든 직업보다 우월하게 여겨졌고, 피로를 견디다 못해 많은 사람이 죽은 것도 사실이지만, 몇 사람은 곡괭이를 한 번 휘두른 것만으로도 큰 재산을 이루었다. 파산은 쉬쉬 감추어지고 횡재는 널리 선전되었다. 이런 일확천금의 요행은 세계 각지에 반향을 불러일으켰다. 곧 온갖 계층의 야심가들이 오스트레일리아 땅으로 몰려들어, 1852년 하반기의 넉 달 동안 멜버른에만 무려 5만 4천 명이 이주했다. 1개 군단이라고 불러야 할 정도지만, 지휘관도 군기도 군율도 없는 군대, 아직 얻지 못한 승리를 내일로 앞둔 군대, 요컨대 가장 해로운 부류로 이루어진 5만 4천 명의 약탈자들이었다.

이 광란의 도취가 시작된 뒤 처음 몇 년 동안은 형용할 수 없는 혼란밖에 존재하지 않았다. 하지만 영국인은 여느 때처럼 정력적으로 사태를 장악하기 시작했다. 경찰이나 원주민 자경단은 도둑을 편드는 것을 그만두고 건실한 사람들 편에 섰다. 형세는 일변했다. 그래서 글레나번은 1852년과 같은 폭력적인 장면은 보지 못했다. 그 후 13년이 지났고, 지금은 엄격한 조직의 규율에 따라 질서정연하게 금이 채굴되고 있었다.

게다가 광맥도 이제 자취를 감추고 있었다. 마구 파냈기 때문에 금이 바닥을 드러낸 것이다. 그리고 1852년부터 1858년까지 빅토리아 주에서 6310만 7478파운드의 금을 캐낸 이상, 자연이 저장해둔 부가 바닥나는 것도 당연하지 않은가. 그 때문에 이주자들의 수도 눈에 띄게 줄어들었고, 그들은 아직 처녀지로 남아 있는 지방으로 날아갔다. 그래서 뉴질랜드의 오타고와 말버러에서 최근에 발견된 '금밭'은 날개 없는 수천 마리의 두 발 달린 흰개미 떼에게 지금 파헤쳐지고 있다.*

11시쯤 채굴의 중심지에 도착했다. 그곳에는 공장, 은행, 교회, 병영, 신문사가 있는, 하나의 온전한 도시가 형성되어 있었다. 호텔과 농장과 별장도 있었다. 입장료가 10실링인 극장도 하나 있었고, 인기가 대단했다. 〈행운의 채굴자 프랜시스 오베디아그〉라는 제목의 연극이 상연되어 엄청난 인기를 끌고 있었다. 주인공은 막판에 절망에 사로잡혀 곡괭이를 한 번 휘둘렀다가 믿을 수 없을 만큼 무거운 '노다지'를 발견한다.

글레나번은 알렉산더 산의 이 광대한 채굴장을 견학하려고 에어턴과 멀래디에게 달구지를 맡겨서 앞서 가게 했다. 그리고 몇 시간 뒤에 그들을 따라잡기로 했다. 파가넬은 일이 이렇게 결정된 것을 무척 기뻐하며 여느 때처럼 안내역을 떠맡았다.

파가넬의 조언에 따라 그들은 은행으로 갔다. 길은 넓고, 납작한 돌이 깔려 있고, 먼지가 나지 않도록 물이 뿌려져 있었다. '골든 유한회사'나 '광부 사무소'나 '노다지 조합'이라고 쓰인 커다란 간판이 눈길을 끌었다. 노동과 자본의 제휴가 개인 광부의 활동을 대신하고 있었다. 모래를 씻거나 귀중한 석영을 분쇄하는 기계 소리가 어디서나 들렸다.

인가 너머에 금광이 보였다. 채굴지가 넓게 펼쳐져 있었다. 회사에 고용된 광부들이 거기서 곡괭이를 휘두르고 있었지만, 그들은 높은 임금을 받고 있었다. 땅에 벌집처럼 뚫린 구멍들은

* 〔원주〕하지만 이주자들은 실수했는지도 모른다. 사실 금광은 바닥을 드러내지 않았다. 오스트레일리아에서 들어온 최근 소식에 따르면 빅토리아 주와 뉴사우스웨일스 주의 금광은 500만 헥타르에 이르는 것으로 여겨진다. 금맥을 포함하는 석영의 무게는 약 20조 6500억 킬로그램에 이르고, 현행 채굴법으로 이 금광을 다 파내려면 10만 명의 노동자가 300년 동안 일해야 한다. 결국 오스트레일리아의 금 자원은 6642억 5000만 프랑으로 평가되고 있다.

그곳에는 하나의 온전한 도시가 형성되어 있었다.

그냥 보기만 해서는 그 수를 알 수가 없었다. 가래의 날이 햇빛에 반짝이며 끊임없이 섬광을 내뿜고 있었다. 이 노동자들한테서는 온갖 민족의 유형을 볼 수 있었다. 그들은 전혀 싸우지 않고 임금 노동자로서 묵묵히 주어진 일을 해내고 있었다.

"하지만 금광에 운명을 걸려는 귀신 들린 듯한 투기꾼이 오스트레일리아에는 이제 한 사람도 없다고 생각하면 안 됩니다. 대다수가 회사에 고용되어 있다는 건 나도 잘 알고 있고, 그러지 않을 수 없을 겁니다. 금광은 모두 정부로부터 불하받거나 도급받은 거니까요. 하지만 땡전 한 푼 없어서 금광을 빌릴 수도 살 수도 없는 사람도 부자가 될 기회는 있습니다." 파가넬이 말했다.

"어떤 기회인데요?" 헬레나가 물었다.

"'점핑'을 할 기회입니다." 파가넬이 대답했다. "그게 있기 때문에 이런 광산에 대해 전혀 권리를 갖고 있지 않은 우리도 돈을 벌 수 있는 겁니다. 물론 운이 아주 좋다면 말이지만요."

"하지만 어떻게?" 소령이 물었다.

"방금 말했듯이 '점핑'을 하면 됩니다."

"'점핑'이 뭐요?"

"그건 광부들 사이에서 인정되고 있는 계약인데, '점핑'은 종종 폭력이나 혼란을 일으키기도 하지만, 당국은 끝내 그것을 폐지할 수 없었지요."

"빨리 말해봐요. 너무 기대를 갖게 하는군."

"그럼 말하겠습니다. 채굴 중심지에서 축제일인 경우는 예외지만, 24시간 동안 일을 하지 않는 곳은 모두 공공 소유가 됩니다. 그걸 찾아내는 사람은 누구나 그곳을 팔 수 있고, 신의 도움이 있다면 부를 얻을 수 있지요. 그러니까 로버트, 사람이 없는 굴을 하나 찾아봐. 그러면 그건 네 거야!"

"선생님." 메리 그랜트가 말했다. "그런 생각을 동생한테 불어넣지 말아주세요."

"농담이야, 메리. 로버트도 잘 알고 있어. 로버트가 광부가 되다니, 그게 말이 돼? 땅을 파고, 가래로 뒤집고, 땅을 갈고, 씨를 뿌리고, 노력의 대가로 좋은 수확을 기대하는 것은 좋아요! 하지만 한 톨의 금을 얻기 위해 두더지처럼 무턱대고 땅을 파는 건 슬픈 직업이지. 신에게도 인간에게도 버림받은 인간이 아니면 그런 짓은 하지 않아!"

광산의 주요 부분을 견학하고, 대부분 석영과 점토 속의 편암과 암석이 분해된 모래로 이루어진 충적퇴적토를 밟은 뒤 일행은 은행으로 갔다.

은행은 용마루에 국기를 내건 커다란 건물이었다. 글레나번은 지점장의 영접을 받고, 지점장의 안내로 은행을 둘러보았다.

지점장은 진귀한 황금 표본을 방문객에게 보여주고, 이 금속의 다양한 채굴 방법에 대해 흥미로운 이야기를 해주었다.

금은 일반적으로 사금 형태와 분해된 형태로 발견된다. 충적토와 섞여 있거나 아니면 석영 덩어리에 포함되어 광석으로 존재하기 때문에, 금을 캐내기 위해서는 토지의 성질에 따라 얕게 파거나 깊게 판다.

사금인 경우에는 여울이나 골짜기, 구덩이 바닥에 크기에 따라 알갱이 모양과 박편 모양, 더 작은 박편 모양이 층을 이루고 있다.

이것과는 별도로 금이 분해되어 있는 경우에는 모암이 풍화작용으로 분해되고 금은 그 자리에 모여 단단한 덩어리로 굳어져서 광부들이 '포켓'이라고 부르는 것을 이루는데, 이런 포켓들 중에는 '노다지'를 포함하고 있는 것도 있다.

알렉산더 산에서는 금이 특히 점토층 속이나 점판암 틈새에서 채취된다. 거기에 금덩어리가 모여 있고, 운 좋은 광부는 종종 거기서 대량의 금광석을 캐내곤 했다.

방문객들은 여러 가지 표본을 조사한 뒤 은행의 광물박물관을 구경했다. 그곳에는 오스트레일리아 토지를 이루고 있는 모든 것이 분류되어 있고 라벨이 붙어 있었다. 금은 이 지역의 유일한 광물자원은 아니었다. 이곳은 자연이 온갖 보석을 간수해 둔 커다란 보석 상자라 해도 과언이 아니었을 것이다. 유리 진열장 안에서는 브라질의 토파즈와 어깨를 나란히 하는 하얀 토파즈, 철반 석류석, 아름다운 녹색을 띤 일종의 규산암인 녹섬석, 진홍색을 띤 스피넬 루비, 더없이 아름다운 홍옥, 연청색이나 진청색을 띠고 말라바르나 티베트의 사파이어처럼 귀중하게 여겨지는 사파이어, 찬란하게 빛나는 금홍석, 그리고 마지막으로 투론 강 부근에서 발견된 작은 다이아몬드 결정이 반짝이고 있었다. 이 섬세한 돌들의 빛나는 컬렉션은 무엇 하나 빠진 것 없이 완벽했고, 게다가 그 보석들의 받침대를 만드는 데 필요한 금도 멀리서 구할 필요가 없었다. 완벽하게 완성되어 있는 것이 필요한 게 아니라면, 이보다 더 좋은 것을 구할 수는 없었다.

글레나번은 지점장의 친절을 충분히 이용하고, 거기에 대해 감사한 뒤 헤어졌다. 그리고 다시 금광을 견학하기 시작했다.

이 세상의 부에 그렇게 초월해 있는 파가넬조차 눈으로 땅을 살피지 않고는 한 걸음도 내딛지 않았다. 그러지 않으려고 해도

은행의 광물박물관.

저절로 그렇게 되어버렸다. 동료들이 아무리 놀려도 어쩔 수 없었다. 그는 계속 돌멩이나 바위 조각을 주워서 유심히 살펴보고는 경멸하는 표정으로 내던지곤 했다. 이 동작은 산책하는 동안 줄곧 계속되었다.

"이봐요, 파가넬 씨." 소령이 말했다. "뭐 잃어버린 거라도 있소?"

"그럴지도 모르죠." 파가넬이 대답했다. "금과 보석이 널려 있는 이 나라에서는 찾지 못하는 건 잃어버린 거나 마찬가지니까요. 무슨 까닭인지는 모르겠지만 나는 몇 온스, 아니 20파운드 정도의 금덩어리를 갖고 돌아가고 싶군요. 그 이상은 바라지 않겠지만."

"그걸 갖고 돌아가서 뭘 하려고요?" 글레나번이 물었다.

"뭐 별로 곤란하지는 않아요, 내 조국에 바칠 겁니다. 프랑스 은행에 기탁해서……."

"받아줄까요?"

"물론이죠. 철도 채권이라는 형태로."

동료들은 파가넬이 금덩어리를 그런 식으로 '조국'에 기증하려고 생각하는 것을 칭찬했고, 헬레나는 세계 최대의 금덩어리를 찾으라고 말했다.

두 시간 남짓 산책한 뒤 파가넬은 아주 깨끗한 여관을 발견하고, 달구지와 만나기로 한 시간까지 거기에 들어가 있자고 제안했다. 헬레나는 찬성했고, 여관에서는 무언가 다과를 주문해야 했기 때문에 파가넬은 그곳에서 빚은 술을 가져오라고 여관 주인에게 말했다.

각자에게 '노블러'가 한 잔씩 나왔다. 그런데 이 노블러는 독

파가넬은 돌멩이나 바위 조각을 유심히 살펴보고……

한 술을 희석한 그로그*였다. 다만 희석하는 방법이 보통과는 반대였다. 작은 컵에 따른 독주를 커다란 물컵에 넣는 게 아니라, 커다란 잔에 따른 독주에 물을 작은 컵으로 하나 넣고 설탕을 타서 마시는 것이다. 이것은 좀 지나치게 오스트레일리아적이다. 그래서 그들은 커다란 물주전자에 독주를 조금 넣어 희석한 노블러를 만들었다. 노블러가 영국식 그로그로 돌아가버린 것을 알고 여관 주인은 깜짝 놀랐다.

사람들은 광산이나 광부에 대해 이야기했다. 이 기회를 놓치면 영원히 그럴 기회가 없었을 것이다. 파가넬은 자기가 보고 온 것에 무척 만족했지만, 그래도 역시 옛날 알렉산더 산이 개발되기 시작한 초기가 좀 더 재미있었을 거라고 인정했다.

"그 무렵만 해도 땅은 구멍투성이였고, 수많은 일개미에 침략당하고 있었지요. 게다가 그것은 어떤 개미였습니까? 모든 이주자는 열의는 갖고 있었지만 선견지명은 없었어요! 그래서 그들은 얼토당토않은 곳에 돈을 탕진했지요. 술과 노름에 돈을 써버렸답니다. 그리고 지금 우리가 있는 이 여관은 당시 용어로 말하면 '지옥'이었어요. 주사위를 던지는 것이 비수를 던지는 것으로 바뀌었지요. 경찰은 손을 쓸 수도 없었고, 식민지 총독은 몇 번이나 정규군 부대를 이끌고 소요를 일으킨 광부들에게 돌진해야 했답니다. 하지만 총독은 결국 광부들을 진압하는 데 성공했고, 각 채굴업자들한테 면허료를 받는 법을 제정하여, 힘들지 않은 것은 아니었지만 면허료를 징수했지요. 결국 이곳은 캘리포니아만큼 무질서가 심하지는 않았어요."

* 럼과 물을 절반씩 섞은 술.

"그러면 그 광부 일이라는 건 누구나 할 수 있는 건가요?" 헬레나가 물었다.

"그럼요. 광부가 되기 위해 자격시험이 필요한 건 아니니까요. 튼튼한 팔만 있으면 됩니다. 가난에 쫓긴 모험가들은 대개 빈털터리로 광산에 옵니다. 곡괭이 하나를 갖고 있으면 그래도 부자인 편이고, 가난한 사람은 작은 칼 한 자루만 갖고 오지요. 하지만 누구나 열정을 쏟아붓습니다. 착실한 직업에는 결코 보여주지 않았던 열정을 말입니다. 이 광산 지대의 상황은 정말 기묘했지요. 땅은 텐트와 방수포, 오두막, 널빤지나 나뭇잎으로 지은 가건물로 덮여 있었어요. 중앙에는 영국 국기로 장식된 정부의 큰 천막, 푸른 즈크 천으로 만든 관리들의 천막, 그리고 부유한 사람과 가난한 사람을 모두 투기 대상으로 삼는 환전상이나 금 매입자나 암상인들의 가게. 이들은 확실히 돈을 벌었어요. 붉은색 모직 셔츠를 입고 물과 진창 속에서 살고 있는 수염투성이 광부들을 보면 그걸 알 수 있었지요. 곡괭이 소리가 끊임없이 주위를 가득 채우고, 땅 위에서 썩고 있는 동물 시체 냄새가 진동하고 있었어요. 숨도 쉴 수 없을 정도의 먼지가 무서운 사망률의 원인이 되고 있는 이곳에서 그 비참한 사람들은 구름처럼 자욱한 흙먼지에 싸여 있었지요. 좀 더 건강에 적합하지 않은 곳이었다면 이곳 주민들은 티푸스에 걸려 픽픽 쓰러졌을 겁니다. 그래도 이 모험가들이 모두 성공했다면 좋았을 텐데! 하지만 이런 비참한 생활이 보상받는 경우는 거의 없어서, 부를 얻은 광부가 한 명이라면 백 명, 2백 명, 어쩌면 천 명이 가난과 절망에 빠져 죽었지요."

"금은 어떤 식으로 채굴하나요?" 글레나번이 물었다.

"그보다 더 간단한 건 없었어요. 초기 광부들은 사금을 채취했지만, 요즘 회사들은 다른 방식을 쓰고 있지요. 그것은 원광석, 즉 사금이나 박편이나 금덩어리를 함유하고 있는 광맥 자체에 부딪치는 방법이지요. 그런데 사금 채집자는 금을 함유하는 모래를 씻기만 했어요. 땅을 파서 금이 날 것처럼 보이는 흙을 퍼서 귀중한 광물을 분리시키기 위해 물로 처리하는 방법이지요. 이 수비질은 미국에서 건너온 '크레이들', 즉 '요람'이라고 불리는 기구를 사용하여 이루어졌습니다. 이것은 길이가 150센티미터 내지 180센티미터이고 칸막이가 있어서 두 부분으로 나뉘어 있는 뚜껑 없는 상자 같은 것인데, 앞부분에는 성긴 체가 달려 있고 거기에 다시 촘촘한 체 몇 개가 겹쳐져 있지요. 뒷부분은 아래쪽이 좁아져 있습니다. 모래를 체의 한쪽 끝에 올려놓은 다음 물을 붓고 손으로 움직입니다. 요람을 흔들듯이 하는 거예요. 돌멩이는 첫 번째 체에 남고, 광물과 잔모래는 각각의 크기에 따라 두 번째 체에 남습니다. 그리고 물에 녹은 흙은 물과 함께 아래쪽에서 흘러 나갑니다. 이것이 일반적으로 쓰이고 있는 도구예요."

"그렇다 해도, 어쨌든 그 도구를 갖고 있어야 하는군요?" 존 맹글스가 말했다.

"경우에 따라서는 돈 많은 광부나 파산한 농부한테 사기도 하지요. 그러지 않으면 그런 건 구할 수 없어요."

"그럼 뭘로 그걸 대신하죠?" 메리 그랜트가 물었다.

"접시로 대신하지. 단순한 쇠 접시. 밀을 키로 까불리듯 접시로 흙을 까불리는 거야. 다만 밀알 대신 때로는 황금 알갱이를 얻을 수 있다는 거지. 처음 1년 동안은 그 이상의 밑천도 필요

없이 큰 재산을 모은 광부가 한두 명이 아니었대요. 보다시피 이 털럭거리는 구두 한 켤레가 150프랑이나 나가고 레모네이드 한 잔에 10실링이나 냈는데도 좋은 시절이었지요. 처음 오는 사람들은 언제나 옳아요. 금은 도처에, 땅 표면에 얼마든지 있었지요. 개울은 금속 바다 위를 흐르고 있었어요. 멜버른의 도로에서도 보았지요. 금가루로 포석을 단단하게 했을 정도랍니다. 그래서 1852년 1월 26일부터 2월 24일까지 정부의 경호 아래 알렉산더 산에서 실려온 이 귀금속은 825만 8750프랑에 이르렀지요. 이건 평균 잡아서 하루에 16만 4725프랑이 됩니다."

"대충 러시아 황제의 황실비에 해당하는군요." 글레나번이 말했다.

"황제도 불쌍하군!" 소령이 그 말을 받았다.

"일확천금을 한 실례도 많은가요?" 헬레나가 물었다.

"몇 가지 있지요."

"그럼 그걸 아십니까?" 글레나번이 물었다.

"그야 물론이죠! 1852년에 밸러랫에서 무게가 573온스나 되는 금덩어리가 발견되었고, 깁스랜드에서는 782온스의 금덩어리, 1861년에는 834온스의 금덩어리가 발견되었지요. 마지막으로 역시 밸러랫에서 한 광부가 65킬로그램이나 나가는 금덩어리를 발견했는데, 금 1파운드가 1722프랑이라면, 이 금덩어리의 가치는 12만 3860프랑이 돼요. 대단한 곡괭이질 아닙니까?"

"이 광산이 발견된 이래 금 산출액은 어느 정도의 비율로 증대하고 있습니까?" 존 맹글스가 물었다.

"터무니없는 비율이요. 19세기 초에는 금 산출액이 1년에 4700만 파운드에 불과했는데, 지금은 유럽과 아시아와 아메리카의 금광을 포함하여 모두 9억 내지 10억 파운드로 평가되고 있지요."

"그럼 선생님, 우리가 지금 있는 곳, 우리 발밑에도 어쩌면 많은 금이 묻혀 있을지 모르겠군요?" 로버트 소년이 말했다.

"그럼. 수백만 파운드의 금! 우리는 그걸 밟고 있는 거야. 그건 우리가 그런 것을 경멸하기 때문이지!"

"그럼 오스트레일리아는 혜택받은 나라군요?"

"천만에." 지리학자가 대답했다. "금을 산출하는 나라는 오히려 혜택을 받지 못하고 있어. 그런 나라는 게으른 주민밖에 낳지 못해. 그런 나라에서는 건강하고 부지런한 인종이 나오지 않아. 브라질, 멕시코, 캘리포니아, 오스트레일리아를 봐! 이 나라들이 19세기에는 어떻게 되어 있지? 무엇보다 국가라고 부르기에 어울리는 것은 철을 생산하는 나라야!"

# 15

## 《오스트레일리아 앤 뉴질랜드 가제트》

1월 2일 동이 틀 무렵 일행은 광산 지대와 탤벗 군의 경계를 넘었다. 그들이 탄 말들은 이제 달하우지 군의 먼지 나는 들길을 밟고 있었다. 몇 시간 뒤에는 동경 144도 35분과 144도 45도 지점에서 골번 강과 캠퍼스피 강을 건넜다. 이제 여행의 절반이 끝났다. 이렇게 평온한 여행을 앞으로 보름만 더 무사히 계속하면 일행은 투폴드 만에 도착할 터였다.

게다가 일행은 모두 원기왕성했다. 이 위생적인 풍토에 대한 파가넬의 예상은 현실이 되었다. 습기는 전혀 없거나 아주 적었고, 더위는 충분히 견딜 만했다. 말과 소들도 전혀 불평하지 않았다. 인간들은 더 말할 나위도 없었다.

캠든 철교 사건 이후, 행진 체계에 한 가지 변화가 생겼다. 에어턴은 범죄적인 사고가 일어난 것을 알고는 다소 조심하는 편이 좋겠다고 생각했지만, 지금까지는 그렇게 조심할 필요가 전혀 없었다. 말을 탄 사람들은 달구지가 보이지 않는 곳으로 가면 안 되었고, 야영할 때는 일행 가운데 하나가 항상 경계를 섰다. 아침과 밤에는 총의 뇌관을 바꾸었다. 악당들이 돌아다니고 있는 것은 확실했고, 지금 당장은 불안거리가 없었지만 어떤 사건에도 대비하지 않으면 안 되었다.

이런 대비를 헬레나와 메리가 눈치채지 못하게 한 것은 말할 나위도 없다. 글레나번은 헬레나와 메리를 겁먹게 하고 싶지 않았다.

사실 그들이 그렇게 한 것은 옳았다. 조금만 경솔하거나 태만해도 비싼 대가를 치를 수 있었다. 그뿐만 아니라 이런 사태를 우려하는 것은 글레나번만이 아니었다. 외딴 마을이나 농장에서도 주민이나 스콰터들은 온갖 습격이나 기습을 경계하고 있었다. 집들은 날이 저물면 문을 닫아걸었다. 울타리 안에 풀어놓은 개는 무언가가 조금만 가까이 접근해도 요란하게 짖어댔다. 밤이 되어 집으로 돌아가기 위해 말을 타고 돌아다니며 가축을 모으는 목부들 중에는 안장 앞 고리에 카빈총을 매달아놓지 않은 사람이 없었다. 캠든 철교에서 일어난 범죄 소식이 이런 극단적인 경계를 초래한 원인이었고, 지금까지는 문도 창문도 활짝 열어놓은 채 잠을 잤던 이주자들이 이제는 날이 저물면 꼼꼼히 문단속을 하고 있었다.

주정부 당국도 열의와 신중함을 보이고 있었다. 원주민 자경단이 사방으로 파견되었다. 우편은 특히 안전에 신경을 썼다. 지금까지는 우편 마차가 호위를 받지 않은 채 도로를 달렸다. 그런데 바로 이날 글레나번 일행이 킬모어에서 히스코트로 이어진 길을 가로지르는 시간에 우편 마차가 먼지구름을 일으키며 전속력으로 달려갔다. 그 마차는 순식간에 보이지 않게 되었지만, 글레나번은 마차와 나란히 달리는 경찰관들의 카빈총이 번득이는 것을 보았다. 금광이 처음 발견된 이후 유럽의 쓰레기 같은 인간들이 오스트레일리아 대륙으로 몰려들었던 그 암흑시대가 다시 돌아온 것처럼 여겨졌다.

킬모어 가도를 가로질러 1.5킬로미터쯤 간 뒤, 달구지는 거대한 나무들이 울창하게 늘어서 있는 숲으로 들어갔다. 일행은 베르누이 곶 이후 처음으로 몇 도나 되는 경도와 위도에 걸쳐 있는 드넓은 숲에 들어간 것이다.

높이가 60미터나 되고 해면 같은 나무껍질은 두께가 10여 센티미터나 되는 유칼립투스를 보고 사람들은 감탄하여 소리를 질렀다. 둘레가 5, 6미터나 되고 향기로운 수지가 흘러내리는 줄기는 45미터 높이로 우뚝 솟아 있었다. 작은 가지는 하나도 없고, 싹도 나지 않고 옹이도 없기 때문에, 그 윤곽은 비뚤어진 데가 전혀 없었다. 녹로에서 만들었다 해도 이보다 더 매끄럽지는 않았을 것이다. 이렇게 곧고 굵은 원기둥이 수백 개나 서 있었다. 아주 높은 곳에 이르러서야 비로소 기둥머리 장식처럼 나뭇가지들이 펼쳐져 있었는데, 나뭇가지는 꼬불꼬불 구부러지고, 그 끝에는 어긋난 잎들이 달려 있었다. 그 잎들의 겨드랑이에 뒤집힌 항아리 모양의 꽃받침을 가진 꽃이 하나씩 매달려 있었다.

이 상록수 천정 밑에서 공기는 자유롭게 움직이고 있었다. 끊임없는 통풍이 지면의 습기를 빨아들인다. 말도 소들도 달구지도 충분한 간격을 두고 벌채 중인 숲의 푯말처럼 늘어서 있는 나무들 사이를 자유롭게 나아갈 수 있었다. 나무들이 빽빽하게 우거져 있고 가시나무 덤불이 앞을 가로막고 있는 숲도 아니고, 도끼와 불로만 개척자가 길을 열 수 있는 처녀림도 아니다. 나

유칼립투스 숲.

무 밑에 깔린 융단 같은 풀, 나무 꼭대기에 펼쳐진 초록빛 장막, 쭉쭉 뻗은 기둥들, 그늘은 별로 없고 그래서 시원하지도 않지만, 특수한 헝겊을 통해 들어온 은은한 빛과도 비슷한 밝음, 질서 정연한 그림자, 지상에 또렷이 보이는 빛, 이 모든 것이 기묘하고 인상적인 경관을 이루고 있었다. 오세아니아 대륙의 숲은 어떤 점에서도 신세계의 숲을 연상시키지 않고, 원주민이 '타라'라고 부르는 유칼립투스는 거의 열거할 수 없을 만큼 다양한 종으로 이루어진 도금양과에 속하고 오스트레일리아의 전형적인 식물상에 속하는 나무였다.

이 초록빛 돔 아래는 그늘이 그렇게 짙지 않고 어둠도 그렇게 깊지 않지만, 그것은 잎들이 달려 있는 방식이 묘하게 색다르기 때문이었다. 이 나무의 잎들은 단 한 장도 태양 쪽으로 정면을 향하지 않고, 숫돌에 간 것처럼 얇은 측면만 태양 쪽으로 돌리고 있었다. 무성하게 우거진 나뭇잎을 보아도 잎의 측면밖에 보이지 않는다. 그래서 햇빛은 창살 사이를 통해 들어오듯 땅에까지 비쳐 들어온다.

모두 이것을 알아차리고 깜짝 놀란 것처럼 보였다. 이 나무의 잎들은 왜 이렇게 달려 있을까? 그들은 당연히 파가넬에게 질문을 던졌다. 그는 어떤 일에도 당황하지 않는 사람답게 태연히 대답했다.

"여기서 내가 놀라는 것은 자연의 기묘함 때문이 아닙니다. 자연은 자기가 하는 일을 잘 알고 있지요. 하지만 식물학자는 자기가 하는 말을 반드시 알고 있는 건 아닙니다. 자연이 이 나무에 이런 특별한 잎을 준 것은 틀림없지만, 인간이 이것을 '유칼립투스'라고 부른 건 틀렸습니다."

"그게 무슨 뜻이죠?" 메리 그랜트가 물었다.

"유칼립투스는 '에우 칼리프트'라는 그리스어에서 온 말인데, '나는 잘 덮는다'는 뜻이지. 잘못이 너무 눈에 띄지 않도록 일부러 그리스어로 잘못을 저지른 거야. 유칼립투스가 땅을 잘 덮지 않는 것은 명백하니까."

"그렇군요." 글레나번이 말했다. "그러면 이번에는 잎이 왜 이런 식으로 나 있는지 가르쳐줄 수 있습니까?"

"그건 완전히 물리적인 이유 때문입니다. 게다가 여러분도 쉽게 이해할 수 있는 이유지요. 공기가 건조하고 비가 드물어서 땅이 메마른 이 지방에서는 나무가 바람도 햇빛도 필요로 하지 않습니다. 습기가 부족하니까 수액도 부족합니다. 그래서 잎은 햇빛으로부터 제 몸을 지키고 지나친 증발을 피하기 위해 이렇게 가늘게 되어 있는 것이지요. 잎의 정면이 아니라 측면이 햇빛의 작용에 노출되어 있는 것은 그런 이유 때문입니다. 나뭇잎만큼 머리가 좋은 건 없어요."

"그리고 나뭇잎만큼 이기적인 것도 없지!" 소령이 말했다. "이 나뭇잎은 여행자 따위는 전혀 생각지 않고 자기만 생각하니까."

모두 맥내브스와 동감이었지만 파가넬만은 예외였다. 그는 이마의 땀을 훔치면서, 그늘을 만들지 않는 나무 아래를 걸어가는 것을 만족스럽게 생각하고 있었다. 아무리 그렇다 해도 이 나뭇잎이 나무에 달려 있는 방식은 역시 곤란했다. 이런 숲을 통과하려면 시간이 오래 걸릴 때가 많고, 그래서 괴로웠다. 어쨌든 태양의 열기로부터 여행자들을 지켜주는 것이 전혀 없었기 때문이다.

온종일 달구지는 끝없이 이어진 유칼립투스 아래를 나아갔다.

네발짐승이나 원주민은 전혀 만나지 못했다. 우듬지에 하얀 앵무새 몇 마리가 살고 있었다. 하지만 너무 높아서 그 모습은 거의 분간할 수 없었고, 새들이 지저귀는 소리는 귀에 들리지 않을 만큼 작은 속삭임으로 변해버렸다. 이따금 앵무새 무리가 먼 가로수 길을 가로지르면서 잠깐의 다채로운 빛으로 그 일대에 활기를 주었다. 하지만 결국 깊은 적막이 이 넓은 초록의 전당을 지배했고, 말발굽 소리, 두서없이 오가는 몇 마디 말소리, 달구지의 바퀴가 삐걱거리는 소리, 게으른 소들을 재촉하는 에어턴의 외침 소리가 이 무한한 정적을 어지럽힐 뿐이었다.

저녁이 오자 일행은 최근에 불탄 흔적이 남아 있는 유칼립투스 밑에서 야영했다. 이런 유칼립투스들은 높은 공장 굴뚝 같았다. 불길이 나무의 내부를 완전히 빈 공간으로 만들어버렸기 때문이다. 조금 남아 있는 나무껍질에 살짝 덮여 있을 뿐이었지만, 그래도 나무는 무성하게 우거져 있었다. 하지만 스콰터나 원주민들의 이 곤란한 습관은 마지막에는 이 웅장하고 아름다운 나무를 파괴할 것이다. 그리고 그 나무들은 야영객들의 실화로 불타버린 그 세계적 기념물인 레바논의 삼나무들처럼 사라질 것이다.

올비넷은 파가넬의 조언에 따라 속이 빈 관 모양의 그 나무줄기 속에 불을 피워 저녁식사를 지었다. 나무줄기는 공기를 아주 잘 빨아들여서, 연기가 우듬지의 어두운 나뭇잎들 속으로 사라졌다. 밤을 보내는 데 필요한 경계조치가 취해졌고, 에어턴과 멀레디, 윌슨과 존 맹글스가 교대로 새벽까지 불침번을 섰다.

1월 3일에는 온종일 끝없는 숲을 지나갔다. 좌우대칭의 가로수 길이 길게 이어져 있었다. 영원히 끝나지 않을 거라고 여겨

저녁이 오자 일행은 유칼립투스 밑에서 야영했다.

질 정도였다. 하지만 저녁 무렵, 나무들 사이의 간격이 벌어지고 몇 킬로미터 앞의 작은 평원에 집들이 모여 있는 마을이 보였다.

"시모어다!" 파가넬이 외쳤다. "빅토리아 주에서 나가기 전에 마지막으로 만나게 될 도시예요."

"큰 도시인가요?" 헬레나가 물었다.

"조만간 자치단체가 되려 하고 있는 행정 교구일 뿐입니다."

"적당한 호텔을 찾을 수 있을까요?" 글레나번이 물었다.

"그랬으면 좋겠지만……." 지리학자가 대답했다.

"좋아요. 그럼 마을로 들어갑시다. 우리 용감한 여성들은 도시에서 밤을 보내는 것도 나쁘지는 않다고 생각할 테니까."

"여보, 그건 메리도 나도 찬성이에요." 헬레나가 남편에게 말했다. "하지만 조건이 있어요. 그래도 길을 돌아가지 않고 시간이 지체되지도 않는다는 조건이에요."

"그런 건 전혀 없어. 소들은 지쳤어. 그리고 내일은 동이 트자마자 출발할 거야." 글레나번이 대답했다.

시각은 오후 9시였다. 달은 지평선에 가까이 떠 있었고 이제 비스듬히 빛을 보내올 뿐이었지만, 그 희미한 달빛도 안개 속으로 가라앉았다. 어둠은 서서히 짙어졌다. 일행은 파가넬을 앞세워 시모어의 넓은 도로로 들어갔지만, 파가넬은 지금까지 한 번도 보지 않은 것을 언제나 완전히 알고 있는 것처럼 보였다. 하지만 그의 본능이 그를 이끌어, 그는 곧장 '캠벨스 노스 브리티시' 호텔로 갔다.

말과 소들이 마구간과 외양간으로 끌려가고, 달구지를 차고에 넣은 뒤, 여행자들은 상당히 쾌적한 방으로 안내되었다. 10시에 그들은 식탁에 둘러앉았고, 올비넷은 그 식탁에 이 분야의 대가

다운 눈길을 던졌다. 파가넬은 로버트를 데리고 시내를 한 바퀴 돌고 온 참이었는데, 그날 밤의 인상을 아주 간결하게 표현했다. 그는 정말 아무것도 보지 못했던 것이다.

하지만 파가넬처럼 무신경한 사람이 아니었다면 시모어 거리가 조금 술렁이고 있는 것을 알아차렸을 것이다. 여기저기 사람들이 모여 있었고, 그 무리는 점점 커졌다. 사람들은 문간에 서서 이야기를 나누고 있었다. 사실 사람들은 불안에 사로잡혀 서로 묻고 있었다. 그날 발행된 몇 종류의 신문을 낭독하고, 거기에 대해 논평하고 논의했다. 이런 낌새는 아무리 주의력이 없는 관찰자의 눈길도 피하지 못했을 것이다. 그런데 파가넬은 아무것도 알아차리지 못했다.

소령은 그렇게 멀리 가지 않아도, 멀리 가기는커녕 호텔 밖으로 나가지 않고도 이 작은 도시 사람들의 마음을 사로잡고 있는 공포를 알아차렸다. 급사장인 수다쟁이 딕슨과 10분쯤 이야기를 나눈 것만으로도 그는 자초지종을 알아냈다.

하지만 소령은 거기에 대해서는 한 마디도 하지 않았다. 저녁 식사가 끝나고 헬레나와 메리와 로버트가 각자의 침실로 물러간 뒤에야 비로소 소령은 동료들을 붙잡고 이렇게 말했다.

"샌드허스트 철도에서 일어난 범행의 하수인을 알았네."

"그래, 붙잡았습니까?" 에어턴이 다그치듯 물었다.

"아니." 갑판원의 열의를 알아차리지 못한 듯 맥내브스가 대답했다.

"그건 유감이군요." 에어턴이 말했다.

"그래, 범행은 누구의 소행으로 보고 있습니까?" 글레나번이 물었다.

"자, 읽어보게." 소령은 이렇게 말하고 《오스트레일리아 앤 뉴질랜드 가제트》지를 글레나번에게 내밀었다. "이걸 보면 그 경위가 틀리지 않았다는 걸 알 수 있지."

글레나번은 다음과 같은 대목을 소리 내어 읽었다.

시드니, 1866년 1월 2일 — 구랍 29일에서 30일로 넘어가는 밤, 멜버른-샌드허스트 철도의 캐슬메인 역에서 8킬로미터 떨어진 팔로마의 캠든 다리에서 사고가 일어난 것을 독자들은 기억하고 있을 것이다. 11시 45분발 급행열차는 전속력으로 달리다가 로던 강으로 추락했다.

캠든 다리는 열차가 통과하는 동안 열린 채였다.

사고 이후에 많은 물건이 도난당했고, 캠든 다리에서 800미터 떨어진 곳에서 발견된 철교 관리인의 시신이 이 참사가 범죄의 결과인 것을 증명하고 있었다.

사실 검시관의 조사에 따르면 이 범죄는 6개월 전 오스트레일리아 서부의 퍼스 감옥에서 노퍽 섬*으로 이감되기 직전에 탈옥한 죄수 일당이 저지른 것으로 보아야 한다는 사실이 밝혀졌다.

탈옥수는 모두 29명이다. 그들은 벤 조이스라는 자의 지휘를 받고 있는데, 그는 몇 달 전에 어떤 배를 타고 오스트레일리아에 왔다. 당국은 무슨 수를 써도 그를 잡지 못했다.

도시 주민과 이주자 및 농장주들에게는 경계를 게을리하지

---

* 〔원주〕 오스트레일리아 동부에 있는 섬. 범죄를 여러 번 저질러 교정이 불가능한 죄수들이 이곳에 수용되어 특별한 감시를 받고 있다.

말고 수사에 도움이 될 만한 정보는 모두 조사부장에게 보내 줄 것을 요청한다.

　　J.D. 미첼(조사부장)


글레나번이 낭독을 마치자 맥내브스가 지리학자를 돌아보고 말했다.

"어때요, 파가넬 씨? 죄수가 오스트레일리아에 있잖소?"

"하지만 정식으로 입국 허가를 받은 유형수는 없습니다. 그런 자들은 여기 있을 권리가 없어요."

"어쨌든 놈들은 여기 있으니까요." 글레나번이 말했다. "하지만 놈들이 있다고 해서 우리가 계획을 바꾸거나 여행을 중단할 이유는 없다고 생각하는데, 자네는 어떻게 생각하나, 존?"

존 맹글스는 금방 대답하지는 않았다. 그는 일단 시작한 수색을 포기하는 것이 두 남매에게 안겨줄 슬픔과 일행을 위험에 노출시키는 데 따른 불안 사이에 끼여 어떻게 해야 좋을지 갈피를 잡지 못했다.

"마님과 그랜트 양이 동행하지만 않는다면 그런 악당 따위는 신경 쓰지 않겠지만……."

글레나번은 맹글스의 마음을 눈치채고 덧붙였다.

"우리 임무를 수행하는 것을 체념할 필요가 없다는 건 말할 나위도 없네. 하지만 함께 여행하고 있는 여자들을 생각하면, 멜버른에서 '덩컨'호를 타고 동부에서 그랜트 선장의 발자취를 추적하는 편이 더 현명할지도 몰라. 소령님은 어떻게 생각하세요?"

"내 의견을 말하기 전에 에어턴의 생각을 먼저 듣고 싶군." 소령이 대답했다.

직접 지명을 받은 갑판원은 글레나번을 돌아보았다.

"제 생각에 이곳은 멜버른에서 320킬로미터나 떨어져 있고, 위험이 있다면 그 위험의 정도는 남쪽으로 가는 경우나 동쪽으로 가는 경우나 마찬가집니다. 양쪽 다 사람이 별로 다니지 않는 길이고 비슷합니다. 게다가 서른 명 정도의 악당이 충분히 무장을 갖춘 용감한 남자 여덟 명을 위협할 수 있다고는 생각지 않습니다. 그러니까 더 좋은 방책이 없다면 이대로 전진하는 게 좋을 것 같습니다."

"말 잘했어, 에어턴." 파가넬이 대답했다. "이대로 전진하면 우리는 그랜트 선장의 발자취를 가로지르게 될 거야. 남쪽으로 돌아가면 반대로 그랜트 선장의 발자취에서 멀어져버리지. 그래서 나도 자네와 같은 생각이야. 나는 퍼스에서 탈옥한 죄수 따위는 문제 삼지 않아. 용기가 있는 사람이라면 그런 놈들은 안중에도 두지 않을 거야."

그 후 여행 일정을 변경하지 말자는 제안이 표결에 부쳐져 만장일치로 가결되었다.

"한 가지만 말씀드릴 게 있습니다." 해산하려 할 때 에어턴이 말했다.

"말해보게."

"'덩컨'호에 해안에 와 있으라는 명령을 보내두는 게 좋지 않을까요?"

"그게 무슨 소용이 있죠?" 존 맹글스가 대답했다. "우리가 투폴드 만에 도착한 뒤에 그 명령을 보내도 늦지 않아요. 뭔가 생각지도 못한 사건이 일어나서 멜버른에 가야 한다면, 거기서 '덩컨'호를 만날 수 없는 것을 애석하게 여길 수도 있지요. 게다가 파손된 부분은 아직 수리하지 못했을 거예요. 그런 여러 가지 이유 때문에 좀 더 기다리는 편이 좋다고 생각합니다."

"좋습니다." 에어턴은 더 이상 고집하지 않고 대답했다.

이튿날, 이 작은 수색대는 무장을 갖추고 어떤 사건에도 즉각 대응할 수 있도록 단단히 준비한 뒤 시모어를 떠났다. 30분 뒤에 그들은 다시 동쪽에 모습을 나타낸 유칼립투스 숲 속으로 들어갔다. 글레나번으로서는 탁 트인 평원을 가는 편이 고마웠을 것이다. 밀림보다는 평원이 매복이나 기습을 하기가 곤란하다. 하지만 지금은 어쩔 수 없었다. 달구지는 온종일 단조로운 거목들 사이를 누비며 전진했다. 그들은 앵글시 군의 북쪽 경계를 따라 나아간 뒤, 저녁 무렵 동경 146도선을 넘어 머리 지구 경계에서 야영했다.

# 16

## 원주민을 보고 소령은
## 원숭이라고 주장하다

이튿날인 1월 5일 아침, 여행자들은 광대한 머리 강 유역에 발을 들여놓았다. 아직 개발되지 않은 이 불모지는 오스트레일리아알프스의 높은 장벽까지 펼쳐져 있었다. 문명은 아직 이곳을 확실한 행정구역으로 구획하지 않았다. 이곳은 잘 알려져 있지도 않고, 사람들도 별로 들어가지 않는다. 그 숲의 나무들도 언젠가는 벌목꾼들의 도끼에 쓰러질 것이고, 그 초원도 스쿼터들의 가축 떼에 맡겨질 것이다. 하지만 아직까지는 인도양에서 처음 출현한 그대로의 처녀지였고 황무지였다.

영국 지도에서는 이 지역 전체가 '흑인을 위한 보류지'라는 이름이 붙어 있다. 원주민들이 이주자에게 쫓겨 들어온 곳이 바로 여기다. 멀리 떨어진 평원 속, 접근할 수 없는 숲 속에 확실히 구획된 토지가 남아 있고, 그 안에서 원주민들은 소멸의 길을 걷게 되어 있다. 식민자든 이주자든 스쿼터든 벌목꾼이든, 백인은 누구나 그 경계를 넘을 수 있지만 흑인만은 절대로 거기

244

서 나오면 안 된다.

파가넬은 말을 달리면서 이 중대한 원주민 문제를 논했다. 이 문제에 대해서는 한 가지 의견밖에 없었다. 그것은 영국이 원주민의 절멸을 꾀하고 있다는 것, 더구나 원주민들이 조상 대대로 살아온 땅에서 그들을 말살하려 하고 있다는 것이었다. 이 끔찍한 추세는 도처에서 나타나고 있었다. 게다가 다른 어느 곳보다도 오스트레일리아에서 특히 뚜렷하게 나타나고 있었다.

식민지가 처음 열리기 시작했을 무렵에는 이곳에 유배된 죄수들만이 아니라 식민자들도 검은 피부의 원주민을 하나의 짐승으로 여겼다. 그래서 원주민을 사냥하고 총으로 쏘아 죽이면서도 양심의 가책을 느끼기는커녕 법적으로 범죄가 된다는 생각도 하지 않았다. 시드니에서 발행되는 신문은 헌터 호수의 미개 부족을 처리하는 효과적인 방법을 제안하기까지 했는데, 그것은 그들을 대량 독살하는 것이었다.

정복 초기에 영국인들은 살인과 살육을 식민 정책의 보조 수단으로 삼기까지 했다. 그들의 잔학함은 소름이 끼칠 정도였다. 오스트레일리아에서도 그들은 500만 명의 인도인이 죽은 인도나 100만 명이었던 호텐토트족 인구가 10만 명까지 줄어든 케이프에서와 똑같이 행동했다. 그래서 원주민들은 온갖 학대와 음주로 죽어 나가, 오스트레일리아 대륙에서 소멸에 직면한 상태였다. 일부 총독은 잔인한 벌목꾼들에게 원주민을 학대하지 말라는 명령을 발표하기도 했지만, 원주민의 코나 귀를 자르고 '불꾐'*으로 쓰기 위해 흑인의 새끼손가락을 잘라낸 백인에게 매를 몇 대

* 파이프에 담배를 밀어 넣는 도구.

때리는 정도여서 별로 소용이 없었다. 살해는 광범위하게 조직적으로 자행되었고, 많은 부족이 완전히 사라졌다. 19세기 초에 5000명의 원주민이 살았던 반디멘 섬 하나만 보아도, 1861년에는 주민이 일곱 명으로 줄어든 상태였다. 그리고 최근에 《머큐리》지는 태즈메이니아의 마지막 원주민이 호바트*에 나타났다고 보도했다.

글레나번도 맥내브스도 존 맹글스도 파가넬의 말을 반박하지 않았다. 아니, 사실이 워낙 분명해서 반박할 수가 없었다.

"50년 전이었다면······" 하고 파가넬이 말을 이었다. "우리는 여기까지 오는 동안 벌써 많은 원주민 부족을 만났을 겁니다. 그런데 지금까지 원주민은 단 한 명도 모습을 나타내지 않았어요. 아마 100년 뒤에는 이 대륙에서 원주민은 완전히 사라질 거예요."

사실 보류지는 완전히 버려진 것처럼 보였다. 오두막은커녕 야영한 흔적도 보이지 않았다. 평원과 교목림은 연이어 있고, 주위는 점점 원시적인 경관을 띠기 시작했다. 사람이든 동물이든 생물은 이 외딴 지역을 전혀 찾지 않는 것처럼 보였지만, 그때 로버트가 유칼립투스 숲 앞에 멈춰 서면서 외쳤다.

"원숭이다! 원숭이가 있어요!"

로버트는 놀랄 만큼 민첩하게 가지에서 가지로 미끄러지듯 이동하면서 이 우듬지에서 다음 우듬지로 옮아가는 검고 커다란 형체를 가리켰다. 그렇다면 이 기이한 나라에서는 박쥐 같은 날개를 가진 여우처럼 원숭이도 공중을 날 수 있는 것일까?

* 오스트레일리아 태즈메이니아 주의 주도.

246

그러는 동안 달구지는 정지했고, 모두 유칼립투스의 높은 곳으로 차츰 사라져가는 그 동물을 눈으로 좇았다. 이어서 그들은 그 동물이 전광석화처럼 빠른 속도로 나무에서 내려와 온갖 과장된 몸짓으로 도약을 하면서 땅 위를 달린 다음, 그 기다란 두 팔로 거대한 고무나무 줄기를 끌어안는 것을 보았다. 곧게 서 있는 그 반들반들한 줄기를 어떻게 기어오를까 하고 사람들은 생각했다. 하지만 원숭이는 일종의 도끼를 휘둘러 지그재그로 작은 눈금을 새기고 규칙적인 간격을 둔 이 지점을 발판으로 삼아서 고무나무 가지가 두 갈래로 갈라져 있는 곳까지 올라갔다. 그러더니 몇 초 만에 무성한 잎 속으로 사라져버렸다.

"아니, 저 원숭이는 도대체 뭐지?" 소령이 말했다.

"저 원숭이야말로 순수한 오스트레일리아 원주민이지요!" 파가넬이 대답했다.

그의 동료들이 어깨를 으쓱해 보이기도 전에 '코― 에―! 코― 에―!'라고 표기할 수 있는 외침 소리가 그리 멀지 않은 곳에서 들려왔다. 에어턴은 소들을 막대기로 찌르며 그쪽으로 달려갔고, 여행자들은 거기서 백 걸음쯤 떨어진 곳에서 뜻밖에도 원주민 야영지를 발견했다.

이 얼마나 슬픈 광경인가! 오두막 열 개가 맨땅 위에 세워져 있었다. 길쭉한 나무껍질을 기와처럼 겹쳐서 만든 이 너와집들은 비참한 주민들을 한쪽밖에는 지켜주지 못했다. 비참한 상황 때문에 품위를 잃어버린 이 인간들은 혐오감을 불러일으켰다. 그곳에는 그런 인간들이 남녀노소를 합하여 서른 명쯤 있었는데, 그들은 넝마처럼 너덜너덜해진 캥거루 가죽을 몸에 걸치고 있었다. 달구지가 다가오는 것을 보고 그들이 맨 먼저 한 일은

그곳에는 남녀노소를 합하여 서른 명쯤 있었다.

도망치는 것이었다. 하지만 에어턴이 토어로 몇 마디 한 것이 그들을 안심시킨 것 같았다. 그들은 사람이 내미는 음식을 본 짐승처럼 안도감과 불안감이 반반씩 섞인 표정으로 돌아왔다.

이 원주민들은 키가 160센티미터 정도였고, 피부는 그을음 같은 색을 띠고 있었다. 검은색이 아니라 오래된 그을음 색이다. 머리카락은 더부룩하고, 팔은 길고, 배는 불룩 튀어나오고, 몸에는 털이 많고, 문신이나 칼로 베어서 생긴 상처 자국으로 덮여 있었다. 그들의 기괴한 얼굴은 무섭기 짝이 없었다. 입은 아주 크고, 들창코는 볼 위에 납작 눌려 짜부라져 있다. 아래턱은 튀어나오고, 하얀 이는 앞쪽으로 기울어져 있다. 인간이 이렇게까지 동물적인 형태를 드러낸 경우는 일찍이 없었을 것이다.

"로버트는 틀리지 않았어." 소령이 말했다. "이건 원숭이야. 순수한 원숭이. 아니, 완전한 원숭이야."

"소령님." 헬레나가 대꾸했다. "그러면 저들을 짐승처럼 사냥한 사람들이 옳다는 거예요? 저 불쌍한 사람들도 인간이에요."

"인간이라고?" 맥내브스가 외쳤다. "기껏해야 인간과 오랑우탄의 중간쯤 될까? 놈들의 안면각*을 측정해보면 원숭이만큼 좁을 거야!"

그 점은 맥내브스 소령이 옳았다. 오스트레일리아 원주민의 안면각은 60도 내지 65도로 아주 좁아서, 얼핏 보기에도 오랑우탄과 같았다. 따라서 드 리엔치 씨가 이 가련한 사람들을 '피테코모루프', 즉 '유원인(類猿人)'이라는 특별한 인종으로 분류한

---

* 이마와 앞니를 잇는 수직면과, 귓구멍과 비강을 잇는 수평면이 교차하면서 만들어내는 각도.

것도 이유가 없는 것은 아니었다.

그래도 헬레나가 인류의 계단에서 최하위에 있는 이들 원주민을 영혼을 가진 인간으로 보았다는 점에서는 맥내브스보다 옳았다. 짐승과 오스트레일리아 원주민 사이에는 종(種)을 가르는 절대적인 차이가 존재했다. 인간은 어디에 있어도 짐승이 아니라는 파스칼*의 말은 적절했다. 파스칼이 그에 못지않은 예지를 가지고 '하지만 천사도 아니다'라고 덧붙인 것도 사실이지만.

그런데 헬레나와 메리 그랜트는 위대한 사상가의 명제 가운데 이 후반부가 잘못이라는 것을 몸소 증명했다. 이들 두 자비로운 여성은 달구지에서 내려와 그 비참한 인간들에게 손을 내밀었다. 그녀들은 음식을 꺼내주었고, 야만인들은 그것을 걸신들린 듯이 집어삼켰다. 그들의 종교에 따르면 백인은 원래 흑인이었고 죽은 뒤에 피부가 하얘진 것으로 되어 있으니까, 그들은 더욱더 헬레나를 신적인 존재로 생각했을 게 분명하다.

하지만 헬레나와 메리의 연민을 불러일으킨 것은 특히 여자들이었다. 오스트레일리아 원주민 아내들의 처지는 무엇과도 비교할 수 없을 만큼 비참했다. 무자비한 자연은 그녀들에게 아무 매력도 주지 않았다. 그녀들은 폭력으로 빼앗아온 노예였고, 그녀들이 결혼 선물로 받은 것은 '와디'라는 못 박힌 몽둥이로 남편에게 얻어맞은 것뿐이었다. 결혼 이후 그녀들은 급속히 노쇠하면서 유랑 생활의 온갖 고된 노동에 시달리고 있었다. 이동할 때는 아이들과 함께 낚시 도구와 그동안 모은 '신서란'을 짊어지고 걷는다. 그녀들은 이 식물로 그물을 짠다. 가족이 먹을

---

* 블레즈 파스칼(1623~1662): 프랑스의 수학자·철학자·신학자.

음식도 여자들이 구해야 한다. 도마뱀이나 오포섬(주머니쥐)이나 뱀을 나무 꼭대기까지 쫓아가서 잡는다. 땔감으로 쓸 나무를 자르고, 너와로 쓸 나무껍질을 벗긴다. 그녀들은 불쌍한 소나 말처럼 쉴 줄도 모르고, 음식도 남편이 먹다 남긴 찌꺼기를 먹을 뿐이다.

바로 그때, 그 불행한 여자들 가운데 몇 명이 오래전부터 음식을 먹지 못했는지, 곡식을 미끼로 삼아 새를 꾀어들이려 하고 있었다.

그녀들은 타는 듯이 뜨거운 땅바닥에 누워서 죽은 듯이 꼼짝도 하지 않고, 순진한 새가 그들의 손이 닿는 곳에 오기를 몇 시간이고 기다릴 태세였다. 덫을 만드는 기술은 그 이상 발전하지 않았고, 오스트레일리아 새들이 아니라면 어떤 새도 이런 덫에 걸려들지는 않았을 것이다.

그럭저럭하는 동안 원주민들은 여행자들의 친절에 마음을 놓고 그들을 둘러쌌지만, 이렇게 되면 원주민들의 약탈 본능을 경계하지 않으면 안 되었다. 그들은 혀를 차서 내는 휘파람 같은 소리로 지껄이고 있었다. 그것은 동물들이 짖는 소리와 비슷했다. 그런데 그들의 목소리는 아주 상냥하고 달콤한 음색을 갖고 있었다. '노키, 노키'라는 낱말이 자주 되풀이되었는데, 거기에 따르는 몸짓으로 그 의미를 충분히 이해할 수 있었다. 그것은 '줘, 줘!'라는 말이었고, 여행자들이 갖고 있는 것들을 달라는 뜻이었다. 그래서 올비넷은 달구지 뒷방, 특히 식량을 지키기 위해 대활약을 펼쳐야 했다. 굶주림에 시달리고 있는 이 불쌍한 사람들은 달구지에 무서운 눈길을 던지고, 어쩌면 사람 고기를 먹었을지도 모르는 날카로운 이를 드러내 보였다. 오스트레일리아 원주민 부족은 대부분 평시에는 사람 고기를 먹지 않지만, 전쟁에 패한 적의 고기를 먹는 것은 거부하지 않는다.

그래도 헬레나의 부탁으로 글레나번은 음식을 조금 나누어 주라고 지시했다. 원주민들은 그의 뜻을 알아차리고, 아무리 무감각한 마음도 감동시킬 만큼 감사의 뜻을 표했다. 그들은 또한 먹이를 가져온 사육사를 보았을 때의 짐승과도 비슷한 소리로 포효했다. 소령의 말이 옳다고 인정할 수는 없었지만, 그래도 이 인종이 동물과 아주 가깝다는 것은 부정할 수 없었다.

올비넷은 신사도를 아는 남자로서 우선 여자들에게 음식을 주어야 한다고 생각했다. 하지만 이 가엾은 여자들은 무서운 남편보다 먼저 음식을 먹을 용기가 없었다. 남자들은 사냥감에 덤벼들 듯 비스킷과 육포를 향해 돌진했다.

메리 그랜트는 아버지가 이런 야비한 원주민에게 붙잡혀 궁핍과 굶주림과 학대에 시달리고 있을 것을 생각하자 가슴이 아프고 눈물이 났다. 불안한 마음으로 그녀를 지켜보고 있던 존 맹글스는 그녀의 마음에 넘쳐흐르는 생각을 알아차리고, 그녀 대신 '브리타니아'호의 갑판원에게 물었다.

"에어턴, 당신도 이런 야만인한테서 도망쳤소?"

"그렇습니다. 선장님." 에어턴이 대답했다. "내륙의 원주민들은 모두 비슷합니다. 선장님이 지금 보고 있는 이 원주민은 몇 명 안 되지만, 달링 강 언저리에는 많은 부족이 있고, 그 추장들은 대단한 권위를 갖고 있답니다."

"하지만 유럽인이 이런 원주민들 속에서 뭘 한다는 거지?"

"내가 하고 있었던 그런 일이지요. 놈들과 함께 물고기를 잡고 사냥을 하고 전투에도 참가합니다. 전에도 말했듯이 상대한테 얼마나 도움이 되느냐에 따라 대우가 달라집니다. 똑똑하고 용감하기만 하면 부족 안에서 중요한 지위를 차지할 수도 있지요."

"하지만 포로는 포로잖아요?" 메리가 물었다.

"항상 감시당하고 있지요." 에어턴이 말했다. "밤이든 낮이든 한 걸음도 자유롭게 움직이지 못할 만큼."

"그래도 자네는 탈출에 성공했잖은가?" 소령이 대화에 끼어들었다.

"그렇습니다, 소령님. 제 부족과 이웃 부족 사이에 전투가 벌어진 덕분에 저는 탈출에 성공했지요. 그렇습니다. 저는 그걸 후회하지 않습니다. 하지만 다시 한 번 똑같은 일을 해야 한다면, 내륙의 황무지를 건널 때 맛본 고통보다는 차라리 노예로 사는 편을 택할 겁니다. 그랜트 선장님도 그런 식으로 하늘에 운을 맡기고 구조를 바라는 사태가 일어나지 않으면 좋겠군요."

"그건 그래요." 존 맹글스가 말했다. "메리 씨, 우리는 그랜트 선장님이 원주민 부족에게 붙잡혀 있기를 바라지 않을 수 없어요. 그 편이 대륙의 밀림에 숨어 있는 경우보다는 쉽게 행방을 찾을 수 있을 겁니다."

"선장님은 희망을 잃지 않으셨군요?" 메리가 물었다.

"나는 여전히 신의 도움을 얻어 메리 씨가 행복해질 수 있다는 희망을 품고 있습니다!"

젊은 선장에게 감사의 뜻을 표할 수 있었던 것은 메리의 눈물 어린 눈뿐이었다.

이런 대화를 나누는 동안 야만인들 사이에서 이상한 동요가 일어나고 있었다. 그들은 울려 퍼지는 듯한 외침 소리를 지르며 사방팔방으로 달려가 무기를 움켜잡았다. 그들은 맹렬한 분노에 사로잡힌 것처럼 보였다.

글레나번은 그들이 무슨 짓을 저지르려는지 몰랐지만, 그때 소령이 에어턴의 이름을 부르며 말했다.

"자네는 오랫동안 원주민 부족과 함께 살았으니까 원주민 말도 알고 있겠지?"

"대충은 알고 있습니다." 에어턴이 대답했다. "부족마다 사투리가 있으니까요. 이 부족은 나리께 감사의 표시로 전투 흉내를 보여드리려 하는 것 같습니다."

실제로 그것이 이 소동의 원인이었다. 원주민들은 아무 예고도 없이 별안간 분개한 것처럼 서로에게 덤벼들었다. 이 작은 전쟁은 너무나 박진감이 있었기 때문에, 미리 알지 못했다면 진짜 전투로 생각해버릴 정도였다. 하지만 여행자들이 말하는 바에 따르면 오스트레일리아 원주민은 흉내를 아주 잘 낸다고 하는데, 그들은 이 기회에 그 놀라운 재능을 발휘해 보인 것이다.

그들의 무기는 아무리 두꺼운 두개골도 쪼개버리는 일종의 곤봉과, 두 개의 막대기 사이에 단단하고 날카로운 돌을 끈으로 묶어놓은 일종의 도끼였다. 이 도끼에는 길이가 3미터나 되는 자루가 달려 있었는데, 이것은 무서운 무기인 동시에 편리한 연장이기도 해서, 경우에 따라서는 나뭇가지나 인간의 머리를 자르는 도구로, 또는 인간의 몸이나 나무줄기를 잘게 써는 도구로 쓰인다.

그들은 성난 고함 소리와 함께 이런 무기들을 열광적으로 휘둘렀다. 전사들은 서로 덤벼들어 싸우다가 어떤 사람은 죽은 듯이 쓰러지고 어떤 사람은 승리의 고함을 외쳤다. 여자들, 특히 노파들은 싸움의 마귀에 사로잡힌 것처럼 그들의 사기를 부

그들은 무기들을 열광적으로 휘둘렀다.

추기고, 죽은 척하고 있는 사람에게 덤벼들어, 설령 현실이었다 해도 그보다 더 처참할 수 없을 만큼 사납게 그 시체를 훼손했다. 놀이가 진짜 싸움이 되지는 않을까 하고 헬레나는 끊임없이 걱정하고 있었다. 게다가 지금까지 전투에 가담하지 않았던 아이들까지 진지해지기 시작했다. 어린 사내아이나 계집아이들—특히 계집아이가 훨씬 더 흥분해 있었다—이 맹렬한 기세로 주먹질을 했다.

이 모의 전투를 시작한 지 10분이 지났을 때 전사들이 갑자기 싸움을 중단했다. 그들의 손에서 무기가 떨어졌다. 엄청난 소동 뒤에 깊은 침묵이 찾아왔다. 원주민들은 활인화 속의 인물처럼 마지막 자세 그대로 꼼짝도 하지 않았다. 마치 돌이 되어버린 것 같았다.

이 변화의 이유는 무엇이었을까? 그리고 왜 갑자기 석상처럼 움직이지 않는 상태에 빠졌을까? 그 이유는 곧 알 수 있었다.

바로 그때 앵무새 무리가 고무나무 우듬지로 날아올랐다. 새들은 시끄러운 소리로 공중을 가득 채웠고, 그 선명한 깃털 색깔 때문에 마치 하늘을 나는 무지개처럼 보였다. 전투를 중단시킨 것은 이 현란한 새들의 출현이었다. 전쟁보다 유익한 사냥이 시작되었다.

구조가 특수하고 빨간 칠을 한 도구를 손에 쥔 한 원주민이 여전히 꼼짝하지 않는 동료들 곁을 떠나 나무와 덤불 사이를 누비며 앵무새 무리 쪽으로 다가갔다. 그는 살금살금 기면서 전혀 소리를 내지 않았다. 나뭇잎 한 장도 건드리지 않고 돌멩이 하나도 움직이지 않았다. 조용히 미끄러져가는 그림자 같았다.

적당한 거리까지 접근한 야만인은 지상 60센티미터의 수평선 위에서 그 도구를 날렸다. 그 무기는 그렇게 약 12미터의 거리를 날아갔다. 그러다가 갑자기 직각을 그리며 30미터 높이까지 올라가더니 여남은 마리의 새를 죽이고, 포물선을 그리며 돌아와 사냥꾼의 발아래 떨어졌다. 글레나번과 동료들은 깜짝 놀랐다. 도저히 눈을 믿을 수가 없었다.

"부메랑입니다!" 에어턴이 말했다.

"부메랑?" 파가넬이 외쳤다. "저게 오스트레일리아 원주민의 부메랑인가?"

그러고는 어린애처럼 '속에 뭐가 들어 있는지 보기 위해' 그 도구를 주우러 갔다.

사실 내부에 무슨 장치가 있다고, 예를 들면 용수철이 갑자기 펴져서 부메랑이 그런 식으로 방향을 바꾼다고 생각해도 무리는 아니었다. 그런데 사실은 전혀 그렇지 않았다.

이 부메랑은 길이가 75센티미터 내지 1미터쯤 되는 구부러진 단단한 목재로만 되어 있었다. 두께는 중앙 부분이 약 8센티미터, 양끝은 날카롭게 뾰족하다. 우묵한 부분은 1센티미터쯤 안으로 움파여 있고, 돌출한 부분에는 잘 갈고 닦은 두 개의 가장자리가 있었다.

"이게 그 유명한 부메랑인가?" 그 기묘한 도구를 꼼꼼히 조사한 뒤 파가넬이 말했다. "단순한 나무토막이야. 정말로 그것뿐이야. 수평으로 날아가다가 왜 갑자기 공중으로 솟구쳤다가 다시 그것을 던진 사람의 손으로 돌아오는 걸까?"

학자도 여행자들도 이 현상을 설명하지 못했다.

"그건 후프의 작용과 비슷하지 않을까요? 후프를 어떤 식으로 던지면 출발점으로 돌아오죠." 존 맹글스가 말했다.

"아니, 그보다……" 하고 글레나번이 보충해서 말했다. "일정한 점을 맞은 당구공이 출발점으로 되돌아오는 것과 비슷한 효과가 아닐까?"

"아니, 그렇지 않습니다." 파가넬이 대답했다. "두 경우 모두 받침점이 있으니까 반동이 생깁니다. 후프의 경우에는 땅이 받침점이고, 당구공의 경우에는 쿠션이 받침점이죠. 그런데 부메랑의 경우에는 그 받침점이 없어요. 이 도구는 땅에 닿지도 않았는데 상당한 높이까지 올라가잖습니까?"

"그러면 선생님은 이 사실을 어떻게 설명하시겠어요?" 헬레나가 물었다.

"나는 설명은 하지 않습니다, 부인. 나는 여기서도 사실을 확인할 뿐입니다. 이 작용은 분명 부메랑을 던지는 방식과 부메랑의 특수한 형태에 의한 것입니다. 하지만 던지는 방식은 역시 원주민밖에 모르는 비결이겠죠."

"어쨌든 정말 교묘해요…… 원숭이치고는." 헬레나는 소령을 보면서 덧붙였고, 소령은 아직도 납득이 가지 않는다는 표정으로 고개를 저었다.

그럭저럭하는 동안 시간이 흘러, 글레나번은 출발을 더 이상 늦출 수는 없다고 생각했다. 그래서 여자들에게 달구지에 올라타라고 말하려 했지만, 바로 그때 한 야만인이 달려와서 몹시 긴장한 태도로 몇 마디 말했다.

"놈들이 에뮤*를 보았답니다." 에어턴이 말했다.

---

* 타조와 비슷한 새. 키는 1.8미터 정도이고, 날개는 퇴화하였는데 다리는 길고 튼튼하다. 오스트레일리아 특산종으로 한 종류뿐이다.

"뭐라고? 사냥을 하나?" 글레나번이 물었다.

"그건 반드시 보아야 돼요." 파가넬이 외쳤다. "재미있을 겁니다. 또 부메랑이 활약하겠지."

"에어턴, 자네는 어떻게 생각하나?"

"오래 걸리지는 않을 겁니다." 갑판원이 대답했다.

원주민들은 한순간도 낭비하지 않았다. 에뮤를 잡는다면 그들에게는 대단한 행운이었다. 이것으로 부족 전체의 며칠분 식량이 확보되는 것이다. 그래서 사냥꾼들은 이런 사냥감을 잡기 위해 모든 기술을 동원했다. 하지만 총도 없는 주제에 어떻게 그런 민첩한 동물을 쓰러뜨릴 수 있을까? 이것이야말로 파가넬이 꼭 보아야 한다는 그 구경거리의 핵심이었다.

원주민들은 에뮤를 '무레우크'라고 부르는데, 오스트레일리아 평원에서 차츰 사라지기 시작한 동물이다. 키가 75센티미터나 되는 이 커다란 새는 칠면조 고기와 비슷한 흰 살코기를 갖고 있다. 머리 위에는 각질의 판이 달려 있고, 눈은 옅은 다갈색이고, 부리는 검고 아래쪽으로 구부러져 있다. 발가락에는 강력한 발톱이 달려 있다. 날개는 쓸모없는 자투리 같아서, 나는 데에는 전혀 도움이 되지 않는다. 털이라는 말이 이상하면 깃털이라고 부르겠지만, 목과 가슴에 난 깃털이 다른 깃털보다 색이 짙다. 이 새는 날지는 못해도 빨리 달리기 때문에 경마장에서 말과 겨룰 수도 있을 것이다. 그래서 이 새를 잡으려면 책략을 쓸 수밖에 없다. 게다가 매우 교활한 방식이 아니면 안 된다.

그래서 원주민이 아까 지른 외침 소리에 따라 여남은 명의 원주민이 보병 분대처럼 흩어졌다. 그곳은 쪽이 자생하여 지면을 파랗게 물들이고 있는 아름다운 평원이었다. 여행자들은 미모사 숲 가장자리에 멈춰 섰다.

원주민들이 다가오자 대여섯 마리의 에뮤가 몸을 일으켜 달아나더니 1킬로미터쯤 떨어진 곳에서 몸을 감추려고 했다. 원주민 사냥꾼은 에뮤의 위치를 확인하자 동료들에게 멈춰 서라는 신호를 보냈다. 동료들은 땅바닥에 드러누웠고, 사냥꾼은 그물 속에서 솜씨 좋게 꿰매 붙인 에뮤 가죽 두 장을 꺼내더니, 그 자리에서 그것을 몸에 둘렀다. 그리고 오른팔을 머리 위로 뻗어, 먹이를 찾아다니는 에뮤의 걸음걸이를 흉내 냈다. 사냥꾼은 에뮤 무리 쪽으로 다가갔다. 때로는 멈춰 서서 곡식을 쪼는 흉내를 냈고, 때로는 발로 땅을 차서 먼지를 일으켜 먼지구름에 휩싸였다. 에뮤를 속이는 이런 수작은 나무랄 데가 없었다. 그는 에뮤의 거동을 더할 나위 없이 충실하게 재현했다. 사냥꾼은 새조차 속아 넘어갈 신음 소리를 냈다. 실제로 새들은 속았다. 사냥꾼은 곧 느긋해 보이는 에뮤 무리 한복판에 들어가 있었다. 갑자기 그의 팔이 곤봉을 휘둘렀고, 에뮤 여섯 마리 가운데 다섯 마리가 쓰러졌다.

사냥은 이렇게 끝났다.

그 후 글레나번과 동료들은 원주민들에게 작별을 고했다. 원주민들은 이 작별에 대해 별로 아쉬운 기색을 보이지 않았다. 에뮤 사냥에 성공하자, 여행자들 덕분에 굶주림을 채운 것을 잊었을 것이다. 미개인이나 짐승에게는 마음의 감사보다 배의 감사가 더 강한 법이지만, 이제 그들은 그 육체적인 감사조차도 느끼지 않았다.

그거야 어쨌든, 어떤 경우에는 그들의 지혜와 솜씨에 감탄하지 않을 수 없었다.

"소령님, 이렇게 되면 소령님도 원주민이 원숭이는 아니라는 것을 인정하시겠죠?" 헬레나가 말했다.

"놈들이 동물의 걸음걸이를 충실히 흉내 냈기 때문에?" 소령이 되물었다. "그렇다면 그것은 반대로 내 이론이 옳다는 것을 증명할 텐데."

"농담을 하셔도 대답이 되진 않아요. 저는 소령님이 의견을 바꾸어주셨으면 좋겠어요."

"그럼 그렇게 하지. 오스트레일리아 원주민은 원숭이가 아니고, 원숭이가 오스트레일리아 원주민이라고."

"어떻게 그런 말씀을!"

"흑인들이 그 흥미로운 오랑우탄 종족에 대해 뭐라고 말하는지 알아?"

"뭐라고 하는데요?"

"원숭이는 자신들과 마찬가지로 흑인이지만, 자기들보다 심술궂다고 말한대. 길들여진 오랑우탄이 아무 일도 하지 않으면서 주인한테 먹이를 받는 걸 보고 부러워한 흑인이 이렇게 말했다는군, '일하지 않아도 되도록 말을 하지 않는다'고."

# 17
## 젊은 대농장주

　동경 146도 15분 지점에서 편안히 하룻밤을 보낸 뒤, 1월 6일 오전 7시에 일행은 다시 광활한 지역을 횡단하기 시작했다. 그들은 여전히 아침 해를 향해 계속 걸었고, 그들의 발자국은 평원 위에 직선을 그리고 있었다. 그들은 북쪽으로 향하는 스콰터들의 발자국을 두 번 가로질렀다. 글레나번이 탄 말이 한 쌍의 클로버(토끼풀)를 특징으로 하는 블랙포인트의 표시를 흙 속에 남기지 않았다면, 이런 다양한 발자국은 서로 뒤섞여 분간할 수 없었을 것이다.

　평원에는 이따금 회양목에 둘러싸인 아름다운 개울이 굽이굽이 흐르고 있었다. 물이 항상 끊기지 않는 개울이 아니라, 오히려 걸핏하면 물이 끊기는 개울이다. 그런 개울들은 지평선에 아름답게 굽이치는 선을 그리고 있는, 별로 높지 않은 버펄로 산맥의 중턱에서 발원하고 있었다.

　그날 밤은 그 산맥에서 야영하기로 했다. 에어턴은 소들을 재촉하여 하루에 50여 킬로미터를 갔기 때문에 짐승들은 조금 지친 상태로 목적지에 도착했다. 그들은 큰 나무 밑에 텐트를 쳤다. 밤이 되자 모두 서둘러 저녁식사를 끝냈다. 강행군을 한 뒤여서, 모두 먹는 것보다는 잠자는 것을 생각하고 있었다.

맨 먼저 불침번을 서게 된 파가넬은 자리에 눕지 않았다. 그는 카빈총을 어깨에 메고 졸음을 쫓기 위해 이리저리 돌아다니면서 캠프에 주의를 기울이고 있었다.

달은 뜨지 않았지만, 남반구의 빛나는 별자리 밑에서 밤은 거의 빛으로 가득 차 있다고 말할 수 있을 정도였다. 그 거대한 천궁은 언제나 열려 있는 책이었고, 그것을 해석하는 것은 무척 흥미로운 일이었다. 학자는 그 거대한 책을 읽으면서 즐거워했다. 깊이 잠든 자연의 정적을 어지럽히는 것은 말들의 발치에서 울리는 족쇄 소리뿐이었다.

그래서 파가넬은 천문학적 생각에 잠겨 지상의 일보다는 천상의 일에 마음을 빼앗기고 있었다. 그런데 그때 무언가 다른 소리가 들려 몽상에서 깨어났다.

그는 귀를 곤두세웠지만 피아노 소리가 들린 것 같아서 깜짝 놀랐다. 느긋한 아르페지오로 연주되는 몇몇 소리가 길게 이어지는 그 울림을 그의 귀까지 보내온 것이다. 잘못 들었다고는 도저히 생각할 수 없었다.

'이런 황무지에 피아노가? 이건 절대로 납득할 수 없어.'

사실 이것은 너무 뜻밖의 일이고, 시계 소리나 숫돌 소리를 흉내 내는 새도 있으니까 파가넬로서는 오스트레일리아의 기묘한 새가 피아노 소리를 흉내 내고 있다고 생각하고 싶었다.

하지만 이때 맑게 울려 퍼지는 목소리가 허공으로 솟아올랐다.

파가넬은 카빈총을 어깨에 메고 이리저리 돌아다니면서……

피아노에 맞추어 노래를 부르고 있었다. 파가넬은 이 사실을 인정할 마음이 나지 않은 상태로 귀를 기울였다. 하지만 얼마 후에는 파가넬도 제 귀를 때리는 아름다운 노랫소리를 인정할 수밖에 없었다. 그것은 《돈 조반니》* 중의 '나의 연인을 위로해주오'였기 때문이다.

'말도 안 돼! 오스트레일리아의 새들이 아무리 특이해도, 세계에서 가장 음악적인 앵무새라 해도 모차르트의 아리아를 부를 수는 없어!'

파가넬은 거장의 숨결에 마지막까지 귀를 기울였다. 맑은 밤 공기를 뚫고 들려오는 감미로운 멜로디의 느낌은 무어라 형용할 수가 없었다. 파가넬은 오랫동안 그 형용할 수 없는 매력에 사로잡혀 있었다. 이윽고 노래가 그치고 사방은 다시 고요해졌다.

윌슨이 파가넬과 교대하러 와보니 파가넬은 깊은 몽상에 잠겨 있었다. 파가넬은 선원에게는 아무 말도 하지 않았다. 글레나번에게는 이튿날 알리기로 하고 텐트에 들어가 몸을 웅크렸다.

이튿날 일행은 뜻밖의 개 짖는 소리에 눈을 떴다. 글레나번은 당장 일어났다. 영국산 사냥개의 훌륭한 표본인 포인터 두 마리가 작은 숲 가장자리를 뛰어다니고 있었다. 일행이 다가가자 개들은 더욱 요란하게 짖으면서 나무 그늘로 들어갔다.

"그러니까 이 황무지에 스테이션이 있나 보군." 글레나번이 말했다. "그리고 사냥개가 있는 이상, 사냥꾼도 있겠어!"

파가넬은 어젯밤의 일을 말하려고 이미 입을 벌리고 있었지만, 바로 그때 완벽한 순혈종의 '여우 사냥용 말'을 탄 두 젊은

---

* 모차르트(오스트리아의 작곡가)가 1787년에 작곡한 오페라.

이가 나타났다.

멋진 사냥복 차림의 두 신사는 집시처럼 야영하고 있는 여행자들을 보고는 말을 세웠다. 그들은 이런 곳에 무기를 든 여행자 무리가 있는 건 어찌 된 일일까 하고 의아하게 여기는 눈치였지만, 그때 달구지에서 여자들이 내리는 것을 보았다.

그들은 당장 말에서 내리더니 모자를 벗어 들고 여자들 쪽으로 다가갔다.

글레나번은 앞으로 나아가서, 이방인으로서 자기가 먼저 이름과 신분을 밝혔다. 젊은이들은 고개를 숙였고, 두 사람 가운데 나이가 많아 보이는 쪽이 말했다.

"우리 집에 오셔서 쉬었다 가시지 않겠습니까?"

"당신들은?"

"마이클 패터슨과 샌디 패터슨이라고 합니다. 호텀 스테이션의 주인이지요. 지금 여러분이 계신 곳은 이미 농장 안이고, 우리 집은 여기서 300미터도 떨어져 있지 않습니다."

"말씀은 고맙지만, 그 제의를 염치없이 덥석 받아들일 수는 없소." 글레나번이 말했다.

그러자 마이클 패터슨이 말했다.

"초대를 받아주신다면, 이 황무지에 여러분을 맞이하게 된 것을 더없는 행복으로 여기는 가련한 유배자들에게 호의를 베푸시는 겁니다."

글레나번은 승낙의 표시로 고개를 끄덕였다.

그때 파가넬이 마이클 패터슨에게 말했다.

"정말 무례한 얘기지만, 어젯밤에 그 성스러울 만큼 아름다운 아리아를 부른 건 당신인가요?"

266

"예, 접니다." 젊은 신사가 대답했다. "그리고 사촌 동생 샌디가 반주를 했지요."

"그렇다면 그 음악의 열광적인 찬미자인 프랑스인의 찬사를 받아주세요."

파가넬은 젊은 신사에게 손을 내밀었고, 상대는 지극히 붙임성 있는 태도로 그 손을 잡았다. 그리고 마이클 패터슨은 오른쪽으로 가는 길을 가리켰다. 말은 에어턴과 선원들에게 맡겨졌다. 이렇게 여행자들은 이야기를 나누거나 감탄하면서 두 젊은이의 안내를 받으며 호텀 스테이션으로 걸어갔다.

그것은 아주 당당한 건물이었고, 영국 정원처럼 깔끔하고 단정하게 유지되고 있었다. 회색 울타리로 둘러싸인 넓은 목초지가 시야 끝까지 이어져 있었다. 그곳에서는 수천 마리의 소와 수만 마리의 양이 풀을 뜯고 있었다. 수많은 목부와 그보다 더 많은 개들이 그 시끄러운 가축들을 감시하고 있었다. 양이나 소들이 우는 소리에 개 짖는 소리와 날카롭게 바람을 가르는 채찍 소리가 뒤섞였다.

동쪽을 보면 시선은 오스트레일리아 아카시아와 고무나무 숲 가장자리에서 멈춘다. 10킬로미터 앞에 우뚝 솟아 있는 호텀 산의 위압적인 꼭대기가 1500미터 높이에서 그 숲을 내려다보고 있다. 양쪽에 초록빛 나무가 늘어서 있는 기다란 진입로가 사방에 보이고, 여기저기 '그래스트리' 덤불이 우거져 있었다. 이 '그래스트리'는 키가 3미터쯤 되는 관목인데 작은 야자수처럼 생겼고, 긴 머리카락처럼 폭이 좁은 잎에 덮여 있었다. 월계수 향기가 공기를 가득 채웠고, 지금 한창 피어 있는 하얀 월계수 꽃이 상쾌한 향기를 발산하고 있었다.

이런 매력적인 토착식물에 유럽에서 건너온 식물이 추가되었다. 복숭아, 배, 사과, 무화과, 오렌지, 참나무까지 있어서, 여행자들은 그것을 보고 환성을 질렀다. 그들은 모국에서 자주 보았던 나무들을 보고 놀랐지만, 나뭇가지 사이를 날아다니는 새들을 보았을 때는 더 놀랐다. 비단 같은 깃털을 가진 바우어새, 황금색과 검은색 벨벳 같은 깃털을 가진 꿀빨이새도 보였다.

또한 그들은 여기서 난생처음으로 금조(琴鳥)를 보았다. 이 새의 꼬리는 오르페우스*가 연주하는 악기와 비슷하게 생겼다. 금조는 양치식물 사이로 도망쳐 들어갔고, 그 꼬리가 나뭇가지에 부딪혔을 때 사람들은 암피온†에게 테베의 성벽을 재건할 마음이 들게 한 그 아름다운 화음이 들리지 않는 것을 이상하게 생각하고 놀랄 정도였다.

하지만 글레나번은 오스트레일리아의 외딴 곳에 만들어진 이 오아시스의 환상적인 경이로움에 그저 감탄하는 것만으로는 만족하지 않았다. 그는 젊은 신사들의 이야기에 귀를 기울였다. 여기가 영국의 문명화된 전원이었다면, 이곳에 처음 온 이방인은 자기가 어디에서 왔고 어디로 가는지를 맨 먼저 주인에게 알렸을 것이다. 그런데 여기서는 품위 있게 지켜지고 있는 어떤 배려 때문에 패터슨 형제는 그들이 초대한 나그네들에게 자신

---

* 그리스 신화에 나오는 시인·음악가. 아폴론에게 하프를 배워 그 명수가 되었는데, 그가 하프를 연주하면 맹수들과 초목까지도 매료되었다고 한다.
† 그리스 신화에 나오는 제우스와 안티오페의 아들. 제토스와 쌍둥이 형제로 태어나자마자 산속에 버려졌다. 양치기가 발견하여 길렀는데 암피온은 음악에, 제토스는 무술과 목축에 뛰어났다. 성장한 뒤 테베의 왕이 된 형제는 국방을 튼튼히 하기 위해 성벽을 쌓았는데, 암피온이 리라를 연주하자 돌들이 저절로 움직여 성벽이 완성되었다고 한다.

그들은 난생처음으로 금조를 보았다.

들이 어떤 사람인지를 알려주는 것이 도리라고 생각했다. 그래서 그들은 자기네 이력을 이야기했다.

그것은 부가 노동을 면하게 해준다고는 믿지 않는 지적이고 부지런한 모든 영국 청년에게 공통된 경력이었다. 마이클과 샌디 패터슨은 런던 은행가의 자제들이었다. 그들이 스무 살이 되자 집안의 어르신이 그들에게 말했다.

"여기 몇 천 파운드가 있다. 먼 식민지로 가거라. 거기서 쓸모 있는 시설을 만들어라. 노동 속에서 인생의 지식을 얻어라. 너희가 성공하면 좋지만, 실패해도 상관없다. 너희가 제구실을 하는 어엿한 사내가 되는 데 도움이 되었다고 생각하면 수백만 파운드의 돈도 아깝지 않다."

두 청년은 그 말에 따랐다. 그들은 오스트레일리아에서 빅토리아 주를 선택하여 부친들의 돈을 쏟아부었지만, 지금으로서는 그것을 후회할 이유가 전혀 없었다. 5년 뒤에 농장은 번영을 누리고 있었기 때문이다.

빅토리아, 뉴사우스웨일스, 사우스오스트레일리아 주에는 3000개가 넘는 스테이션이 있다. 어떤 스테이션은 가축을 키우는 스콰터가 경영하고, 어떤 스테이션은 농사를 주업으로 삼는 정착민이 경영하고 있다. 두 영국 청년이 올 때까지는 이런 종류의 농장들 가운데 가장 큰 것은 달링 강의 지류 가운데 하나인 펄 강 연안에 25킬로미터에 걸쳐 뻗어 있고 총면적이 100평방킬로미터에 이르는 제임스 씨의 농장이었다.

지금은 호팀 농장이 더 넓고 거래량도 더 많았다. 두 청년은 스콰터인 동시에 정착민이기도 했다. 그들은 보기 드문 수완과 남다른 정력을 가지고 그 넓은 농장을 경영했다. 사실 여기서는 수완보다 정력을 갖기가 더 어려운 일이었다.

보다시피 이 스테이션은 주요 도시에서 멀리 떨어져, 별로 지나다니는 사람이 없는 머리 지구의 황무지에 자리 잡고 있다. 그것은 동경 146도 48분과 147도선 사이, 즉 버펄로 산맥과 호텀 산 사이에 끼어 있는 사방 20킬로미터의 땅을 차지하고 있었다. 이 넓은 사각형의 북쪽 모서리 두 개 가운데 왼쪽에는 애버딘 산, 오른쪽에는 하이바튼 산이 솟아 있다. 북쪽의 머리 강으로 흘러드는 오븐스 강의 지류들과 개울들 덕분에 아름답게 굽이쳐 흐르는 물도 부족하지 않았다. 그래서 여기서는 목축과 농사가 똑같이 성공을 거두었다. 훌륭하게 경작된 1만 에이커의 토지는 이 나라의 산물과 외래 작물을 둘 다 산출하고, 한편에서는 수만 마리의 가축이 초록빛 목장에서 몸을 살찌우고 있었다. 그래서 호텀 농장의 농산물과 축산물은 캐슬메인과 멜버른의 시장에서 가장 비싼 값에 팔리고 있었다.

마이클과 샌디 패터슨이 이런 이야기를 다 했을 때, 양쪽에 참나무가 늘어서 있는 진입로 끝에 집이 나타났다.

에메로필리스 숲 속에 숨어 있는 그 집은 목재와 벽돌로 지은 매력적인 집이었다. 집은 스위스의 산뜻한 산장 같은 모양을 갖추고 있었고, 중국식 등롱이 매달려 있는 베란다가 고대 건축의 빗물받이처럼 집의 외벽을 빙 둘러싸고 있었다. 창문 앞에는 꽃으로 여겨질 만큼 다채로운 색깔의 차양이 열려 있었다. 겉보기에 이보다 더 깔끔하고 이보다 더 쾌적한 집은 없지만, 이보다 더 편안한 집도 없었다. 잔디밭 위와 주위에 심어져 있는 식물들 속에는 위에 멋진 등롱을 얹은 기둥이 서 있었다. 날이 저물면 이 정원 전체가 아카시아나 양치식물 그늘에 숨어 있는 작은

목재와 벽돌로 지은 매력적인 집이었다.

가스통에서 연료를 공급받는 가스등의 하얀 불빛을 받는다.

그뿐만 아니라 별채나 마구간이나 헛간처럼 농장 경영과 관련된 것은 하나도 보이지 않았다. 그런 부속 건물들―20채 이상의 오두막으로 이루어진 하나의 촌락―은 모두 400미터쯤 떨어진 작은 골짜기 끝에 모여 있었다. 그 마을과 주인집 사이에는 전선이 연결되어 있어서 즉시 서로 연락할 수 있도록 되어 있었다. 주인들의 집은 온갖 소음에서 멀리 떨어져, 외래종 나무들이 우거진 숲 속에 파묻혀 있는 것처럼 보였다.

양쪽에 참나무가 늘어선 진입로는 곧 끝났다. 졸졸 흐르는 개울 위에 걸린 우아하고 아담한 철교가 출입 금지된 정원으로 통해 있었다. 그 다리를 건너자 거만한 표정의 집사가 여행자들을 맞으러 나왔다. 문이 열리고, 손님들은 벽돌과 꽃 속에 자리 잡고 있는 호화로운 집으로 들어갔다.

예술 취미를 즐기는 상류 생활의 모든 호화로움이 그들의 눈앞에 펼쳐졌다. 경마와 사냥에 관련된 장식품으로 꾸며진 대기실은 다섯 개의 창문이 있는 널찍한 살롱으로 이어져 있었다. 그곳에는 오래된 악보나 새 악보가 잔뜩 놓여 있는 피아노, 그림을 그리다 만 캔버스가 놓여 있는 이젤, 대리석상이 놓여 있는 대좌가 서 있고, 플랑드르파* 거장들의 그림이 여러 점 벽에 걸려 있고, 무성한 풀처럼 발을 기분 좋게 감싸는 융단이 깔려 있고, 한쪽 벽에는 신화 속의 장면을 수놓은 태피스트리가 걸

---

* 15세기에 플랑드르(벨기에 서부를 중심으로 네덜란드 서부와 프랑스 북부에 걸쳐 있는 지방)를 중심으로 하여 반에이크 형제가 기초를 세운 미술 유파. 회화가 그 중심을 이루었다.

려 있고, 고풍스러운 샹들리에가 천장에 매달려 있고, 귀중한 파엔차* 도자기, 더할 나위 없이 고상한 취미를 보여주는 값비싼 골동품, 보통 사람이 와서 보면 깜짝 놀랄 만큼 값비싸고 섬세한 물건들이 수없이 놓여 있어서, 집주인의 예술적 취향과 컬렉션의 훌륭한 조화를 증명하고 있었다. 스스로 자청한 유배 생활의 권태를 풀 수 있는 모든 것, 유럽의 관습을 추억할 수 있는 모든 것이 이 환상적인 살롱을 장식하고 있었다. 마치 프랑스나 영국의 대귀족 저택에라도 있는 듯한 느낌이 들었다.

다섯 개의 창문으로는 부드러운 햇빛이 들어오고 있었다. 베란다의 그늘에서 이미 부드러워진 햇빛은 차양의 얇은 헝겊을 통과하면서 다시 여과되어 방으로 들어왔다. 헬레나는 그곳으로 다가가 밖을 내다보고 감동했다. 집의 이쪽은 동쪽의 산기슭까지 펼쳐져 있는 광활한 골짜기를 내려다보고 있었다. 초원과 숲의 연속, 여기저기 펼쳐진 넓은 빈터, 우아하고 아름다운 곡선을 그리는 둥그스름한 언덕들, 물결치는 지형은 무어라 형용할 수 없는 풍광을 이루고 있었다. 세계의 어느 지방도 이것과는 비교할 수 없었다. 노르웨이 남부의 텔레마르크에 있는 '낙원의 골짜기'는 그렇게 평판이 높지만, 이곳과는 비교가 되지 않았다. 큰 명암으로 구획된 이 광대한 파노라마는 태양의 변덕에 따라 끊임없이 분위기를 바꾸었다. 인간의 상상력은 이것을 능가할 만한 것을 꿈꿀 수 없었고, 이 매혹적인 조망은 눈의 욕망을 완전히 만족시켰다.

---

* 이탈리아 중북부 에밀리아로마냐 주에 있는 도시. 12세기부터 생산하기 시작된 '파이앙스' 또는 '마졸리카' 도자기로 유명하다.

그럭저럭하는 동안 샌디 패터슨의 지시에 따라 요리사가 서둘러 준비한 식사가 차려졌다. 여행자들은 이곳에 도착한 지 15분도 지나기 전에 음식이 푸짐하게 차려진 식탁 앞에 앉았다. 요리와 포도주의 질이 좋은 것은 논란의 여지가 없었다. 하지만 이런 세련된 풍요로움 속에서 무엇보다도 손님들을 즐겁게 해준 것은 자기네 집에서 이렇게 진수성찬을 대접할 수 있게 된 것을 행복하게 여기는 두 젊은 스콰터의 기쁜 표정이었다.

　게다가 그들은 일행의 여행 목적을 알고 글레나번의 수색에 강한 흥미를 느꼈다. 그리고 그들은 그랜트 선장의 두 아이에게 밝은 희망을 주었다.

　"해리 그랜트 선장은 원주민들에게 잡혔을 겁니다." 마이클이 말했다. "연안지방의 농장에 모습을 나타내지 않았으니까요. 선장은 자신의 위치를 정확히 알고 있었어요. 그것은 문서가 증명하고 있습니다. 그런데 어느 영국인 식민지에 도착하지 않았다면, 상륙하자마자 원주민의 포로가 된 게 분명합니다."

　"갑판원인 에어턴이 바로 그런 꼴을 당했지요." 존 맹글스가 대답했다.

　"그런데 당신들은 '브리타니아'호의 사고 이야기를 전혀 듣지 못하셨나요?" 헬레나가 물었다.

　"전혀 듣지 못했습니다." 마이클이 대답했다.

　"그럼 당신은 원주민에게 붙잡힌 그랜트 선장이 어떤 대우를 받았을 거라고 생각하세요?"

　"오스트레일리아 원주민은 잔인하지 않습니다." 젊은 스콰터가 대답했다. "그랜트 양도 그 점에 대해서는 안심해도 됩니다. 원주민의 성격이 온화하다는 것을 보여주는 예는 많습니다. 몇 몇 유럽인은 오랫동안 그들 속에서 생활했지만 그들의 폭력에 시달린 적은 한 번도 없었어요."

"특히 킹이 그랬지요." 파가넬이 말했다. "버크 탐험대의 유일한 생존자 말입니다."

"그 탐험가만이 아니에요." 샌디가 말을 이었다. "버클리라는 영국 병사도 1803년에 포트필립 해안에서 탈주했다가 원주민에게 발견되어 32년 동안 그들과 함께 살았지요."

"그 시대 이후……" 하고 마이클이 덧붙여 말했다. "《오스트랄라시안》지 최근호가 전한 바에 따르면, 모릴이라는 남자가 16년 동안 원주민의 노예로 지낸 뒤 최근에 고국으로 송환되었답니다. 그랜트 선장의 운명도 같은 운명일 겁니다. 그러니까 희망을 잃지 마세요."

이 말은 그의 말을 들은 사람들에게 더없는 기쁨을 주었다. 그것은 파가넬과 에어턴이 준 정보를 뒷받침하고 있었기 때문이다.

이어서 여자들이 식탁을 떠난 뒤 사람들은 탈옥수에 대해 이야기했다. 패터슨 형제도 캠든 철교의 참사를 알고 있었지만 탈옥수의 존재는 그들에게 어떤 불안도 주지 않았다. 고용인이 100명도 넘는 농장을 그런 악당들이 감히 습격할 리가 없었다. 그리고 머리 지구의 황무지나 도로가 엄격한 감시를 받고 있는 뉴사우스웨일스 쪽에 탈옥수가 발을 들여놓을 가능성은 없다고 생각할 수밖에 없었다. 그리고 에어턴도 역시 그렇게 생각하고 있었다.

글레나번은 이날 하루를 호텀 스테이션에서 보내달라는 집주인들의 청을 거절할 수 없었다. 그것은 열두 시간의 지체를 의미했지만, 한편으로는 열두 시간의 휴식이기도 했다. 말과 소들도 좋은 설비가 갖추어진 마구간에서 천천히 피로를 풀 수 있을 터였다.

그래서 일행은 하루를 거기서 보내기로 했고, 두 청년은 손님 들에게 이날 하루의 계획을 제안했다. 손님들은 그 제안을 흔쾌 히 받아들였다.

정오에 일곱 마리의 늠름한 사냥용 말이 문간에서 대기하고 있었다. 여자들을 위해서는 네 마리의 말이 끄는 우아한 사륜마 차가 준비되었다. 마부는 혼자서 네 마리의 말을 다루는 절묘한 솜씨를 보여줄 수 있었다. 사냥꾼들이 앞장섰다. 훌륭한 연발총 을 든 사냥꾼들은 안장 위에 걸터앉아 출입문 쪽으로 말을 몰았 다. 사냥개인 포인터들이 그 뒤를 따랐다. 개들은 즐겁게 짖으 면서 덤불 속을 뛰어다녔다.

네 시간 동안, 말을 탄 사냥꾼들은 독일 연방을 이루는 작은 나라 하나만큼 넓은 정원을 돌아다녔다. 로이스슐라이츠 백작 령이나 작센코부르크고타 공국은 이 정원 속에 들어가고도 남 았을 것이다. 주민들과는 별로 만나지 않았지만, 그 대신 양은 우글거리고 있었다. 사냥감은 충분했다. 몰이꾼이 아무리 많아 도 이렇게 많은 사냥감을 사냥꾼의 총구 앞으로 내몰지는 못했 을 거라고 여겨질 정도였다. 그래서 숲이나 평원의 평화로운 주 민들을 불안에 빠뜨리는 총성이 곧 연달아서 들리기 시작했다. 로버트는 맥내브스 소령과 나란히 솜씨를 발휘했다. 이 대담한 소년은 누나가 주의를 주었는데도 항상 선두에 서서 맨 먼저 행 동을 개시했다. 하지만 존 맹글스가 로버트를 보살피겠다고 약 속해주었기 때문에 메리는 걱정하지 않았다.

이 사냥에서 사냥꾼들은 이 나라 특산인 동물을 몇 마리 잡았다. 그것은 파가넬조차도 지금까지 이름만 들어본 동물들이었다. 특히 '웜뱃'과 '밴디쿠트'는 파가넬이 이름도 몰랐던 동물들이었다.

웜뱃은 오소리처럼 굴을 파는 초식동물이다. 크기는 양만 하고, 고기가 아주 맛있다.

밴디쿠트는 유대류의 일종인데, 새집 약탈에서는 유럽의 여우보다 솜씨가 뛰어나서 그 스승이라고 말할 수 있지만, 생김새가 상당히 혐오스럽다. 몸길이가 45센티미터쯤 되는 이 동물은 파가넬이 쏜 총알에 맞아 쓰러졌다. 파가넬은 사냥꾼으로서의 자존심 때문에 이 동물이 매력적이라고 생각했다. "귀여운 녀석이군" 하고 그는 말했다.

로버트는 커다란 사냥감 중에서는 작은 여우 같은 동물이고 그 하얀 반점이 있는 검은 모피가 표범에 못지않은 '비베린'과 큰 나뭇가지 속에 숨어 있던 오포섬 한 쌍을 쏘아 죽였다.

하지만 그중에서도 가장 재미있었던 것은 물론 캥거루 사냥이었다. 사냥개들은 4시쯤 이 진기한 유대류 무리를 몰아냈다. 새끼는 황급히 어미의 주머니 속으로 들어가고, 캥거루들은 줄지어 달아나기 시작했다. 캥거루의 맹렬한 도약은 정말 놀랄 만했다. 앞다리보다 두 배나 긴 뒷다리는 용수철 같은 작용을 한다.

달아나는 무리의 선두에는 벌목꾼들이 '대장'이라고 부르는 150센티미터 정도의 수놈이 달리고 있었다. 그 캥거루는 '동부회색캥거루'*의 멋진 표본이었다.

---

* 오스트레일리아 동남부의 비옥한 지역에서 발견되는 유대류로 수백만 마리가 된다. 수컷은 무게 65킬로그램, 키는 뒷다리가 커서 2미터나 된다. 학명 'Macropus giganteus'은 '아주 큰 다리'라는 뜻.

사냥꾼들은 7, 8킬로미터쯤 캥거루 무리를 추적했다. 캥거루는 지치지 않았고, 사냥개들은 날카로운 발톱이 있는 튼튼한 캥거루 앞다리가 무서워서 가까이 다가가려 하지 않았다. 하지만 결국 달리기에 지쳐서 캥거루 무리는 멈춰 섰고, '대장'은 나무줄기를 등지고 싸울 태세를 갖추었다. 포인터 한 마리가 조급한 마음에 대장 곁으로 다가가 이리저리 뛰어다녔다. 잠시 후 대장에게 걷어차인 그 개는 공중으로 날아올랐다가 배가 갈라진 채 떨어졌다. 물론 개들이 모두 덤벼들었어도 그 강력한 유대류를 제압할 수는 없었을 것이다. 그래서 결국 총을 꺼내야 했고, 총알만이 그 거대한 사냥감을 쓰러뜨릴 수 있었다.

이때 로버트는 하마터면 그 무모함의 대가를 치를 뻔했다. 겨냥을 확실히 하려고 캥거루 바로 옆까지 다가갔기 때문에 캥거루가 한 번 펄쩍 뛰어 그에게 덤벼들었던 것이다. 메리 그랜트는 사륜마차 안에서 공포에 질려 소리도 지르지 못하고 눈도 거의 보이지 않는 상태로 동생을 향해 손을 뻗었다. 사냥꾼들은 아무도 캥거루에게 총을 쏠 엄두를 내지 못했다. 로버트가 총에 맞을 위험이 있었기 때문이다.

하지만 갑자기 존 맹글스가 사냥칼을 빼들더니, 배가 터질 위험을 무릅쓰고 캥거루에게 덤벼들어 심장을 찔렀다. 캥거루는 쓰러졌고 로버트는 상처 하나 입지 않고 일어났다. 잠시 후 그는 누나의 품에 안겨 있었다.

"고맙습니다, 선장님! 고맙습니다!" 메리는 젊은 선장에게 손을 내밀면서 말했다.

존 맹글스는 메리의 떨리는 손을 잡으면서 "이 녀석은 내가 책임을 진다니까요." 하고 대답했다.

캥거루 사냥.

이 사건으로 사냥은 끝났다. 유대류 무리는 대장이 죽어버리자 뿔뿔이 흩어졌고, 대장의 시체는 집으로 옮겨졌다. 벌써 오후 6시였다. 훌륭한 만찬이 사냥꾼들을 기다리고 있었다. 여러 가지 요리 중에서도 현지식으로 만든 캥거루 꼬리탕이 큰 인기를 얻었다.

디저트로 아이스크림과 샤베트를 먹은 뒤 그들은 살롱으로 자리를 옮겼다. 밤 시간은 음악에 바쳐졌다. 뛰어난 피아니스트인 헬레나는 농장주들에게 재능을 보여주었다. 마이클과 샌디는 샤를 구노와 빅토르 마세, 펠리시앙 다비드, 리하르트 바그너*의 최신 악보에서 몇 소절을 더할 나위 없이 멋지게 노래했다.

11시에 차가 나왔다. 영국인 말고는 어떤 나라 사람도 흉내낼 수 없을 만큼 완벽하게 끓인 차였다. 하지만 파가넬은 오스트레일리아식으로 끓인 차를 마시고 싶다고 말했기 때문에 하인은 그에게 잉크처럼 검은 액체를 가져왔다. 물 1리터에 200그램의 차를 넣고 네 시간 동안 달인 것이었다. 파가넬은 얼굴을 찡그리면서도 차가 아주 맛있다고 말했다.

밤 12시에 손님들은 각자 서늘하고 편안한 침실로 안내되어, 이날 하루의 즐거움을 꿈속에서도 계속 누렸다.

이튿날 새벽에 그들은 두 젊은 농장주에게 작별을 고했다. 두 젊은이에게 진심으로 고맙다고 말하고, 그들이 유럽에 돌아오

---

* 샤를 구노(1818∼1893): 프랑스의 작곡가. 빅토르 마세(1822∼1884): 프랑스의 작곡가. 펠리시앙 다비드(1810∼1876): 프랑스의 작곡가. 리하르트 바그너(1813∼1883): 독일의 작곡가.

면 맬컴 성을 꼭 방문하겠다는 약속을 받아냈다. 이윽고 달구지가 움직이기 시작했다. 호텀 산의 산자락을 돌자 그 집은 찰나의 환상처럼 여행자들의 눈에서 사라졌다. 하지만 거기서 8킬로미터를 가는 동안 그들이 탄 말들은 여전히 호텀 스테이션의 땅을 밟고 있었다.

9시가 되어서야 그 작은 무리는 마지막 울타리를 넘어, 빅토리아 주에서도 거의 알려지지 않은 지역으로 들어갔다.

# 18

## 오스트레일리아알프스 산맥

거대한 장벽이 남동쪽에서 길을 가로지르고 있었다. 그것은 오스트레일리아알프스 산맥이었다. 이 광대한 요새는 2400킬로미터에 걸쳐 구불구불 이어지고, 지상 1200미터 높이에서 구름의 이동을 방해하고 있다.

흐린 하늘은 안개 장막에 걸러진 빛밖에는 땅에 보내지 않았다. 그래서 온도는 견디기 쉬웠지만, 땅은 벌써 기복이 심해지고 있어서 전진하기가 힘들었다. 평원의 융기는 점점 확실해졌다. 초록빛의 어린 고무나무가 자라는 언덕 몇 개가 여기저기 부풀어 있고, 더 먼 곳에서는 윤곽이 더욱 뚜렷한 융기들이 산맥의 첫 단계를 이루고 있었다. 이제부터는 계속 오르막을 오르지 않으면 안 된다. 그것은 무겁고 거추장스러운 달구지를 끄는 것이 소들에게 주는 부담을 보면 확실히 알 수 있었다. 소들은 시끄럽게 콧김을 내뿜고, 정강이 근육은 금방이라도 찢어질 것처럼 긴장했다. 달구지 옆판은 아무리 솜씨가 뛰어난 에어턴도 피할 수 없는 뜻밖의 충격이 올 때마다 삐걱거렸다. 여자들은 그것도 어쩔 수 없는 일이라 여기고 체념했다.

존 맹글스와 두 선원은 수백 걸음 앞장서서 길을 정찰했다. 그나마 그들이 선택한 길은 간신히 지나갈 수 있는 데다, 통로가 아니라 수로라 해도 이상하지 않을 정도였다. 지면이 이렇게 급격히 오르내리는 것은 바다의 암초나 마찬가지였고, 달구지는 그 사이를 누비며 가장 좋은 수로를 찾아가는 것이므로, 이것은 그야말로 파도처럼 구불구불한 땅속의 항해였다.

어렵고 위험한 일이었다. 윌슨은 몇 번이나 도끼를 휘둘러 빽빽한 관목 사이에 통로를 뚫어야 했다. 질퍽질퍽한 진흙땅은 발을 떠받쳐주지 못했다. 높은 화강암 덩어리나 깊은 구덩이나 안심할 수 없는 늪도 극복할 수 없는 장애물이었다. 그런 장애물이 나타나면 아무래도 우회할 수밖에 없었고, 그러면 가야 하는 거리는 길어졌다. 그래서 저녁이 되어서야 겨우 0.5도(경도 1도의 절반)의 여정을 마쳤을 뿐이었다. 일행은 알프스 산기슭의 코봉그라 시냇가에 캠프를 차렸다. 그곳은 새빨간 잎이 눈을 즐겁게 해주는 1, 2미터 높이의 관목에 덮인 평원 가장자리에 자리 잡고 있었다.

"저걸 넘기는 어려워!" 벌써 어둠 속에 그 실루엣이 녹아들기 시작한 산맥을 바라보면서 글레나번이 말했다. "알프스! 그 이름 자체가 심사숙고할 여지를 주는군!"

"조금 에누리해서 생각하지 않으면 안 됩니다." 파가넬이 말했다. "스위스를 끝에서 끝까지 가로지르는 것과 같다고 생각하면 안 돼요. 오스트레일리아에는 유럽이나 미국과 마찬가지로 그램피언 산맥도 있고 피레네 산맥도 있고 알프스 산맥도 있고 블루 산도 있지만, 모두 소규모예요. 이것은 지리학자의 상상력이 무한하지 않다는 것, 또는 고유명사의 어휘는 정말 빈곤하다는 것을 증명할 뿐이지요."

"그러면 오스트레일리아알프스는요?" 헬레나가 물었다.

"문고판 산일 뿐이죠." 파가넬이 대답했다. "언제 넘었는지도 모르는 사이에 넘게 될 겁니다."

"당신이나 그렇겠지." 소령이 말했다. "웬만큼 얼빠진 사람이 아니고서야 산을 넘는 줄도 모르고 넘을 수는 없어요."

"얼빠진 사람이라고요?" 파가넬이 외쳤다. "하지만 나는 이제 얼빠지지 않았어요. 그 점에 대한 판정은 이 여자분들에게 맡기겠습니다. 이 대륙에 발을 들여놓은 이후 내가 한 번이라도 잘못한 적이 있습니까? 내가 실수를 저질렀다고 비난할 수 있습니까?"

"전혀 없어요, 선생님." 메리 그랜트가 말했다. "지금은 흠잡을 데가 전혀 없는 분이세요."

"지나치게 완벽해요." 헬레나도 웃으면서 덧붙였다. "선생님의 실수는 선생님한테 아주 잘 어울렸는데."

"나답지 않았나요?" 파가넬이 말했다. "지금 나에게 결점이 전혀 없다면 나는 곧 다른 사람들과 비슷해질 겁니다. 그래서 나는 오래지 않아 여러분을 한바탕 웃게 해줄 실수를 저지르고 싶어요. 실수를 저지르지 않으면 사명을 다하지 못하고 있는 듯한 기분이 든다니까요."

이튿날인 1월 9일, 낙관적인 지리학자의 보증에도 불구하고 알프스의 고개를 넘는 것은 상당히 어려웠다. 그들은 모험을 할 수밖에 없었고, 거기가 출구라는 확신도 갖지 못한 채 좁은 골짜기 안으로 들어가야 했다.

한 시간쯤 나아간 뒤, 여관인지 술집인지는 모르지만 그런 가게가 뜻밖에도 산길 옆에 나타나지 않았다면 에어턴은 아마 몹시 당황했을 것이다.

"야아!" 파가넬이 외쳤다. "이 선술집 주인은 이런 데서는 돈을 벌 수 없어요! 여기서 이런 선술집이 무슨 쓸모가 있겠어요?"

"앞으로의 진로에 대해 필요한 정보를 줄 수도 있겠지요." 글레나번이 대답했다. "들어갑시다!"

글레나번은 에어턴을 데리고 주막으로 들어갔다. '부시 주막'이라는 간판이 걸려 있었다. 주인은 발붙일 곳이 없는 듯한 얼굴을 하고, 제 술집에 놓여 있는 브랜디나 위스키에 관해서는 자기 자신을 제일가는 고객으로 여기고 있었던 게 분명하다. 그는 보통은 여행하는 스콰터나 가축을 모는 목부밖에 만나지 못했다.

그는 자기한테 던져진 질문에 불쾌한 표정으로 대답했다. 하지만 그의 대답만 듣고도 에어턴은 진로에 대한 결정을 내릴 수 있었다. 글레나번은 주인에게 감사의 뜻으로 은화를 몇 닢 주고 술집에서 나오려고 했다. 그때 벽에 나붙은 벽보가 그의 눈길을 끌었다.

그것은 퍼스 감옥에서 죄수가 탈옥한 것을 알리고, 벤 조이스라는 탈옥수의 목에 현상금을 건 식민지 경찰의 통첩이었다. 그를 경찰에 넘겨준 자에게는 100파운드를 준다는 것이었다.

"이놈은 교수형을 당해도 쌀 악당이 분명해." 글레나번이 에어턴에게 말했다.

"어쨌든 붙잡을 가치는 있군요." 에어턴이 대답했다. "100파운드! 이건 엄청난 돈입니다! 그럴 만한 인간은 아닌데."

"저 주인도⋯⋯" 하고 글레나번이 덧붙였다. "저런 벽보를 붙여놓긴 했지만, 내가 보기에는 아무래도 방심할 수 없어."

"저도 그렇게 생각합니다." 에어턴이 대답했다.

글레나번과 에어턴은 달구지로 돌아갔다. 일행은 러크나우 가도가 끝나는 지점으로 갔다. 그곳에는 구불구불한 좁은 산길이 산맥을 비스듬히 가로지르고 있었다. 오르막이 시작되었다.

힘든 등산이었다. 여자들도 남자들도 여러 번 땅으로 내려와야 했다. 수레바퀴를 잡아서 밀거나, 위험한 비탈에서 달구지가 미끄러지지 않도록 잡고 있거나, 급커브에서는 달구지 때문에 몸을 자유롭게 움직일 수 없는 소들을 달구지에서 떼어놓거나, 자꾸만 뒤로 미끄러지려는 달구지의 바퀴에 무언가를 끼워 넣어야 했기 때문이다. 그리고 에어턴은 높은 곳에 오르느라 지쳐버린 말에게 도움을 청해야 할 때도 많았다.

오래 계속되는 피로 때문인지, 아니면 전혀 다른 이유 때문인지 그날 말 한 마리가 죽었다. 아무 징후도 없이, 그렇게 되리라고는 예상도 못했을 때 갑자기 말이 털썩 쓰러졌다. 그것은 멀래디의 말이었다. 그리고 그가 말을 일으키려고 보니 짐승은 이미 죽어 있었다.

에어턴은 땅바닥에 누워 있는 말을 살펴보러 왔지만, 무엇 때문에 급사했는지 전혀 모르는 것 같았다.

"이 말은 혈관이 터진 게 분명해." 글레나번이 말했다.

"분명 그렇습니다." 에어턴이 대답했다.

"내 말을 타게, 멀래디. 나는 헬레나와 함께 달구지를 타고 가겠네." 글레나번이 덧붙여 말했다.

멀래디는 그 말에 따랐고, 작은 무리는 말의 시체를 까마귀들한테 맡기고 힘든 등산을 계속했다.

오스트레일리아알프스 산맥은 별로 깊지 않고, 그 기슭은 너비가 13킬로미터도 되지 않는다. 그래서 에어턴이 선택한 고개가 산 동쪽으로 통해 있다면, 48시간 뒤에는 이 높은 장벽을 넘을 수 있을 터였다. 그렇게 되면 거기서 바다까지는 넘어야 할 장애물이나 힘든 길은 없다.

1월 10일, 일행은 고도가 약 600미터쯤 되는 고갯마루에 섰다. 그곳은 탁 트인 고원이어서 멀리까지 조망이 펼쳐져 있었다. 북쪽에는 물새들이 점점이 떠 있는 오메오 호수의 잔잔한 수면이 반짝이고, 그 너머는 광대한 머리 평원이었다. 남쪽에는 금이 풍부하게 산출되고 키 큰 나무가 우거진 깁슬랜드가 펼쳐져 있었다. 그곳에서는 아직도 자연이 그 땅의 산물과 물의 주인이고, 아직 벌목꾼의 도끼 맛을 보지 못한 거대한 나무들의 주인이다. 당시 다섯 명밖에 안 되는 스콰터들은 감히 그 자연과 맞서 싸울 엄두도 내지 못했다. 이 알프스 산맥은 서로 다른 두 지방을 가르고 있었는데, 한쪽은 아직 원시적인 야생 상태를 유지하고 있었다.

이제 날이 저물어, 몇 줄기 햇살이 붉은 구름을 뚫고 머리 지방을 환하게 비추고 있었다. 반대로 산들 뒤에 숨은 깁슬랜드는 갑자기 밤이 찾아온 것처럼 짙은 어둠에 싸여 있었다. 이렇게 확연히 갈라진 두 지역의 중간에 서서 빅토리아 주의 경계까지 펼쳐져 있는 미지의 땅을 내려다보는 사람들에게는 이 대조가 더욱 뚜렷하게 느껴졌다. 이제 그들은 바로 그 지역을 건너가려 하고 있었다.

일행은 그 고원에서 야영을 했다. 그리고 이튿날 산을 내려가기 시작했다. 내려갈 때는 속도가 상당히 빨랐다. 맹렬한 싸라기눈이 여행자들을 덮쳐서 바위 그늘로 몸을 피하지 않으면 안 되었다. 구름에서 떨어지는 것은 우박이 아니라 진짜 얼음덩어리였다. 투석기도 이렇게 강력하게 돌을 던지지는 못할 것이다. 몸 여기저기에 타박상을 입은 파가넬과 로버트는 우박을 피해야 한다는 것을 깨달았다. 달구지는 구멍투성이가 되었다. 나무줄기에 박혀 있는 우박도 있을 정도여서, 이 날카로운 얼음덩어리의 낙하를 견딜 수 있는 지붕은 별로 없을 것이다. 죽지 않으려면 이 소나기가 끝나기를 기다릴 수밖에 없었다. 한 시간쯤 지나자 소나기가 그쳤다. 일행은 소나기에 흠뻑 젖어서 몹시 미끄러운 바위를 다시 내려가기 시작했다.

　저녁 무렵, 달구지는 차체의 여러 부분이 해체된 채 심하게 흔들리며, 그래도 나무로 만든 바퀴 위에 듬직하게 자리를 잡고 드문드문 서 있는 거대한 전나무 사이를 누비며 알프스의 마지막 내리막길을 내려갔다. 고갯길은 깁슬랜드의 평원으로 이어져 있었다. 그들은 이제 알프스 산맥을 무사히 넘고, 여느 때처럼 야영할 준비를 했다.

　12일 새벽에 그들은 여전히 쇠퇴하지 않는 열의를 갖고 다시 여행을 시작했다. 모두 목적지인 태평양, 즉 '브리타니아'호가 난파한 그곳에 빨리 도착하고 싶어 했다. 조난자들의 발자취를 실제로 발견할 수 있는 곳은 이런 인적 없는 깁슬랜드가 아니라 바로 거기였다. 그래서 에어턴은 글레나번에게 모든 수색 수단을 가까이에 두기 위해 '덩컨'호에 해안으로 회항하라는 명령을 내리라고 계속 권했다. 그는 멜버른으로 통하는 러크나우 가도

맹렬한 싸라기눈이 여행자들을 덮쳤다.

를 이용해야 한다고 생각했다. 나중에는 수도와 직접 연결되는 길을 찾기가 어려워질 거라고 말했다.

이 갑판원의 권고는 실행할 가치가 있는 것처럼 여겨졌다. 파가넬은 그 문제를 고려해보라고 권했다. 그는 또한 이런 경우에는 요트가 있어주면 큰 도움이 된다고 생각했고, 러크나우 가도를 통과하고 나면 멜버른과 연락할 수 없게 될 거라고 덧붙였다.

글레나번은 결심을 하지 못했다. 그리고 소령이 단호하게 반대하지 않았다면 에어턴이 특별히 요구한 그 명령을 내렸을지도 모른다. 소령은 에어턴의 존재가 일행을 위해 필요하다는 것, 해안이 가까워질수록 에어턴은 그곳 사정을 잘 알게 된다는 것, 이 일행이 그랜트 선장의 자취를 발견했다면 에어턴은 누구보다도 그것을 추적할 능력을 갖고 있다는 것, 결국 '브리타니아'호가 난파한 장소를 지적할 수 있는 것은 에어턴뿐이라는 것을 증명했다.

그래서 소령은 지금까지의 계획을 바꾸지 말고 여행을 계속해야 한다고 주장했다. 그는 존 맹글스를 자기편으로 끌어들였다. 존 맹글스는 소령의 의견에 동의했다. 뿐만 아니라 젊은 선장은 글레나번이 명령을 내릴 경우 투폴드 만에서 명령을 보내는 편이 300킬로미터의 황무지를 달려야 하는 파발꾼에게 맡기는 것보다 쉽게 '덩컨'호에 명령이 전달될 거라고 지적했다. 이 의견이 이겼다. 그들은 투폴드 만에 도착할 때까지 기다렸다가 행동으로 옮기기로 했다. 소령은 에어턴을 관찰했다. 에어턴은 몹시 실망한 것처럼 보였다. 하지만 에어턴은 거기에 대해 아무 말도 하지 않았고, 여느 때처럼 제 의견을 털어놓으려고도 하지 않았다.

오스트레일리아알프스 산맥 기슭에 펼쳐져 있는 평원은 동쪽으로 약간 경사져 있을 뿐 대체로 평탄했다. 미모사, 유칼립투스, 각종 고무나무가 우거진 큰 숲이 곳곳에서 단조로움을 깨뜨리고 있었다. 눈이 번쩍 뜨일 것 같은 꽃을 단 '가스트롤로비움 그란디플로룸'이 관목 숲을 이루고 있었다. 작은 개울들이 이따금 길을 가로지르고 있었다. 개울가에는 난과 식물이 위세를 부리며 번성하고 있었다. 일행은 걸어서 개울을 건넜다. 멀리서 나그네들이 다가오는 것을 보고 느시와 화식조 무리가 달아났다. 관목 위를 캥거루들이 꼭두각시처럼 뛰어다니고 있었다. 하지만 일행 가운데 사냥을 좋아하는 사람들도 사냥할 마음이 나지 않았고, 말들도 쓸데없이 힘을 낭비하고 싶어 하지 않았다.

게다가 푹푹 찌는 더위가 일대를 덮치고 있었다. 대기 속에 전기가 포화 상태를 이루고 있었다. 동물도 인간도 그 영향을 받았다. 그들은 오로지 앞으로 나아갈 뿐이었다. 침묵을 깨는 것은 지친 소들을 격려하는 에어턴의 외침 소리뿐이었다.

정오부터 2시까지 일행은 기묘한 양치식물 숲을 가로질렀는데, 그들이 이렇게 지치지 않았다면 그 숲을 보고 감탄했을 것이다. 이 식물들은 마침 꽃이 한창일 때였고, 높이는 무려 7, 8미터에 이르렀다. 말들도 말을 탄 사람들도 축 늘어진 나뭇가지 아래를 자유롭게 지나갈 수 있었고, 이따금 박차의 톱니가 그 나무줄기에 부딪혀 소리를 냈다. 이 천연의 양산 밑에는 아무도 불평할 수 없는 서늘함이 고여 있었다. 언제나 감정을 분명히 표현하는 자크 파가넬은 몇 번이나 만족스러운 듯한 한숨을 쉬었고, 거기에 놀란 앵무새와 잉꼬가 떼 지어 날아올랐다. 귀가 먹먹해질 만큼 요란하게 지저귀는 소리가 일어났다.

일행은 기묘한 양치식물 숲을 가로질렀다.

지리학자는 점점 요란하게 소리를 지르거나 지껄이고 있었지만, 그러는 동안 동료들은 그가 갑자기 말 위에서 비틀거리다가 털썩 고꾸라지는 것을 보았다. 현기증이라도 났을까? 아니, 그보다 더위를 먹고 기절했을까? 사람들은 그에게 달려갔다.

"파가넬! 왜 그래요?" 글레나번이 외쳤다.

"말이!" 파가넬이 등자에서 발을 빼내면서 중얼거렸다.

"말이? 왜요?"

"죽어버렸어요. 멀래디의 말처럼 급사한 거예요!"

글레나번과 존 맹글스와 윌슨은 죽은 말을 조사해보았다. 파가넬의 말이 옳았다. 그의 말은 지금 갑자기 쓰러져서 죽어버렸다.

"이거 참 묘하군." 존 맹글스가 말했다.

"정말 이상하기 짝이 없어." 소령이 중얼거렸다.

글레나번은 이 사고를 언제까지나 마음에 두고 끙끙 앓지는 않았다. 무인지경인 이곳에서는 새 말을 살 수도 없었다. 그런데 만약 전염병이 덮쳤다면 여행을 계속하기는 어려울 것이다.

그런데 그날이 다 가기도 전에 아무래도 '전염병'이라는 가정이 맞는 것처럼 생각되었다. 이번에는 윌슨의 말이 갑자기 죽은 것이다. 게다가 이것이 훨씬 더 중대한 일이겠지만 소 한 마리도 풀썩 쓰러져 죽었다. 이제 사람들을 태우고 달구지를 끌 짐승은 소 세 마리와 말 네 마리밖에 남지 않았다.

사태가 심각해졌다. 말을 잃은 사람은 결국 걸어가면 되었다. 많은 스콰터들이 이 황무지를 그렇게 걸어 다녔다. 하지만 달구지를 버리고 가야 한다면 여자들은 어떻게 될 것인가? 투폴드만까지 남은 190킬로미터를 여자들이 걸어갈 수 있을까? 존 맹글스와 글레나번은 걱정 어린 눈으로 살아남은 말들을 조사해 보았다. 어쩌면 앞으로 사고가 일어나는 것을 막을 수 있을지도 모른다. 조사해본 결과, 어떤 병에 걸린 징후도 없었고 쇠약해진 징후도 보이지 않았다. 동물들은 더할 나위 없이 건강했고 여행의 피로를 씩씩하게 견디고 있었다. 그래서 글레나번은 이제는 전염병에 걸려 죽을 말이나 소는 없을 거라는 희망을 가졌다.

그것은 에어턴의 의견이기도 했다.

사람들은 다시 전진하기 시작했다. 걷다가 지친 사람들은 달구지를 타고 휴식을 취했다. 그날은 겨우 15킬로미터만 걷고 저녁이 되어 정지 신호가 내려졌다. 캠프가 설치되고, 커다란 양치식물 밑에서 무사히 하룻밤을 보냈다. '날아다니는 여우'라는 적절한 이름이 붙어 있는 거대한 박쥐가 양치식물 사이를 날아다니고 있었다.

이튿날인 1월 13일은 태평한 하루였다. 전날 같은 사고는 되풀이되지 않았다. 일행의 건강 상태는 계속 만족스러웠다. 말과 소들도 활기차게 임무를 다했다. 헬레나의 살롱에 몰려드는 손님들 덕분에 달구지는 활기가 넘쳤다. 30도나 되는 더위 때문에 꼭 필요한 음료를 제공하기 위해 올비넷이 대활약을 했다. 맥주가 반 통 소비되었다. 사람들은 맥주회사 사장이야말로 영국에서 가장 위대한 인물이라고 선언했다. 웰링턴*보다 더 위대하다는 것이다. 웰링턴은 이런 고급 맥주를 만든 적이 없기 때

---

* 아서 웰즐리 웰링턴(1769~1852): 영국의 군인·정치가. 1815년 영국-프로이센 연합군 사령관이 되어 나폴레옹의 프랑스군을 워털루에서 격파했다.

문이다. 자크 파가넬은 마음껏 술을 마시고 'de omni re scibili' (인간이 알 수 있는 모든 것)에 대해 떠들어댔다.

이렇게 처음이 좋은 하루는 끝도 좋을 것으로 여겨졌다. 25킬로미터는 충분히 전진했고, 기복이 심하고 황토에 덮인 지방도 무사히 지났다. 그날 밤에는 빅토리아 주 남부에서 태평양으로 흘러드는 스노이 강변에서 야영할 수 있을 것으로 여겨졌다. 달구지의 바퀴는 풀과 '가스트롤로비움'이 무성한 들판을 지나고, 거무스름한 충적토로 이루어진 넓은 평원에 바퀴 자국을 남겼다. 저녁이 되어, 지평선에 또렷이 윤곽을 그리는 안개가 스노이 강의 위치를 알려주었다. 소들을 격려하여 7, 8킬로미터를 더 전진했다. 작은 언덕 뒤로 돌아가자 키 큰 나무들이 숲을 이루고 있었다. 에어턴은 다소 과로한 것처럼 보이는 소들을 어둠 속에 잠겨 있는 굵은 나무줄기 사이로 몰고 갔다. 강에서 1킬로미터쯤 떨어진 곳에서 숲을 벗어났을 때 달구지가 갑자기 바퀴 통까지 진창에 빠져버렸다.

"조심하세요!" 에어턴은 말을 타고 뒤따르는 사람들한테 외쳤다.

"도대체 왜 그래?" 글레나번이 물었다.

"진창에 빠졌습니다."

에어턴은 소리를 지르고 소들을 채찍 막대로 찌르면서 채근했지만, 다리의 절반이 진창에 빠져버린 짐승들은 꼼짝도 하지 못했다.

"여기서 야영합시다." 존 맹글스가 말했다.

"그게 좋겠습니다." 에어턴이 대답했다. "내일 날이 밝으면 어떻게든 빠져나가도록 해보겠습니다."

"정지!" 글레나번이 외쳤다.

짧은 황혼에 이어 당장 밤이 찾아왔지만, 더위는 햇빛과 함께 물러가지 않았다. 대기는 숨 막힐 듯한 증기를 머금고 있었다. 멀리 떨어진 폭풍의 눈부신 반사인 번개가 지평선에서 타올랐다. 야영지가 마련되었다. 진창에 빠진 달구지도 어떻게든 모양이 갖추어졌다. 둥근 지붕 같은 교목이 여행자들의 텐트를 덮고 있었다. 비만 오지 않으면 불평하지 않겠다고 그들은 결심했다.

에어턴은 무진 애를 써서 진창에 빠진 소 세 마리를 그 불안정한 지면에서 끌어내는 데 성공했다. 이 용감한 짐승들은 배까지 진창에 빠져 있었다. 에어턴은 그 소들을 말 네 마리와 같은 우리에 넣었다. 그리고 소들이 먹을 나뭇잎을 찾는 일은 누구에게도 맡기지 않았다. 그는 이 일을 아주 교묘하게 해냈지만, 이날 밤은 그가 여느 때보다 더 공들여 소들의 먹이를 찾는 것을 보고 글레나번은 그에게 감사했다. 소를 지키는 것은 사느냐 죽느냐 하는 문제였기 때문이다.

그러는 동안 일행은 소박한 저녁을 먹었다. 피로와 더위 때문에 허기는 별로 느껴지지 않았다. 그들에게 필요한 것은 음식이 아니라 휴식이었다. 헬레나와 메리는 일행에게 잘 자라고 인사한 뒤 여느 때의 침상으로 돌아갔다. 남자들은 각자 기호에 따라 천막 안으로 들어가는 사람도 있고 나무 아래의 푹신한 풀밭에 눕는 사람도 있었다. 건강에 좋은 이 지방에서는 이런 한뎃잠도 해롭거나 괴롭지 않았다.

사람들은 차츰 답답한 잠 속으로 빠져들었다. 하늘을 뒤덮은 구름장 밑에서 어둠은 점점 짙어졌다. 대기 속에는 가벼운 산들바람도 없었다. 밤의 적막을 깨뜨리는 것은 유럽의 뻐꾸기처럼

폭풍의 눈부신 반사인 번개가 지평선에서 타올랐다.

놀랄 만큼 정확하게 '단(短)3도' 음을 내는 쏙독새의 목메인 듯한 외침 소리뿐이었다.

11시쯤 소령은 기력을 빼앗는 답답하고 불쾌한 잠에서 깨어났다. 큰 나무 밑에서 움직이는 어렴풋한 빛이 반쯤 감긴 그의 눈을 쏘았다. 처음에는 불이 나서 그 불빛이 지상에 퍼지고 있는 건 아닌가 하고 생각했다.

그는 벌떡 일어나 숲 쪽으로 걸어갔다. 눈앞에 지극히 자연스러운 현상 하나가 펼쳐져 있는 것을 보았을 때 그는 깜짝 놀랐다. 그의 눈 밑에는 인광을 내는 버섯이 많이 모여 넓은 면을 이루고 있었다. 이 민꽃식물의 포자는 어둠 속에서 인광을 내며 상당히 강렬하게 빛나고 있었다.

소령은 이기주의자가 아니었기 때문에, 파가넬이 이 현상을 직접 확인할 수 있도록 그를 깨우러 가려고 했지만 어떤 사건이 그를 붙잡았다.

인광은 7, 800미터에 걸쳐 숲을 환하게 비추고 있었는데, 소령은 그 빛이 미치는 범위의 가장자리를 어떤 그림자가 재빨리 가로지르는 것을 본 듯한 기분이 들었다. 그것은 눈의 착각이었을까? 착각에 속은 것일까? 소령은 땅바닥에 엎드렸다. 그리고 유심히 관찰한 끝에 남자 몇 명을 분명히 알아보았다. 그들은 몸을 숙였다 폈다 하면서 아직 생긴 지 얼마 안 된 발자국을 땅바닥에서 찾고 있는 것 같았다.

그들이 무엇을 하려고 하는지를 알아내야 했다.

소령은 망설이지 않았다. 그리고 동료들을 깨우지 않고 초원에 사는 야만인처럼 땅 위를 포복으로 기어서 키 자란 풀숲 속으로 모습을 감추었다.

소령은 키 자란 풀숲 속으로 모습을 감추었다.

# 19

## 국면 전환

무서운 하룻밤이었다. 오전 2시에 비가 내리기 시작했다. 폭풍을 품은 구름이 날이 밝을 때까지 계속 비를 퍼부었다. 줄기차게 내리는 비였다. 텐트로는 비를 막을 수 없었다. 글레나번과 동료들은 비를 피해 달구지 안으로 들어갔다. 그들은 잠을 자지 않고 이런저런 이야기를 나누었다. 소령만은—그가 잠깐 사라졌던 것을 사람들은 알아차리지 못했다—한 마디도 하지 않고 귀를 기울이고 있었다. 비는 계속 억수같이 쏟아졌다. 스노이 강이 범람하지 않을까 걱정될 정도였다. 그렇게 되면 진창에 빠져버린 달구지가 큰일이었다. 그래서 멀레디와 에어턴과 존 맹글스는 몇 번이나 강의 수위를 살펴보러 갔다가 머리부터 발끝까지 흠뻑 젖어서 돌아왔다.

마침내 아침이 되었다. 비는 그쳤지만 햇빛은 두꺼운 구름 장막을 뚫지 못했다. 탁한 흙탕물이 고인 늪이라고 해야 할 누리끼리한 웅덩이 때문에 땅이 던적스러워 보였다. 따뜻한 김이 물에 잠긴 땅에서 피어올라 건강에 좋지 않은 습기로 대기를 가득 채웠다.

글레나번은 우선 달구지에 신경을 썼다. 그에게는 그것이 가장 중요했다. 사람들은 달구지를 조사해보았다. 달구지는 큰 구덩이 한복판에서 걸쭉한 진흙탕 속에 들어가 있었다. 앞바퀴는 완전히 물에 빠져 있었고, 뒷바퀴는 차축과 바퀴통의 접합부까지 잠겨 있었다. 이 무거운 달구지를 끌어내는 것은 힘든 일이고, 인간과 소와 말이 전력을 다해도 충분하다고는 말할 수 없었을 것이다.

"어쨌든 서둘러야 합니다." 존 맹글스가 말했다. "이 진흙탕이 마르기 시작하면 일하기가 더 어려워질 거예요."

"서두릅시다." 에어턴도 거들었다.

글레나번과 두 선원, 존 맹글스와 에어턴은 소와 말들이 밤을 보낸 숲으로 들어갔다.

그것은 왠지 으스스한 느낌을 주는 고무나무 숲이었다. 띄엄띄엄 서 있는 고무나무는 벌써 수백 년 전부터 줄기 껍질이 벗겨진, 아니 수확할 때의 코르크나무처럼 껍질이 벗겨진 고목뿐이었다. 지상에서 50미터 높이에 잎이 다 떨어진 나뭇가지 몇 개가 엇갈리고 있을 뿐이었다. 이 공중의 해골에는 한 쌍의 새도 둥지를 짓지 않았다. 뼈의 퇴적처럼 메말라 딱딱 소리를 내는 이 나뭇가지에는 잎이 한 장도 살랑거리고 있지 않았다. 숲 전체가 전염병에 걸린 것처럼 말라죽는 오스트레일리아에서 자주 볼 수 있는 이 현상은 어떤 자연재해 때문일까? 그것은 알 수 없었다. 지금 가장 연로한 원주민도, 오래전에 땅속에 묻힌 그의 조상들도 그 숲이 푸른 것을 한 번도 본 적이 없었다.

글레나번은 걸으면서 고무나무의 가장 작은 가지가 또렷이 떠올라 있는 회색 하늘을 바라보았다. 에어턴은 자기가 데려다 둔 곳에 말도 소도 보이지 않는 것을 보고 깜짝 놀랐다. 족쇄를 채워두었으니까 멀리 갈 수는 없을 텐데.

숲 속을 찾아보았지만 보이지 않았다. 에어턴은 놀라서 미모사가 담장을 이루고 있는 스노이 강 쪽으로 돌아갔다. 그는 소들이 잘 알고 있는 외침 소리를 질러보았다. 소들은 응답하지 않았다. 에어턴은 몹시 불안해 보였다. 그리고 동료들은 당혹스러운 표정으로 얼굴을 마주 보았다.

소와 말을 찾는 동안 한 시간이 헛되이 지나갔다. 그리고 글레나번은 1.5킬로미터 떨어진 곳에 있는 달구지로 돌아가려고 했지만, 바로 그때 말의 울음소리가 그의 귀를 때렸다. 거의 동시에 소의 울음소리도 들렸다.

"저기 있다!" 존 맹글스는 많은 동물을 감출 수 있을 만큼 키가 크고 무성한 '가스트롤로비움' 덤불 속으로 들어가면서 외쳤다.

글레나번과 멀래디와 에어턴이 그를 따라 달려갔고, 이윽고 맹글스와 마찬가지로 망연자실했다.

소 두 마리와 말 세 마리가 갑자기 쓰러져 땅바닥에 누워 있었다. 시체는 벌써 차갑게 식었고, 비쩍 마른 까마귀 떼가 미모사 속에서 울면서 이 뜻밖의 먹이를 노리고 있었다. 글레나번과 동료들은 얼굴을 마주 보았고, 윌슨은 목구멍으로 치밀어 올라온 욕설을 억누르지 못했다.

"할 수 없지." 글레나번은 간신히 자신을 억누르며 말했다. "어쩔 도리가 없어. 에어턴, 남은 소와 말을 데리고 가게. 어떻게든 저 소와 말의 힘을 빌려서 이 곤경에서 빠져나가야 해."

"달구지가 진창에 빠져 있지만 않다면 하루 일정을 줄여서 이 두 마리만으로 해안 지방까지 달구지를 끌고 갈 수 있을 겁니다. 그러니까 어떻게든 달구지를 진창에서 끌어내야 합니다." 존 맹글스가 말했다.

"해보세, 존." 글레나번이 대답했다. "야영지로 돌아가세. 거기서는 우리가 돌아오지 않아서 걱정하고 있을 거야."

에어턴은 소의 족쇄를 풀고 멀레디는 말의 족쇄를 풀었다. 그리고 그들은 굽이쳐 흐르는 강물을 따라 야영지로 돌아갔다.

반 시간 뒤, 파가넬과 맥내브스, 헬레나와 메리 그랜트는 자초지종을 알게 되었다.

"정말로 곤란하게 됐군!" 소령은 저도 모르게 말해버렸다. "에어턴, 자네는 위메라 강을 건널 때 왜 말의 편자를 바꾸지 않았나?"

"그건 또 왜요?" 에어턴이 물었다.

"우리 말들 가운데 대장장이가 편자를 박아준 말만 무사하지 않았나?"

"그건 사실입니다." 존 맹글스가 말했다.

"그거 참 묘한 우연이군!"

"순전히 우연일 뿐, 그 이상도 이하도 아닙니다." 에어턴은 소령을 정면으로 바라보면서 말했다.

맥내브스는 금방이라도 입 밖으로 나오려는 말을 억누르려는 듯 입술을 깨물었다. 글레나번과 존 맹글스와 헬레나는 그가 하려던 말을 전부 다 해버리기를 기대했지만, 소령은 아무 말도 하지 않고 에어턴이 살펴보고 있는 달구지 쪽으로 갔다.

"무슨 말을 할 작정이었을까?" 글레나번이 존 맹글스에게 물었다.

"글쎄요, 모르겠습니다. 하지만 소령님은 근거 없는 말을 하실 분은 아니지요."

"그래요, 여보." 헬레나가 말했다.

"소령님은 에어턴에 대해 뭔가 의심을 품고 있는 게 분명합니다."

"의심을?" 파가넬이 어깨를 으쓱하면서 말했다.

"어떤 의심?" 글레나번이 되물었다. "에어턴이 말이나 소를 죽였을지도 모른다고 생각하나? 하지만 무슨 목적으로? 에어턴의 이해관계는 우리와 같지 않나?"

"그래요, 여보." 헬레나가 말했다. "그리고 내가 한마디 덧붙이자면, 그 갑판원은 여행을 시작했을 때부터 의심할 여지없는 헌신을 보여주었어요."

"그건 그렇겠지요. 하지만 그렇다면 소령님의 그 말은 무슨 뜻일까요? 저는 그 점을 확실히 하지 않을 수 없습니다." 존 맹글스가 대답했다.

"그러면 그가 죄수들과 내통하고 있다고 생각하나?" 파가넬이 사려 분별을 잊고 외쳤다.

"무슨 죄수요?" 메리 그랜트가 물었다.

"그건 파가넬 선생님이 잘못 생각하신 겁니다." 존 맹글스가 당황하여 말했다. "빅토리아 주에 죄수가 없다는 것은 선생님도 잘 아시잖습니까?"

"아, 그렇군." 파가넬은 자신의 말을 철회하려고 얼른 말했다. "내 머리는 도대체 어디에 붙어 있는 거지? 죄수라니? 오스트레일리아에서 죄수의 소문을 들은 사람이 있나요? 아니, 오스트레일리아에서는 죄수들도 상륙하자마자 완전히 정직한 사람이 되어버리죠! 그게 이곳 풍토예요! 메리 양도 알지? 교화적인 풍토 말이야."

딱한 학자는 자신의 말실수를 만회하려다가 달구지와 같은 꼴이 되었다. 진창에 빠져버린 것이다. 헬레나는 그를 보고 있었다. 그 때문에 그는 냉정을 완전히 잃어버렸다. 하지만 헬레나는 더 이상 그를 난처하게 하지 않으려고 메리를 텐트 쪽으로 데려갔다. 거기서는 올비넷이 아침식사를 준비하고 있었다.

"나야말로 유형에 처해야 돼." 파가넬이 한심한 얼굴로 말했다.

존경할 만한 지리학자가 맥을 추지 못할 만큼 진지한 얼굴로 이렇게 말한 뒤, 글레나번과 존 맹글스는 달구지 쪽으로 갔다.

바로 그때 에어턴과 두 선원은 달구지를 진창에서 끌어내려 애쓰고 있었다. 나란히 묶인 소와 말은 혼신의 힘을 다해 버텼다. 끈은 금방이라도 끊어질 것처럼 팽팽해졌고, 소와 말이 두 다리를 벌리고 너무 힘껏 버텼기 때문에 목걸이가 금방이라도 끊어질 것 같았다. 월슨과 멀래디는 바퀴를 누르고, 에어턴은 고함과 막대기로 짝이 맞지 않는 이 짐승들을 격려하고 있었다. 무거운 달구지는 꼼짝도 하지 않았다. 진흙은 이미 말라서 시멘트로 굳힌 것처럼 바퀴를 붙잡고 있었다.

존 맹글스는 진흙의 점착력을 줄이기 위해 물을 끼얹게 했지만 그것도 소용이 없었다. 달구지는 여전히 움직이지 않았다. 다시 몇 번 애써본 뒤 사람도 동물도 움직임을 멈추었다. 분해라도 하지 않는 한, 달구지를 진창에서 끌어내는 것은 포기할

무거운 달구지는 꼼짝도 하지 않았다.

수밖에 없었다. 그런데 분해하는 데 필요한 연장이 없었기 때문에 그 작업도 시작할 수 없었다.

그래도 에어턴은 어떻게든 달구지를 끌어내리려고 했지만, 글레나번이 그를 말렸다.

"이제 됐네, 에어턴. 이제 됐어. 남은 소와 말을 소중히 다루지 않으면 안 돼. 앞으로 계속 걸어가야 한다면, 한 마리는 두 여자 가운데 하나를 태우고 또 한 마리는 식량을 운반해야 돼. 그러니까 아직 충분히 쓸모가 있어."

"알았습니다, 나리." 지친 동물을 달구지에서 풀어주면서 갑판원이 말했다.

"그러면 모두 캠프로 돌아가세. 거기서 서로 의논하고, 사태를 검토하고, 어떻게 하는 것이 좋은지 생각하고, 결단을 내리세."

잠시 후 일행은 그런대로 괜찮은 아침식사로 참담한 밤의 피로를 달래고, 토의를 시작했다. 글레나번은 모두 의견을 말하라고 재촉했다.

우선 캠프의 위치를 정확하게 측정할 필요가 있었다. 부탁을 받은 파가넬은 엄밀하게 위치를 측정했다. 그에 따르면 일행은 남위 37도 · 동경 147도 53분의 스노이 강가에 머물고 있었다.

"투폴드 만의 정확한 위치는요?" 글레나번이 물었다.

"동경 150도예요." 파가넬이 대답했다.

"그러면 우리의 위치와 2도 7분쯤 차이가 나는데, 실제 거리로는 얼마나 됩니까?"

"120킬로미터 정도."

"그러면 멜버른은요?"

"적어도 300킬로미터는 떨어져 있지요."

"좋습니다. 우리의 위치는 그렇게 결정되었는데, 이제 어떻게 하면 좋을까요?"

답은 일치했다. 우물쭈물하지 말고 해안으로 가자는 것이다. 헬레나와 메리는 하루에 8킬로미터는 걷겠다고 다짐했다. 이 꿋꿋한 여자들은 스노이 강에서 투폴드 만까지 필요하다면 걸어가는 것도 두려워하지 않았다.

"하지만 투폴드 만에 도착했을 때 거기서 필요한 물자를 확실히 구할 수 있을까요?" 글라네번이 말했다.

"그야 물론이죠." 파가넬이 대답했다. "이든은 벌써 몇 년 전부터 존재하고 있는 도시입니다. 그 항구는 멜버른과 빈번한 왕래가 있을 게 분명합니다. 나는 여기서 50킬로미터쯤 떨어진 빅토리아 주 경계에 있는 델리게이트에서 필요한 물자를 보급하고 운송 수단을 구할 수 있을 거라고 생각합니다."

"그럼 '덩컨'호는요?" 에어턴이 물었다. "투폴드 만으로 회항하라고 명령해두어야 하지 않을까요?"

"존, 자네는 어떻게 생각하나?"

"그 점에 대해서는 굳이 서두를 필요는 없다고 생각합니다." 젊은 선장은 잠깐 생각한 뒤에 대답했다. "톰 오스틴한테 명령을 내려서 해안으로 불러들이는 것은 언제라도 할 수 있으니까요."

"그건 그래요." 파가넬도 덧붙여 말했다.

"나흘이나 닷새 뒤에는 이든에 도착할 겁니다." 존 맹글스가 다시 말했다.

"나흘이나 닷새?" 에어턴이 고개를 저으며 말했다. "선장님, 나중에 후회하지 않으려면 보름이나 20일쯤 걸릴 거라고 생각해야 합니다."

"120킬로미터를 가는 데 보름이나 20일이 걸린다고?" 글레 나번이 외쳤다.

"적어도 그 정도는 걸립니다. 앞으로는 빅토리아 주에서 가장 곤란한 부분, 스쾃터들에 따르면 아무것도 없는 황무지, 농장 하나도 세워질 수 없었던 평원, 길도 없고 덤불에 덮여 있는 곳을 질러가야 합니다. 도끼나 횃불을 손에 들고 나아가야 합니다. 제 말을 믿으세요. 그래서는 빨리 나아갈 수 없습니다." 에어턴은 단호한 어조로 말했다.

다른 사람들은 모두 묻는 듯한 눈길로 파가넬을 바라보았다. 파가넬은 고개를 끄덕여 갑판원의 말을 인정했다.

"그 어려움은 저도 인정합니다." 존 맹글스가 말했다. "그렇더라도 나리께서는 보름 뒤에 '덩컨'호에 명령을 보내시면 됩니다."

그러자 에어턴이 대답했다.

"덧붙여 말하면, 주요 장애는 길이 나쁜 데서 오는 게 아닙니다. 하지만 스노이 강을 건너야 합니다. 게다가 수위가 내려가기를 기다려야 할 가능성이 아주 높습니다."

"잠깐만!" 젊은 선장이 외쳤다. "강을 걸어서 건널 수 있는 얕은 여울은 없나요?"

"그런 여울은 있을 것 같지 않은데요. 오늘 아침에 실제로 강을 건널 수 있는 지점을 찾아보았지만 보이지 않았어요. 이맘때 이렇게 물살이 센 강을 만난 적은 별로 없습니다. 하지만 이건 저로서는 어떻게도 할 수 없는 운명이에요."

"그러면 스노이 강은 폭이 넓은가요?" 헬레나가 물었다.

"넓고 깊습니다. 폭이 1킬로미터나 되고 물살이 거셉니다. 수영을 잘하는 사람도 그 강을 건너는 건 위험합니다."

"좋아요. 그럼 보트를 만들어요." 의심할 줄 모르는 로버트가 외쳤다. "나무를 잘라서 안을 파내고 거기에 올라타기만 하면 문제가 모두 해결돼요."

"과연 그랜트 선장의 아들은 남들보다 앞서 나가는군!" 파가넬이 말했다.

"그리고 그건 옳은 말입니다." 존 맹글스가 말을 받았다. "우리는 그렇게 할 수밖에 없을 겁니다. 그래서 저는 한가한 토론에 시간을 낭비할 필요는 없다고 생각합니다."

"에어턴, 자네는 어떻게 생각하나?" 글레나번이 물었다.

"저는 어떤 구원이 오지 않으면 우리는 여전히 스노이 강변에 묶여 있을 거라고 생각합니다!"

"그럼 뭔가 더 좋은 방안이 있나요?" 존 맹글스가 초조하게 물었다.

"예, '덩컨'호가 멜버른을 떠나 동해안으로 와준다면!"

"여전히 '덩컨'호 타령이시군. 그럼 '덩컨'호가 있으면 우리가 목적지에 도착하는 데 어떤 이점이 있죠?"

에어턴은 대답하기 전에 잠깐 생각했다. 그러고는 상당히 모호하게 말했다.

"제 생각을 억지로 밀어붙일 생각은 전혀 없습니다. 제가 그렇게 말하는 것은 그게 우리 모두에게 이익이 된다고 생각하기 때문입니다. 나리께서 출발 신호를 내려주시기만 하면 저는 출발할 작정입니다."

그러고는 팔짱을 끼었다.

"그건 대답이 안 돼." 글레나번이 말했다. "자네 계획을 말해보게. 그리고 거기에 대해 모두 함께 토론해보세. 자네 제안은 뭔가, 에어턴?"

에어턴은 조용하고 자신만만한 목소리로 다음과 같이 말했다.

"저의 제안은 지금처럼 모든 것을 빼앗긴 상태로 스노이 강을 건너지는 말자는 겁니다. 지금 있는 이곳에서 구원을 기다려야 합니다. 그리고 그 구원이 올 곳은 '덩컨'호뿐입니다. 그러니 식량이 있는 이곳에서 야영하면서 기다리자는 겁니다. 그리고 우리 가운데 한 사람이 오스틴에게 가서 투폴드 만으로 가라는 명령을 전하는 겁니다."

이 뜻밖의 제안에 사람들은 모두 놀랐다. 그리고 존 맹글스는 이 제안에 대한 반감을 감추려고 하지 않았다.

"그 사이에 어쩌면 스노이 강의 수위가 낮아질지도 모릅니다." 에어턴이 말을 이었다. "그러면 걸어서 강을 건널 수도 있겠지요. 아니면 또 보트에 의존해야 할지도 모르지만, 이 경우에는 보트를 만들 시간도 있습니다. 이게 나리께 승인을 청하고자 하는 저의 제안입니다."

"좋아, 에어턴." 글레나번이 말했다. "자네 제안은 진지하게 고려할 가치가 있네. 가장 큰 결점은 일정이 지연된다는 점이지만, 심한 피로와 현실적인 위험을 피할 수는 있겠군. 여러분 생각은 어떻습니까?"

"소령님, 말씀해보세요." 헬레나가 말했다. "처음부터 소령님은 듣기만 하시고, 말을 너무 아끼시네요."

"솔직히 말하면 에어턴의 말은 현명하고 신중한 사람에게 어울린다고 생각해. 그래서 나는 에어턴의 제안에 찬성하네."

대부분은 이런 대답을 기대하지 않았다. 지금까지 맥내브스 소령은 이 문제에 대해서는 항상 에어턴의 생각에 반대해왔기 때문이다. 그래서 에어턴은 깜짝 놀라 소령을 힐끗 바라보았다. 한편 파가넬과 헬레나와 두 선원은 에어턴의 계획을 지지하는 쪽으로 마음이 기울어져 있었다. 그런데 소령이 이렇게 말한 이상, 그들은 이제 주저하지 않았다.

그래서 글레나번은 에어턴의 제안이 원칙적으로 채택되었다고 선언했다.

"그런데 존." 글레나번이 덧붙여 말했다. "자네는 운송 수단을 구할 수 있을 때까지 여기 스노이 강변에서 야영하는 게 현명하다고 생각지 않나?"

"예, 나리." 존 맹글스가 대답했다. "어쨌든 심부름꾼이 스노이 강을 건너는 데 성공한다면, 우리도 강을 건널 수 있을 거 아닙니까?"

사람들은 갑판원을 바라보았지만, 에어턴은 자신만만한 사람답게 빙긋 웃으며 말했다.

"심부름꾼은 강을 건너지 않습니다."

"뭐라고?" 존 맹글스가 놀라서 말했다.

"러크나우 가도로 나가면 됩니다. 그 길은 곧장 멜버른으로 이어져 있거든요."

"400킬로미터를 걸어서 간다고?" 젊은 선장이 외쳤다.

"말을 타고 갑니다." 에어턴이 대답했다. "튼튼한 말이 한 마리 남아 있잖습니까. 그 말을 타면 나흘 만에 갈 수 있습니다. '덩컨'호가 투폴드 만에 가는 데 이틀, 캠프로 돌아가는 데 하루가 걸릴 테니까, 심부름꾼은 일주일 뒤에는 선원들을 데리고 돌아올 수 있습니다."

소령은 고개를 끄덕여 에어턴의 말에 동의했지만, 이것을 본 존 맹글스는 놀라지 않을 수 없었다. 하지만 갑판원의 제안이 모든 사람의 동의를 얻었으니까 이제 그 제안을 실행할 수밖에 없었다.

"그러면 여러분." 글레나번이 말했다. "이제 남은 일은 심부름꾼을 선발하는 것뿐이오. 힘들고 위험한 임무라는 것은 감추지 않겠소. 누가 이 어려운 임무를 떠맡아, 내 명령을 멜버른에 전달하러 가겠소?"

윌슨, 멀래디, 존 맹글스, 파가넬, 심지어는 로버트까지도 자기가 가겠다고 나섰다. 존은 이 임무를 자기가 맡아야 한다고 특별히 강조했다. 하지만 그때까지 잠자코 있던 에어턴이 입을 열었다.

"나리께서 가시지 않는다면 제가 가겠습니다. 저는 이곳 사정에 익숙합니다. 이보다 훨씬 힘들고 위험한 지역도 많이 돌아다녔습니다. 다른 사람이 빠져나갈 수 없는 궁지라 해도 저라면 빠져나갈 수 있을 겁니다. 그래서 저는 여러분 모두를 위해 멜버른에 갈 권리를 요구합니다. 항해사 앞으로 저의 신임장을 써주시면, 투폴드 만으로 '덩컨'호를 회항시키는 일은 제가 보증하겠습니다."

"잘 말해줬네, 에어턴. 자네는 총명하고 용감한 사람이야. 자네는 성공할 걸세." 글레나번이 말했다.

갑판원은 분명 이 어려운 임무를 수행할 능력을 누구보다도 많이 갖고 있었다. 모두 그것을 깨닫고 물러났다. 존 맹글스는 '브리타니아'호나 그랜트 선장의 단서를 찾으려면 에어턴이 여기 있어야 한다고 이의를 제기했다. 하지만 소령은 에어턴이 돌아올 때까지 스노이 강 언저리에서 야영해야 하고 에어턴이 없

"제가 가겠습니다." 에어턴이 말했다.

이 수색을 재개할 수는 없으니까 에어턴이 없는 것은 선장에게 조금도 해를 끼치지 않을 거라고 지적했다.

"그러면 자네가 가게, 에어턴." 글레나번이 말했다. "서둘러 가주게. 그리고 스노이 강변에 있는 우리 캠프로 돌아올 때는 이든을 거쳐서 와주게."

만족스러운 빛이 갑판원의 눈에서 번득였다. 그는 얼굴을 돌렸지만, 아무리 재빨리 돌렸어도 존 맹글스는 그 눈빛을 놓치지 않았다. 그것은 순전히 직감이었지만, 존은 에어턴에 대한 경계심이 강해지는 것을 느꼈다.

에어턴은 두 선원의 도움을 받아 출발할 준비를 했다. 윌슨은 말을 준비하고 멀래디는 식량 준비를 맡았다. 그동안 글레나번은 톰 오스틴에게 보내는 편지를 쓰고 있었다.

그는 '덩컨'호의 항해사에게 투폴드 만으로 당장 가라고 명령했다. 그리고 에어턴을 전적으로 신뢰해도 좋은 사람이라고 소개했다. 그리고 해안에 도착하면 선원 분견대를 에어턴 휘하로 보내라고 톰 오스틴에게 지시했다.

글레나번이 여기까지 썼을 때, 그 글을 눈으로 훑어보던 맥내브스 소령이 야릇한 어투로 에어턴의 이름을 어떻게 썼느냐고 물었다.

"그야 물론 발음되는 대로 썼지요." 글레나번이 대답했다.

"그건 틀렸네." 소령이 조용히 말했다. "그는 자기 이름을 에어턴이라고 발음하지만, 쓸 때는 벤 조이스라고 쓰더군!"

# 20

# 어랜드 질랜드

벤 조이스라는 이름이 밝혀진 것은 벼락같은 효과를 냈다. 에어턴은 벌떡 일어났다. 그의 손은 권총을 쥐고 있었다. 총성이 울렸다. 글레나번이 총알에 맞고 쓰러졌다. 밖에서도 소총 소리가 났다.

처음에는 허를 찔려 당황하고 있던 존 맹글스와 선원들이 벤 조이스에게 덤벼들려고 했다. 하지만 대담한 탈옥수는 이미 사라져, 고무나무 숲 속에 뿔뿔이 흩어져 있던 일당과 합류했다.

천막이 총알을 막아줄 수는 없었다. 이제는 퇴각하지 않으면 안 되었다. 경상을 입은 글레나번은 일어서 있었다.

"달구지로! 달구지로!" 존 맹글스가 외치면서 헬레나와 메리를 달구지로 끌고 갔다. 여자들은 곧 두꺼운 널판 뒤의 안전한 곳으로 들어갔다.

존, 소령, 파가넬, 선원들도 거기서 카빈총을 움켜쥐고 탈옥수들에게 반격할 태세를 갖추었다. 글레나번과 로버트는 여자

총성이 울렸다.

들한테 가고 올비넷은 방어에 가담하려고 달려갔다.

이 모든 일은 전광석화처럼 순식간에 끝났다. 존 맹글스는 주의 깊게 숲을 지켜보고 있었다. 벤 조이스가 숲에 다다르자마자 총성이 갑자기 멈춰버렸다. 깊은 적막이 시끄러운 총소리를 대신했다. 소용돌이치는 하얀 연기가 아직 고무나무 가지 사이를 선회하고 있었다. 키 큰 가스트롤로비움 숲은 움직이지 않았다. 습격의 증거는 사라져버렸다.

소령과 존 맹글스는 큰 나무까지 정찰하러 갔다. 놈들은 이미 그곳을 벗어난 뒤였다. 수많은 발자국이 보였고, 반쯤 탄 뇌관 몇 개가 아직 땅바닥 위에서 연기를 피워 올리고 있었다. 소령은 신중한 사람답게 그 불씨를 껐다. 작은 불씨 하나도 이 메마른 숲에 무서운 화재를 일으키기에는 충분했기 때문이다.

"놈들은 사라졌군요." 존 맹글스가 말했다.

"그래." 소령이 대답했다. "그런데 사라졌다는 그게 나는 불안해. 차라리 놈들과 얼굴을 맞대고 있는 편이 좋은데 말이야. 평원의 호랑이가 풀 밑의 뱀보다 낫지. 달구지 주위의 저 덤불을 찾아보세."

소령과 존은 주위의 풀밭을 수색했다. 숲 가장자리에서 스노이 강기슭까지 가는 동안 그들은 한 명의 탈옥수도 만나지 못했다. 벤 조이스 일당은 사람에게 해로운 새의 무리처럼 날아가버린 모양이었다. 이 실종은 너무나 기괴해서, 아무래도 충분히 안심하고 있을 수는 없었다. 그래서 그들은 경계 태세를 계속하기로 결정했다. 진창에 둘러싸인 요새라고 해야 할 달구지는 캠프의 중심이 되었고, 두 남자가 한 시간 교대로 달구지를 지켰다.

헬레나와 메리가 맨 먼저 한 일은 글레나번의 상처에 붕대를 감아주는 것이었다. 벤 조이스의 총알에 맞아 남편이 쓰러진 순간 헬레나는 깜짝 놀라 남편에게 달려갔다. 이 용감한 여성은 불안을 억누르고 글레나번을 달구지로 데려갔다. 거기서 소령은 글레나번의 다친 어깨를 살펴보고, 총알이 살을 찢기는 했지만 안쪽에는 아무 손상도 주지 않은 것을 확인했다. 뼈도 근육도 다치지 않은 것처럼 보였다. 출혈은 심했지만, 글레나번은 팔꿈치부터 손가락까지 움직여 보이며 총상 결과에 대해 동료들을 안심시켰다. 붕대를 다 감자 그는 다른 사람이 그의 시중을 드는 것을 거부했다. 그들은 사건을 해명하는 작업에 착수했다.

밖에서 망을 보고 있는 멀래디와 윌슨을 제외한 나머지 일행은 달구지 안에 자리를 잡았다. 그리고 소령에게 이야기를 해보라고 재촉했다.

그는 이야기를 시작하기 전에 헬레나에게 그녀가 몰랐던 사실, 즉 퍼스 감옥의 죄수들이 떼 지어 탈옥했고, 그들이 빅토리아 주 곳곳에 모습을 나타냈으며, 그 철도 참사에도 그들이 가담했다는 것을 알렸다. 그는 시모어에서 산 《오스트레일리아 앤 뉴질랜드 가제트》지를 그녀에게 건네주고, 1년 반 동안이나 계속 범죄를 저질러 악명을 얻은 악당 벤 조이스의 목에는 경찰이 현상금을 걸었다는 사실도 덧붙여 말했다.

하지만 갑판원 에어턴이 벤 조이스라는 것을 맥내브스는 어떻게 간파했을까? 이것이야말로 모두 궁금해하는 수수께끼였다. 소령은 다음과 같이 설명했다.

처음 만난 날부터 소령은 본능적으로 에어턴을 경계하고 있었다. 하찮은 두세 가지 사실, 갑판원과 위메라 강의 대장장이 사이에 오간 눈짓, 도시나 마을을 지날 때 머뭇거리는 에어턴의 태도, '덩컨'호를 해안으로 회항시키라고 귀찮게 요구한 것, 그에게 맡겨진 소와 말이 기괴하게 죽은 것, 이 모든 사실이 조금씩 모여서 소령의 의혹을 불러일으켰다.

그렇다 해도 어젯밤에 일어난 사건을 보지 않았다면 소령도 노골적으로 그를 고발하지는 못했을 것이다.

맥내브스는 관목 숲 사이를 걷다가 캠프에서 800미터쯤 떨어진 곳에서 수상한 그림자를 보았다. 인광을 내는 식물이 어둠 속에서 창백한 빛을 발하고 있었다.

세 남자가 땅바닥에 남아 있는 흔적을 조사하고 있었다. 생긴 지 얼마 안 된 발자국이었다. 그들 속에서 맥내브스는 블랙포인트의 대장장이를 알아보았다.

"놈들이야." 그중 한 사람이 말했다.

"그래, 편자 자국에 클로버가 있어." 다른 사람이 말했다.

"위메라 강에서부터 줄곧 그런 식이었지."

"말들은 다 죽었어."

"독약은 잘못되지 않았어."

"기병대 1개 연대의 말을 충분히 전멸시킬 수 있지. 이 가스트롤로비움은 매우 쓸모있는 풀이야!"

"그러고 나서 놈들은 입을 다물고 멀어져갔지." 소령이 덧붙여 말했다. "하지만 내가 알아낸 것만으론 아직 불충분했어. 그래서 놈들의 뒤를 밟았더니 곧 대화가 다시 시작되었지. '벤 조이스라는 놈은 정말 허투루 볼 수 없는 교활한 놈이야. 난파 이야기를 듣고는 감쪽같이 갑판원이 되다니! 놈의 계획이 성공하면 뜻밖의 행운이야! 에어턴이란 놈은 진짜 악마야!' 하고 대장장이가 말하더군. 이어서 놈들은 고무나무 숲을 나갔다네. 나는 알고 싶은 것을 모두 알았기 때문에 캠프로 돌아갔지. 파가넬 선생께는 미안하지만 그런 죄수들은 아무리 오스트레일리아에 있어도 절대 교화되지 않는다는 확신을 품고 말이지."

소령은 입을 다물었다. 동료들은 말없이 생각에 잠겼다.

"그러면 에어턴은 우리를 약탈하고 죽이기 위해 이런 곳까지 우리를 끌고 왔군요!" 글레나번의 얼굴은 분노로 창백해져 있었다.

"그런 셈이지." 소령이 대답했다.

"그리고 놈의 일당은 위메라에서 여기까지 기회를 엿보면서 우리를 따라왔고, 우리를 염탐하고 있었던 거군요?"

"그렇지."

"그렇다면 그놈은 '브리타니아'호의 선원이 아니었군요? 그러면 놈은 에어턴이라는 이름을 훔치고 고용계약서도 훔쳤나요?"

사람들은 맥내브스에게 눈길을 던졌지만, 소령도 스스로 그런 의문을 던졌을 게 분명했다.

그는 여전히 조용한 목소리로 대답했다.

"이 확실치 않은 상황에서 끌어낼 수 있는 확신은 이런 거야. 내 생각에는 에어턴이 그놈의 본명이고, 벤 조이스라는 이름은 가명이 아닌가 싶어. 놈이 그랜트 선장을 알고 있었다는 것, 실제로 '브리타니아'호의 갑판원이었던 것은 의심하지 않아. 이 점은 에어턴이 우리에게 말한 세부적인 사실로 증명되었지만, 내가 방금 인용한 탈옥수들의 대화도 그것을 뒷받침하고 있지. 그러니까 무의미한 억측 속으로 들어가지 말고, 벤 조이스는 에어턴이고 에어턴은 탈옥수 일당의 우두머리인 벤 조이스가 된 '브리타니아'호 선원인 것은 확실하다고 해두세."

아무도 이의를 제기하지 않고 맥내브스의 설명을 수긍했다.

"이번에는 그랜트 선장의 갑판원이 어떻게 그리고 무엇 때문에 오스트레일리아에 있는지 말씀해주세요." 글레나번이 말했다.

"어떻게? 그건 나도 모르지. 그리고 경찰도 그 점에 대해서는 나보다 모른다고 말하고 있다네. 무엇 때문에? 그것도 나는 말할 수 없어. 이건 앞으로 해명해야 할 수수께끼야."

"경찰은 에어턴과 벤 조이스가 동일 인물이라는 것도 모르고 있잖습니까?" 존 맹글스가 지적했다.

"그건 그래." 소령이 대답했다. "그리고 이런 사실은 경찰 수사에 빛을 던져주지."

"그러면 그놈은 나쁜 짓을 하려는 의도를 갖고 패디 무어의 농장에 들어간 것일까요?" 헬레나가 물었다.

"그건 분명해." 맥내브스가 대답했다. "놈은 그 아일랜드인에게 뭔가 나쁜 짓을 할 계획을 세우고 있었지만, 그때 훨씬 좋은 기회가 찾아온 거야. 우연히 우리가 나타난 거지. 놈은 글레나번의 난파선 이야기를 듣고는 대담한 인간답게 그 점을 이용하기로 당장 결심했던 거야. 우리는 수색을 계속하기로 결정했고, 놈은 위메라 강에서 동료인 그 블랙포인트의 대장장이와 연락하여 우리가 지나간 것을 확실히 보여주는 발자국을 남겼어. 놈의 일당은 그 발자국을 보고 우리를 따라왔던 것이고. 독초 덕분에 놈은 우리의 소와 말을 조금씩 죽일 수 있었지. 그리고 드디어 때가 와서 놈은 스노이 강의 진창 속으로 우리를 끌어들이고, 부하들 손에 우리를 맡겼던 것이지."

벤 조이스의 내력은 그러했다. 그의 전력은 방금 소령이 요약한 대로였고, 이 악당은 대담하고 무서운 범죄자라는 민낯을 드러내고 나타났다. 확실히 드러난 그의 의도를 생각하면 글레나번에게는 극도의 경계가 필요했다. 다행히 놈은 가면이 벗겨진 터라, 본색을 감춘 채 양의 탈을 쓰고 있는 놈만큼 무서워할 필요는 없었다.

하지만 명쾌하게 해명된 이 사태에서 중대한 결론이 나왔다. 아무도 아직 그것을 생각하지 못했지만, 메리 그랜트만은 사람들이 이런 과거에 대해 논하는 것을 말없이 들으면서 앞으로 일어날 일에 눈길을 돌리고 있었다. 존 맹글스는 메리가 그렇게 창백해져서 절망하고 있는 것을 처음 보았다. 그는 그녀의 생각을 알아차렸다.

"메리 씨, 울고 있군요." 그가 외쳤다.

"울고 있다고?" 헬레나도 물었다.

"아버지가! 마님, 아버지가!" 메리가 대답했다.

그녀는 더 이상 말할 수 없었다. 하지만 각자 마음속으로는 짐작 가는 게 있었다. 그들은 메리의 슬픔을, 메리의 눈에서 왜 눈물이 흘러내리는지를, 아버지라는 말이 왜 메리의 마음에서 입술로 올라왔는지를 알아차렸다.

에어턴의 배신이 폭로되면서 모든 희망이 산산이 부서졌다. 그 탈옥수는 글레나번을 끌고 가기 위해 난파를 생각해낸 것이다. 맥내브스가 엿들은 그 대화 속에서 탈옥수들은 분명히 그렇게 말하고 있었다. '브리타니아'호가 투폴드 만의 암초에 부딪혀 부서진 것은 아니었다. 그랜트 선장이 오스트레일리아 땅을 밟은 것도 아니었다.

여기서 또다시 그 문서에 대한 잘못된 해석이 '브리타니아'호

수색대를 엉뚱한 길로 끌어들인 것이다!

이 상황 앞에서, 두 남매의 슬픔 앞에서, 모든 사람이 우울한 침묵을 지켰다. 도대체 누가 희망의 말을 찾아낼 수 있을까? 로버트는 누나의 품에 안겨 울고 있었다. 파가넬은 원망스러운 듯한 목소리로 중얼거렸다.

"이놈의 지긋지긋한 문서 같으니라고! 십여 명의 착실한 인간의 머리를 실컷 괴롭혔다고 자랑할지도 몰라."

그러고는 자신에게 정말로 화가 나서, 제 이마를 깨질 만큼 힘껏 때렸다.

그러는 동안 글레나번은 밖에서 망을 보고 있는 윌슨과 멀래디에게 다가갔다. 깊은 침묵이 숲과 강 사이에 있는 들판을 뒤덮고 있었다. 움직이지 않는 커다란 구름 덩어리가 하늘에서 밀치락달치락하고 있었다. 완전히 마비된 것처럼 깊은 침묵에 잠겨 있는 이 대기 속에서는 아주 작은 소리도 선명하게 전달되지만, 그래도 소리는 전혀 들리지 않았다. 벤 조이스와 일당은 상당한 거리까지 물러나 있는 게 분명했다. 나뭇가지 위에서 뛰어다니고 있는 새들이나 천하태평하게 어린 싹을 먹느라 여념이 없는 캥거루 몇 마리, 관목 숲 속에서 태연히 고개를 내밀고 있는 에뮤 한 쌍은 인간의 존재가 이 평화로운 황무지를 어지럽히고 있지 않다는 것을 증명했기 때문이다.

"지난 한 시간 동안 보거나 들은 건 아무것도 없나?" 글레나번이 선원들에게 물었다.

"전혀 없습니다." 윌슨이 대답했다. "놈들은 여기서 7, 8킬로미터쯤 떨어져 있다고 생각할 수밖에 없습니다."

"우리를 공격하기에 충분한 인원은 아니었던 게 분명합니다."

숲 속에서 태연히 고개를 내밀고 있는 에뮤 한 쌍……

멀래디가 덧붙여 말했다. "그 벤 조이스란 놈은 알프스 기슭을 배회하는 산적들 중에서 자기 같은 악당 몇 명을 데려오려고 했을 겁니다."

"그럴지도 몰라." 글레나번이 대답했다. "놈들은 비겁한 악당들이야. 놈들은 우리가 무기를 충분히 갖고 있다는 것을 알고 있어. 아마 놈들은 밤이 되기를 기다렸다가 공격하려 하고 있을 거야. 해가 지면 경계를 더욱 강화하지 않으면 안 돼. 아아, 이 늪 같은 평원을 나가서 저쪽으로 계속 전진할 수 있었다면 얼마나 좋을까! 하지만 불어난 강물이 통행을 방해하고 있어. 강 건너편으로 데려다줄 뗏목이 있다면 나는 그것과 같은 무게의 금화를 주겠어!"

"왜 나리께서는 뗏목을 만들라고 우리한테 명령하지 않으세요? 나무는 얼마든지 있는데요." 윌슨이 말했다.

"윌슨, 이 스노이 강은 보통 강이 아니라 도저히 건널 수 없는 급류라네."

바로 그때 존 맹글스와 소령과 파가넬이 글레나번에게 다가왔다. 그들은 스노이 강을 조사하고 온 참이었다. 최근에 내린 비로 불어난 강물은 최저 수위보다 30센티미터나 높아져 있었다. 물은 아메리카 대륙의 급류와도 비교할 수 있을 만큼 거세게 흐르고 있었다. 이 포효하는 물길, 부서져서 수많은 소용돌이와 깊은 웅덩이를 만들고 있는 이 세찬 분류 속에 뛰어드는 것은 불가능했다.

존 맹글스는 강을 건너는 건 아무래도 무리라고 단언했다.

"하지만 아무 대책도 강구하지 않은 채 여기 머물러 있을 수는 없습니다." 존은 덧붙여 말했다. "에어턴이 배신하기 전에 우리가 하려고 했던 일은 놈이 배신한 지금은 더욱 할 필요가 있습니다."

"존, 그게 무슨 소리지?" 글레나번이 물었다.

"구원이 긴급히 필요하다는 겁니다. 그리고 투폴드 만에 갈 수는 없으니까 멜버른에 가지 않으면 안 됩니다. 말이 한 마리 남아 있습니다. 나리, 그 말을 저한테 빌려주십시오. 그러면 제가 그 말을 타고 멜버른으로 가겠습니다."

"하지만 그건 너무 위험해." 글레나번이 말했다. "미지의 땅을 300킬로미터나 가는 여정이 위험한 건 차치하고라도 산길이나 일반 도로도 벤 조이스의 일당이 감시하고 있을 걸세."

"그건 알고 있습니다. 하지만 이런 사태가 이대로 계속되면 안 된다는 것도 알고 있습니다. 에어턴은 '덩컨'호 선원들을 데리고 오는 데 일주일 여유밖에 요구하지 않았지만, 저는 엿새 안으로 스노이 강변에 돌아올 생각입니다. 나리의 명령은 뭡니까?"

"글레나번 경이 의견을 말하기 전에 내가 한마디 해두어야겠군." 파가넬이 말했다. "멜버른에 가는 건 좋겠지. 하지만 그 위험을 자네 혼자 떠맡는 건 좋지 않아. 자네는 '덩컨'호의 선장인 만큼, 선장으로서 위험에 노출시키면 안 돼. 자네 대신 내가 가겠네."

"말 잘했소." 소령이 말했다. "하지만 왜 당신이 가야 하는데?"

"우리가 있잖아요!" 멀래디와 윌슨이 외쳤다.

"자네들은 내가 말을 타고 단숨에 300킬로미터를 달리는 것을 두려워한다고 생각하나?" 맥내브스 소령이 말했다.

그러자 글레나번이 끼어들었다.

"우리들 가운데 한 사람이 멜버른에 가야 한다면, 제비뽑기로 결정하기로 합시다. 파가넬 씨, 모든 사람의 이름을 써주세요."

"적어도 나리의 이름은 제외하겠습니다." 존 맹글스가 말했다.

"왜?" 글레나번이 되물었다.

"나리를 마님한테서 떼어놓는 것은 아무래도…… 아직 상처도 아물지 않았는데!"

"글레나번 경." 파가넬도 말했다. "당신은 이 무리를 떠날 수 없어요."

"그래." 소령도 거들었다. "에드워드, 자네가 맡은 부서는 여기 있네. 자네는 가면 안 돼."

"무릅쓰지 않으면 안 되는 위험도 있습니다." 글레나번이 대답했다. "나는 내 이름을 다른 사람한테 양도하거나 하진 않아요. 써주세요, 파가넬 씨. 내 이름도 다른 이름들과 함께 써주세요. 그리고 하느님, 맨 먼저 뽑히는 제비가 내 이름이기를!"

이처럼 굳건한 의지 앞에서 모두 고개를 숙였다. 제비뽑기의 결과, 운명은 멀래디를 선택했다. 정직한 선원은 기뻐서 소리를 질렀다.

"나리, 저는 언제라도 떠날 수 있습니다."

글레나번은 멀래디의 손을 잡았다.

멀래디는 짧은 황혼이 끝난 뒤 저녁 8시에 출발하기로 결정되었다. 말을 준비하는 일은 윌슨이 맡았다. 그는 표시가 되는 왼발 편자를 떼어내고, 밤사이에 죽은 말의 편자와 바꿔치기하기로 했다. 그러면 탈옥수들은 멀래디의 발자국을 분간할 수도 없고, 그들 자신이 말을 타고 있지 않으니까 멀래디를 뒤쫓을 수도 없을 것이다.

윌슨이 그런 자질구레한 일을 하는 동안 글레나번은 톰 오스틴에게 보내는 편지를 썼다. 하지만 다친 팔 때문에 여의치 않아서, 결국 그는 파가넬에게 대신 써달라고 부탁했다. 지리학자는 어떤 고정관념에 마음을 빼앗긴 나머지 주위에서 일어나고 있는 일들에 무관심한 것처럼 보였다. 파가넬은 이런 재미없는 사건이 연달아 일어나는 가운데, 자기가 잘못 해석한 문서만 생각하고 있었다. 그는 그 문서의 어구를 모든 각도에서 재검토하여 새로운 의미를 끌어내려고 애쓰면서, 해석의 늪 속에 깊이 빠져들어 있었다.

그래서 글레나번의 부탁은 그의 귀에 들어가지 않았고, 글레나번은 다시 한 번 부탁하지 않으면 안 되었다.

"아, 예예." 파가넬이 대답했다. "나는 준비됐어요!"

이렇게 말하면서 파가넬은 기계적으로 수첩을 꺼냈다. 수첩에서 종이 한 장을 찢어낸 그는 연필을 손에 쥐고 편지를 쓸 준비를 갖추었다. 글레나번은 다음과 같은 지시사항을 구술하기 시작했다.

"톰 오스틴에게 지시한다. 당장 출범하여 '덩컨'호를……."

파가넬이 이 마지막 말을 다 썼을 때 그의 눈길이 우연히 땅바닥에 펼쳐져 있는 《오스트레일리아 앤 뉴질랜드(Australian and New Zealand)》지에 쏠렸다. 신문은 반으로 접혀 있어서, 제호의 마지막 두 음절밖에는 보이지 않았다. 파가넬의 연필이 멈추었다. 그는 글레나번도 편지도 구술도 모두 잊어버린 것처럼 보였다.

"왜 그러세요, 파가넬 씨?" 글레나번이 물었다.

"아아!" 지리학자는 외마디 소리를 질렀다.

"무슨 일이오?" 소령이 물었다.

"아무것도 아닙니다! 아무것도!" 파가넬이 대답했다.

그러고는 목소리를 낮추어 "어랜드! 어랜드! 어랜드!"하고 되풀이했다.

그는 일어섰다. 신문을 움켜잡았다. 제 입술에서 금방이라도 튀어 나가려는 말을 틀어막으려고 그는 그 신문을 휘둘렀다.

헬레나도 메리도 로버트와 글레나번도 파가넬이 이렇게 흥분한 이유를 전혀 모른 채 그를 바라보았다.

파가넬은 갑작스러운 광기에 사로잡힌 사람 같았다. 하지만 신경이 극도로 흥분한 이 기괴한 상태는 오래 지속되지 않았다. 그는 점점 안정되었다. 그의 눈에서 빛나고 있던 기쁨은 사라졌다. 그는 원래의 자리로 돌아가 조용한 어조로 말했다.

"언제라도 좋으실 때 구술하세요."

글레나번은 다시 편지를 구술하기 시작했다. 그 내용은 다음과 같았다.

"톰 오스틴에게 지시한다. 당장 출범하여 '덩컨'호를 남위 37도선의 오스트레일리아 동해안으로 회항할 것⋯⋯."

"오스트레일리아라고요?" 파가넬이 물었다. "아, 그래요! 오스트레일리아!"

그는 편지를 다 쓰고 글레나번이 서명하도록 편지를 내밀었다. 글레나번은 방금 입은 상처에 방해를 받으면서도 어떻게든 절차를 끝냈다. 편지는 접혀서 봉해졌다. 파가넬은 아직도 감동에 떨리는 손으로 이렇게 주소를 썼다.

멜버른,
요트 '덩컨'호의 항해사,
톰 오스틴.

그러고는 손을 흔들며 "어랜드(aland)! 질랜드(Zealand)!"라
는 영문 모를 말을 되풀이하면서 달구지에서 나갔다.

# 21

# 불안의 나흘

그날은 아무 일 없이 지나갔다. 멀래디의 출발 준비는 모두 갖추어졌다. 정직한 선원은 글레나번에게 이런 헌신의 증거를 보일 수 있게 된 것을 더없이 기뻐하고 있었다.

파가넬은 냉정과 여느 때의 격식을 되찾고 있었다. 그의 시선은 아직도 그 마음을 강하게 사로잡고 있는 무언가가 있다는 것을 보여주었지만, 그는 그것을 감추어두기로 작정한 것처럼 보였다. 분명히 그에게는 그렇게 하지 않을 수 없는 이유가 있었을 것이다. 맥내브스 소령은 그가 마치 자신을 달래기라도 하는 것처럼 이런 말을 거듭해서 중얼거리는 것을 들었기 때문이다.

"아니, 아니야. 내가 말해도 안 믿어! 그리고 말해봤자 무슨 소용이 있겠어? 이미 늦었어!"

이렇게 결심을 굳혀버리자, 그는 멀래디가 멜버른에 갈 때 필요한 지시를 하기 위해 지도를 앞에 놓고 그가 가야 할 길을 가르쳐주었다. 초원의 모든 '샛길'은 러크나우 가도로 통해 있다.

이 가도는 남쪽을 향해 곧장 해안까지 내려간 뒤 급격히 구부러져 멜버른으로 향한다. 계속 이 길을 따라가야지, 혹여 지름길을 택하려고 잘 모르는 지방을 가로지르려 해서는 절대로 안 된다. 그러니까 일은 아주 간단하다. 멀래디가 길을 잃을 염려는 없다.

위험은 어떤가. 벤 조이스와 그 일당은 이 캠프에서 7, 8킬로미터 떨어진 곳에 숨어 있다. 그 범위를 지나버리면 위험은 없을 것이다. 그 일대를 통과해버리면 멀래디는 당장 탈옥수들을 멀찌감치 떼어놓은 상태에서 중대한 임무를 훌륭히 완수할 수 있다고 자부해도 된다.

6시에 모두 함께 저녁을 먹었다. 억수 같은 장대비가 내리고 있었다. 텐트로는 비를 막을 수 없어서, 모두 달구지 안으로 몸을 피했다. 그곳은 안전한 피난처였다. 진흙탕 때문에 달구지는 땅에 단단히 박혀 있어서 견고한 토대 위에 세워진 요새처럼 꿈쩍도 하지 않았다. 무기로는 카빈총 일곱 자루와 권총 일곱 자루가 있으니까, 상당히 오랜 포위 공격에도 견딜 수 있을 터였다. 탄약도 식량도 부족하지 않았기 때문이다. 엿새도 지나기 전에 '덩컨'호는 투폴드 만에 닻을 내릴 것이다. 그리고 24시간 뒤에는 선원들이 스노이 강 건너편에 도착할 테고, 그렇게 되면 아직 강을 건널 수는 없다 해도 최소한 그 탈옥수들은 이쪽의 우월한 힘 앞에서 물러날 수밖에 없을 것이다. 하지만 무엇보다도 멀래디가 그 위험한 계획에 성공하지 않으면 안 되었다.

8시에는 어둠이 아주 깊어졌다. 떠나야 할 때가 왔다. 멀래디가 탈 말이 끌려왔다. 더욱 조심하기 위해 말의 발에 헝겊을 감아두었기 때문에 발굽이 땅에 닿아도 전혀 소리가 나지 않았다.

말은 피곤해 보였지만 이 말의 튼튼한 다리와 지구력에 모든 사람의 구원이 달려 있었다. 소령은 탈옥수들에게 습격당할 위험이 없어지면 말을 친절하게 돌봐주라고 멀래디에게 충고했다. 한나절쯤 늦어지더라도 확실하게 도착하는 편이 좋았다.

존 맹글스는 제 손으로 방금 총알을 재운 권총을 멀래디에게 건네주었다. 그것은 손이 떨리지 않는 인간이 가지면 무서운 무기였다. 몇 초 동안 여섯 발을 연속으로 발사하면 악당들이 지키고 있는 길도 뚫을 수 있기 때문이다.

멀래디는 안장에 걸터앉았다.

"이 편지를 톰 오스틴에게 건네주게." 글레나번이 말했다. "한 시간도 낭비하지 말라고 톰한테 말해! 당장 투폴드 만을 향해 출범하고, 만약 투폴드 만에 우리가 없으면 그건 우리가 스노이 강을 건너지 못한 거니까, 당장 우리가 있는 곳으로 오도록 해! 자, 어서 가게. 하느님이 자네를 인도해주실 거야!"

글레나번과 헬레나, 메리 그랜트, 그 밖에 모든 사람이 멀래디의 손을 잡았다. 비가 쏟아지는 어두운 밤중에 여기저기 도처에 위험이 숨어 있는 길을 지나 미지의 황무지를 가로질러야 하는 여행 앞에서 이 선원만큼 대담하지 않은 인간이라면 겁을 먹었을 것이다.

"다녀오겠습니다, 나리." 그는 조용한 목소리로 말했다. 그리고 그의 모습은 숲 가장자리를 따라 뻗어 있는 들길로 금세 사라졌다.

바로 그때 돌풍이 더욱 거세졌다. 유칼립투스의 높은 나뭇가지는 어둠 속에서 둔탁하게 덜컥거리는 소리를 냈다. 마른 나뭇가지가 물에 잠긴 땅바닥에 떨어지는 소리가 들렸다. 수액은 없

바로 그때 돌풍이 더욱 거세졌다.

어졌는데 아직까지 서 있던 거목이 미친 듯이 날뛰는 돌풍 속에서 픽픽 쓰러졌다. 바람은 삐걱거리는 나무들 사이에서 울부짖고, 그 기분 나쁜 신음 소리가 스노이 강물의 굉음과 뒤섞였다. 바람에 밀려 동쪽으로 흘러가는 먹구름은 안개처럼 땅까지 늘어져 있었다. 음산한 어둠 때문에 밤이 더욱 무섭게 느껴졌다.

일행은 멀래디가 떠난 뒤 달구지 안에 웅크리고 앉았다. 헬레나와 메리, 글레나번과 파가넬은 밀폐된 앞쪽 칸을 차지했다. 뒤칸에는 올비넷과 윌슨과 로버트가 충분히 누울 수 있었다. 소령과 존 맹글스는 밖에서 망을 보고 있었다. 이것은 반드시 필요한 경계 조치였다. 탈옥수들이 공격하는 것은 쉬운 일이고, 따라서 충분히 있을 수 있는 일이었기 때문이다.

그래서 충실한 두 불침번은 그들의 얼굴을 세차게 내리치는 소나기를 달게 받고 있었다. 그들은 기습하기에 좋은 이 어둠을 꿰뚫어보려고 애썼다. 바람 소리, 나뭇가지가 서로 부딪치는 소리, 나무줄기가 쓰러지는 소리, 그리고 미친 듯이 날뛰는 물소리가 뒤섞인 소음 속에서는 귀가 아무 소리도 분간할 수 없었기 때문이다.

하지만 세찬 바람이 불다가도 잠깐씩 그칠 때가 있었다. 바람은 숨을 돌리려는 것처럼 침묵했다. 스노이 강만이 움직이지 않는 갈대와 고무나무로 이루어진 검은 칸막이 너머에서 신음하고 있었다. 이렇게 잠깐 바람이 그친 동안은 정적이 더욱 깊어진 것처럼 여겨졌다. 소령과 존 맹글스는 그럴 때 주의 깊게 귀를 기울였다.

날카로운 피리 같은 소리가 그들의 귀에까지 들려온 것은 그렇게 바람이 잠깐 그쳤을 때였다.

존 맹글스는 소령 쪽으로 날쌔게 다가갔다.

"들으셨습니까?"

"그래. 사람일까, 동물일까?"

"사람입니다."

두 사람은 다시 귀를 기울였다. 불가해한 피리 같은 소리는 다시 한 번 들렸고, 총성 같은 소리가 거기에 응답했지만, 이 소리는 거의 알아들을 수 없을 정도였다. 폭풍이 이때 다시 격렬해져서 큰 소리로 울부짖고 있었기 때문이다. 맥내브스와 존 맹글스는 서로 상대의 목소리가 들리지 않을 정도였다. 그들은 달구지의 사면 가운데 바람이 불어가는 쪽에 진을 쳤다.

바로 그때 가죽 장막이 걷어 올려지더니 글레나번이 두 동료가 있는 곳으로 나왔다. 그도 두 사람과 마찬가지로 그 기분 나쁜 소리를 들었고, 달구지의 포장 속에 울려 퍼진 총성도 들었다.

"어느 쪽이지?" 그가 물었다.

"저쪽입니다." 존은 멀래디가 간 방향의 어두운 샛길을 가리키면서 대답했다.

"거리는?"

"바람이 이쪽으로 불고 있으니까 적어도 5킬로미터는 될 겁니다."

"가세." 글레나번이 카빈총을 어깨에 메면서 말했다.

"가면 안 돼!" 소령이 말했다. "그건 우리를 달구지에서 떼어 놓으려는 수작이야."

"그래도 멀래디가 놈들 총에 맞고 쓰러져 있다면!" 글레나번이 말하면서 맥내브스의 손을 잡았다.

"그건 내일이 되면 알 수 있겠지." 맥내브스는 쓸데없이 경거

망동하지 말라고 글레나번에게 단단히 경고하고 냉정하게 대답했다.

"나리께서는 캠프를 떠나시면 안 됩니다. 저 혼자 가겠습니다." 존도 말했다.

"그것도 안 돼!" 소령이 단호히 말했다. "자네는 놈들이 우리를 한 사람씩 죽여서 우리 힘을 줄이고, 놈들이 우리를 자기네 마음대로 하기를 바라나? 멀래디가 놈들 손에 죽었다면 그건 물론 불행한 일이지만, 거기에 불행을 또 하나 추가하면 안 돼. 제비뽑기에서 내가 뽑혔다면 나도 멀래디처럼 출발했겠지만, 구원을 청하지도 않았을 테고 기대하지도 않았을 거야."

글레나번과 존 맹글스를 말린 소령은 어떤 점으로 보아도 옳았다. 멀래디가 있는 곳까지 가려고 하는 것, 여기저기 숲 속에 매복해 있는 탈옥수들을 앞에 두고 이 어둠 속을 달려가는 것, 그것은 무분별할 뿐만 아니라 아무 도움도 되지 않는 짓이었다. 글레나번 일행은 더 많은 희생자를 내도 좋을 만큼 인원이 많지 않았다.

그래도 글레나번은 이런 이유에 승복할 마음이 없는 것처럼 보였다. 그의 손은 카빈총을 계속 만지작거리고 있었다. 그는 달구지 주위를 오락가락했다. 아주 작은 소리에도 귀를 곤두세웠다. 그의 눈은 이 기분 나쁜 어둠을 꿰뚫어보려고 했다. 부하 한 사람이 치명상을 입고 쓰러져, 그가 몸을 바쳐 섬기려 한 사람들을 헛되이 부르면서 아무 도움도 받지 못한 채 방치되어 있을 것을 생각하면, 글레나번은 가만히 앉아 있을 수가 없었다. 맥내브스는 끝까지 그를 말릴 수 있을지, 글레나번이 마음 내키는 대로 벤 조이스의 총탄 앞으로 뛰쳐나가지나 않을까 하고 불안했다.

"에드워드." 소령이 글레나번을 불렀다. "진정하게. 내 말에 귀를 기울여주게. 헬레나와 메리를 비롯해서 여기 남아 있는 사람들도 생각해주게! 그리고 자네는 어디로 가려는 거지? 어디서 멀래디를 찾아내겠나? 그가 습격당한 곳은 여기서 3킬로미터나 떨어진 곳이야. 어느 길로 갈 텐가? 어느 샛길로 갈 텐가?"

바로 그때, 마치 소령의 질문에 대답이라도 한 것처럼 구원을 청하는 외침 소리가 들려왔다.

"들어봐요!" 글레나번이 말했다.

그 목소리는 총성이 울려 퍼진 방향으로 400미터도 채 떨어지지 않은 곳에서 들려오고 있었다. 글레나번은 소령을 밀어젖히고 이미 샛길로 나아가기 시작했는데, 그때 달구지에서 3백 걸음쯤 떨어진 곳에서 "사람 살려! 사람 살려!" 하는 소리가 들려왔다.

그것은 신음하는 듯한 절망적인 목소리였다. 존 맹글스와 소령은 그쪽으로 달려갔다.

잠시 후 그들은 숲을 따라 몸을 질질 끌면서 고통스러운 신음 소리를 내고 있는 사람을 발견했다.

그것은 멀래디였다. 그는 다쳐서 빈사 상태에 빠져 있었다. 그리고 그를 안아 올린 동료들은 제 손이 피로 더럽혀지는 것을 느꼈다.

비는 억수같이 쏟아지고 바람은 죽은 나무들의 잔가지 사이에서 거칠게 날뛰었다. 휘몰아치는 돌풍 속에서 글레나번과 소령과 존 맹글스는 멀래디를 캠프로 옮겼다.

그들이 캠프로 돌아오자 모두 일어나서 밖으로 나왔다. 파가넬과 로버트, 윌슨, 올비넷은 달구지에서 나왔고, 헬레나는 자

휘몰아치는 돌풍 속에서 멀래디를 캠프로 옮겼다.

기가 머물던 달구지 앞 칸을 멀래디에게 양보했다. 소령은 피와 비로 흠뻑 젖은 선원의 상의를 벗겼다. 상처가 드러났다. 불행한 남자의 옆구리에 비수에 찔린 상처가 있었다.

맥내브스는 솜씨 좋게 붕대를 감았다. 칼날이 중요한 내장까지 손상시켰지만, 소령은 그것을 알지 못했다. 붉은 피가 상처에서 철철 흘러나오고 있었다. 얼굴이 창백하고 의식이 없는 것은 중상이라는 증거였다. 소령은 미리 찬물로 씻어둔 상처에 탈지면을 대고 그 위에 심지를 박고 붕대로 고정시켰다. 그는 출혈을 일단 막는 데 성공했다. 멀래디는 상처의 반대쪽이 아래로 가도록 옆으로 눕고, 머리와 가슴을 높인 자세로 누웠다. 헬레나는 물을 몇 모금 마시게 했다.

15분 뒤, 그때까지 움직이지 않던 부상자가 몸을 움직였다. 눈이 잠시 뜨였다. 입은 종잡을 수 없는 말을 중얼거렸지만, 소령은 그 입술에 귀를 가까이 대고 그가 이렇게 되풀이하는 것을 들었다.

"나리…… 편지가…… 벤 조이스……."

소령은 이 말을 되풀이하며 동료들을 보았다. 멀래디는 무슨 말을 하려는 걸까? 벤 조이스가 이 선원을 습격했다. 하지만 무엇 때문에? 단순히 그가 '덩컨'호까지 가지 못하게 붙잡아두기 위해서? 그 편지는?

글레나번은 멀래디의 주머니를 조사했다. 톰 오스틴에게 쓴 편지는 거기에 없었다.

그날 밤은 걱정과 불안 속에서 지나갔다. 그들은 부상자가 지금 당장이라도 죽지 않을까 걱정했다. 그는 밤새 고열에 시달렸다. 헬레나와 메리는 간호사처럼 그의 곁을 지켰다. 멀래디도 이렇게 극진한 간호와 따뜻한 보살핌을 받은 것은 난생처음이었다.

날이 밝았다. 비는 그쳐 있었지만, 큰 구름이 아직은 하늘 위쪽을 달리고 있었다. 땅에는 부러진 나뭇가지들이 흩어져 있었다. 비에 흠뻑 젖은 진흙탕은 더욱 질퍽거렸다. 달구지에 접근하기는 어려워졌지만, 달구지가 진창에 더 깊이 빠질 리는 없었다.

존 맹글스와 파가넬과 글레나번은 캠프 주위를 정찰하러 갔다. 그들은 아직 핏자국이 남아 있는 샛길로 가보았다. 벤 조이스 일당의 흔적은 전혀 보이지 않았다. 그들은 습격이 일어난 현장까지 가보았다. 그곳에는 멀래디의 총에 맞아 죽은 두 명의 시체가 땅바닥에 너부러져 있었다. 하나는 블랙포인트의 대장장이였다. 죽음으로 일그러진 그의 얼굴은 무시무시했다.

글레나번은 더 이상 수색을 진행하지 않았다. 신중한 그는 더 멀리까지 가기를 꺼렸다. 그는 사태의 중대함에 마음을 빼앗긴 채 달구지로 돌아왔다.

"다른 전령을 멜버른에 보내는 건 생각할 수 없어." 그가 말했다.

"하지만 그건 꼭 필요합니다." 존 맹글스가 대답했다. "제 부하가 통과하지 못한 곳을 제가 통과해 보이겠습니다."

"안 돼, 존. 자네한테는 300킬로미터를 태우고 갈 말도 없잖아!"

사실 남아 있는 유일한 말이었던 멀래디의 말도 보이지 않았다. 악당들의 총에 맞아 죽었을까? 놈들이 빼앗아갔을까? 아니면 이 황무지를 정처 없이 돌아다니고 있을까?

글레나번이 말했다.

"무슨 일이 일어나도 우리는 이제 흩어지지 않아. 일주일이든 이 주일이든 스노이 강이 정상 수위로 돌아가기를 기다리세. 강물이 빠지면 조금씩 걸어서 투폴드 만으로 나간 뒤, 거기서 좀 더 확실한 경로를 통해 '덩컨'호에 명령을 보내도록 하세."

"그 방법밖에는 없습니다." 파가넬이 대답했다.

"그러니까 이제 뿔뿔이 흩어지면 안 돼. 악당들이 날뛰는 이 황무지에 혼자 발을 들여놓으면 너무나 큰 위험을 무릅쓰게 되지. 하느님이 딱한 우리 선원을 구해주시기를, 그리고 우리를 지켜주시기를!"

글레나번의 조치는 두 가지 점에서 옳았다. 첫째는 개별적인 시도를 금지한 것, 둘째는 스노이 강변에서 강을 건널 수 있게 되기를 기다리기로 한 것. 뉴사우스웨일스 주 경계를 넘어서 처음 만나는 도시인 델리게이트까지는 50킬로미터밖에 안 된다. 그곳에 가면 투폴드 만까지 이동한 운송 수단을 구할 수 있을 것이다. '덩컨'호에 내리는 명령은 거기서 멜버른까지 전보로 보낼 수 있을 것이다.

이 조치는 현명했지만 결정이 너무 늦었다. 글레나번이 멀래디를 러크나우 가도로 내보내지 않았다면, 그가 야습을 당한 것은 별문제로 하더라도, 얼마나 큰 불행을 피할 수 있었을까!

캠프로 돌아와 보니 동료들은 아까만큼 절망에 빠져 있지는 않았다. 이제 그들은 희망을 되찾은 것처럼 보였다.

로버트가 글레나번을 맞으러 달려오면서 외쳤다.

"좋아졌어요! 좋아졌어요!"

"멀래디가?"

"그래요, 여보." 헬레나가 대답했다. "반응을 되찾았어요. 소령님도 찌푸렸던 얼굴을 폈어요. 멀래디는 죽지 않아요."

"소령님은 어디 계시지?"

"멀래디 옆에 계세요. 멀래디가 소령님과 이야기하고 싶다고 했어요. 두 사람을 방해하면 안 돼요."

사실 한 시간 전부터 멀래디는 실신 상태에서 깨어났고 열도 내려 있었다. 하지만 기억과 언어 능력이 돌아왔을 때 멀래디가 맨 먼저 한 일은 글레나번을 부른 것이었고, 그다음에는 소령을 부른 것이었다. 맥내브스는 그가 몹시 쇠약해진 것을 생각하여 대화를 못하게 하려고 했다. 하지만 멀래디가 고집을 부렸기 때문에 소령도 그의 요청을 받아들일 수밖에 없었다.

글레나번이 돌아왔을 때는 대화가 몇 분 전에 막 시작된 참이었다. 이렇게 되면 소령의 중간 보고를 기다릴 수밖에 없었다.

이윽고 달구지의 커튼이 열리고 소령이 나타났다. 그는 고무나무 밑에 있는 동료들에게 다가왔다. 그곳에는 텐트가 쳐져 있었다. 평소에는 그렇게도 냉정한 소령의 얼굴에 몹시 걱정스러운 표정이 떠올라 있었다. 헬레나와 메리를 바라보는 그의 눈이 침통한 빛을 띠었다.

글레나번은 소령에게 무슨 일이냐고 물었다. 다음은 소령이 방금 알아낸 것을 요약한 것이다.

멀래디는 캠프를 떠난 뒤 파가넬이 가르쳐준 샛길로 접어들었다. 그는 길을 서둘렀다. 적어도 밤의 어둠이 허락하는 한 최대한 빨리 말을 몰았다. 약 3킬로미터쯤 갔을 때 몇 명—그가 보기에는 다섯 명—의 남자가 정면으로 뛰쳐나왔다. 말은 뒷발로 일어섰다. 멀래디는 권총을 쏘았다. 습격자 가운데 두 명이

다섯 명의 남자가 정면으로 뛰쳐나왔다.

쓰러진 것처럼 보였다. 권총을 쏠 때의 섬광으로 그는 벤 조이스의 얼굴을 확인했다. 하지만 그게 전부였다. 그에게는 권총의 총알을 전부 발사할 시간이 없었다. 그의 오른쪽 옆구리에 비수가 꽂혔기 때문이다. 그는 쓰러졌다.

그래도 그는 아직 의식을 잃지 않았다. 살인자들은 그가 죽은 줄 알았다. 그는 놈들이 그의 몸을 뒤지는 것을 느꼈다. 그리고 다음과 같은 말을 들었다. "편지가 있어." 하고 그들 가운데 하나가 말했다. 그러자 벤 조이스가 대답했다. "이리 줘. '덩컨'호는 이제 우리 거야!"

이 말을 듣고 글레나번은 소리를 지르지 않을 수 없었다.

맥내브스가 말을 이었다.

"벤 조이스는 이렇게 말을 이었다네. '자, 이번에는 말을 붙잡자. 나는 이틀 뒤에는 '덩컨'호에, 그리고 엿새 뒤에는 투폴드 만에 있을 거야. 모두 거기서 만나자. 그 나리 일행은 앞으로도 계속 스노이 강변의 늪지에서 꼼짝 못하고 있을 거야. 캠플피어 다리를 건너 해안으로 나가서 나를 기다려. 어떻게든 수단을 강구해서 너희를 배에 넣어줄 테니까. '덩컨'호만 한 배를 타고 바다에 나가면 우리는 인도양의 지배자가 될 수 있어.' 그러자 탈옥수들은 '벤 조이스 만세!'를 외쳤다네. 멀래디의 말이 끌려오고, 벤 조이스는 전속력으로 러크나우 가도에서 모습을 감추고, 일당은 남동쪽에서 스노이 강으로 나갔다네. 멀래디는 중상을 입었지만 남은 힘을 짜내어 캠프에서 백 걸음쯤 떨어진 곳까지 기어왔고, 우리는 거의 다 죽어가는 멀래디를 캠프로 옮겼지. 이게 멀래디가 이야기한 내용이었네. 용감한 선원이 왜 그렇게까지 말을 하려고 애썼는지, 이제 자네들도 알았겠지?"

이 말을 듣고 글레나번과 동료들은 깜짝 놀랐다.

"해적! 해적이야!" 글레나번이 외쳤다. "내 선원들은 학살당할 거야! 내 '덩컨'호는 놈들 손에 들어갈 거야!"

"그래! 벤 조이스는 배를 기습할 테니까." 소령이 대답했다. "그렇게 되면……."

"좋아요. 그렇다면 우리가 놈들보다 먼저 해안으로 나가야 합니다." 파가넬이 말했다.

"하지만 어떻게 스노이 강을 건너죠?" 윌슨이 물었다.

"놈들과 같은 방법을 쓰면 돼." 글레나번이 대답했다. "놈들은 켐플피어 다리를 이용하여 강을 건너려 하고 있어. 우리도 거기서 강을 건너는 거야."

"하지만 멀래디는 어떻게 하죠?" 헬레나가 물었다.

"데려가야지! 교대로 부축해서!"

켐플피어 다리로 스노이 강을 건넌다는 계획은 실행할 수는 있지만 위험했다. 탈옥수들은 그 지점에 진을 치고 다리를 지키고 있을지도 모른다. 이쪽은 일곱 명이지만, 상대는 적어도 서른 명은 될 것이다. 하지만 인원 따위는 문제 삼지 말고, 어쨌든 전진해야 할 때도 있다.

"나리." 존 맹글스가 말했다. "다리를 향해 나아가기 전에 정찰부터 먼저 해보는 게 좋지 않을까요? 정찰은 제가 맡겠습니다."

"나도 함께 가겠네." 파가넬이 말했다.

존 맹글스와 파가넬은 당장 떠날 준비를 했다. 그들은 벤 조이스가 말하고 있던 그 지점까지 스노이 강을 따라 내려갈 예정이었지만, 무엇보다도 강변을 어슬렁거리고 있을 게 분명한 탈옥수들에게 들키지 않도록 조심해야 했다.

그래서 두 사람은 식량을 준비하고 충분히 무장한 뒤 출발하여, 강기슭의 갈대숲 사이로 모습을 감추었다.

남은 사람들은 온종일 그들을 기다렸다. 하지만 저녁이 되어도 그들은 돌아오지 않았다. 기다리는 사람들은 불안해졌다.

11시쯤 되었을 때 드디어 윌슨이 두 사람의 귀환을 알렸다. 파가넬과 존 맹글스는 15킬로미터나 걸었기 때문에 녹초가 되어 있었다.

"다리는? 다리는 있었나?" 글레나번은 그들을 맞으러 뛰쳐나가면서 물었다.

"예! 등나무 줄기로 만든 다리입니다." 존 맹글스가 말했다. "탈옥수들은 실제로 그 다리를 건넜습니다. 하지만……."

"하지만?" 글레나번은 새로운 불행을 예감했다.

"놈들은 다리를 건넌 뒤 불태워버렸어요!" 파가넬이 대답했다.

## 22

# 이든에서 받은 전보

지금은 절망하고 있을 때가 아니라 행동할 때였다. 켐플피어 다리가 없어졌다 해도 어떻게든 스노이 강은 건너야 하고, 벤 조이스 일당보다 먼저 투폴드 만에 도착해야 했다. 그래서 그들 은 쓸데없는 논의에 시간을 낭비하지 않고, 이튿날인 1월 16일 에 존 맹글스와 글레나번이 도하 계획을 세우기 위해 강을 조사 하러 갔다.

비 때문에 수위가 높아져서 시끄러운 소리를 내며 흐르는 물 은 아직도 빠질 기미를 보이지 않았다. 강물은 이루 형언할 수 없을 만큼 격렬하게 소용돌이치고 있었다. 이 강물에 도전하려 면 죽음을 각오해야 했다. 글레나번은 팔짱을 끼고 고개를 숙인 채 꼼짝도 하지 않았다.

"제가 헤엄쳐서 건너편으로 가볼까요?" 존 맹글스가 물었다.

"안 돼." 글레나번은 대담한 젊은이의 손을 잡고 말리면서 대 답했다. "기다리세."

그리고 두 사람은 캠프로 돌아왔다. 그날은 격렬한 불안 속에서 저물었다. 글레나번은 열 번이나 스노이 강으로 돌아가보았다. 그는 강을 건너는 과감한 방법을 생각해내려고 애썼다. 하지만 그것은 헛수고였다. 강둑 사이에 용암이 거세게 흐르고 있었다 해도 이렇게 건너기가 어렵지는 않았을 것이다.

　이 길고 무료한 시간 동안 헬레나는 소령의 조언을 받으면서 멀래디를 극진히 간호했다. 선원은 생명이 되살아나는 것을 느꼈다. 중요한 기관은 하나도 다치지 않았다고 소령은 과감하게 단언하기까지 했다. 그가 쇠약해진 것은 많은 출혈만으로도 설명할 수 있었다. 그래서 상처가 아물고 출혈이 멎으면, 그다음은 시간이 지나기를 기다리면서 안정만 취하면 완전히 회복될 수 있을 것 같았다. 헬레나는 달구지 앞 칸에 들어가라고 그에게 권했다. 멀래디는 몹시 송구스러워했다. 그의 가장 큰 걱정은 자기 때문에 일행의 출발이 늦어지고 있는 건 아닐까 하는 것이었다. 그래서 글레나번은 스노이 강을 건널 수 있게 되면 윌슨과 함께 그를 캠프에 남겨두고 가겠다고 약속해줄 수밖에 없었다.

　불행히도 강을 건너는 일은 그날도 그 이튿날도 실행되지 않았다. 글레나번은 절망에 빠졌다. 헬레나와 소령이 그를 달래고 마음을 느긋하게 먹으라고 권해도 소용이 없었다. 어쩌면 지금 벤 조이스가 요트에 올라타고 있을지도 모르는데, '덩컨'호가 밧줄을 풀고 전속력으로 그 운명의 해안으로 달려가고 있을지도 모르는데, 마음을 느긋하게 먹으라니!

　존 맹글스도 속으로는 글레나번과 똑같은 불안을 느끼고 있었다. 그래서 어떻게든 장애를 타파하려고 고무나무의 커다란 나무껍질로 보트를 만들었다. 아주 가벼운 이 나무껍질을 가로 대에 고정시키면 그렇게 튼튼하지는 않지만 그런대로 탈 만한 보트가 되었다.

선장과 선원은 18일에 이 급조한 보트를 시험해보았다. 숙련과 체력, 재주와 용기가 할 수 있는 일은 모두 해보았다. 하지만 흐름 속에 들어가자마자 보트는 뒤집혔고, 그들은 하마터면 이 대담한 실험 때문에 목숨을 잃을 뻔했다. 보트는 파도에 휩쓸려 보이지 않게 되었다. 존 맹글스와 윌슨은 비와 눈 녹은 물로 수위가 높아져서 현재 너비가 1.5킬로미터나 되는 이 강을 200미터도 건너갈 수가 없었다.

1월 19일과 20일은 이런 상태로 속절없이 지나갔다. 벤 조이스가 가버린 지 닷새가 지났다. 요트는 현재 해안에 와 있을 테고, 벌써 탈옥수들의 손에 들어가버렸을 것이다!

하지만 이런 사태가 계속될 수는 없었다. 일시적으로 불어났던 강물이 갑자기 빠졌다. 급격히 불어났던 만큼 빠지는 것도 급격했다. 실제로 파가넬은 21일 오전에 평균보다 높았던 수위가 내려가는 것을 확인했다. 그는 그 관찰 결과를 글레나번에게 알렸다.

"이제 와서 빠져봤자 무슨 소용입니까?" 글레나번이 대답했다. "때가 늦었어요!"

"그렇다고 해서 언제까지나 이곳에 있을 이유는 없잖은가?" 소령이 말했다.

"그렇습니다." 존 맹글스도 말했다. "내일은 강을 건널 수 있을 겁니다."

"그러면 불행한 내 선원들을 구조할 수 있나?" 글레나번이 외쳤다.

"나리, 잘 들어주십시오." 존 맹글스가 대답했다. "저는 톰 오스틴을 잘 알고 있습니다. 톰은 나리의 명령을 실행하여, 준비가 갖추어지는 대로 출범했을 게 분명합니다. 하지만 벤 조이스가 멜버른에 도착했을 때 '덩컨'호가 출범 준비가 되어 있었는지, 파손된 부위의 수리가 끝나 있었는지 어떻게 압니까? 그리고 요트가 바다에 나가지 못해서 출발이 하루나 이틀 늦어졌을 가능성도 생각할 수 있지 않습니까?"

"존, 자네 말이 옳아! 투폴드 만으로 가야 돼. 여긴 델리게이트에서 50킬로미터밖에 떨어져 있지 않아."

"그래요." 파가넬이 말했다. "그리고 거기 가면 빠른 운송 수단을 찾을 수 있을 겁니다. 불행한 사태를 막을 수 있을지도 몰라요!"

"출발합시다!" 글레나번이 외쳤다.

당장 존 맹글스와 윌슨은 뗏목을 만들기 시작했다. 나무껍질은 세찬 물살에 저항할 수 없다는 것이 경험으로 이미 증명되어 있었다. 그래서 존은 고무나무를 베어, 그것으로 볼품은 없지만 튼튼한 뗏목을 만들었다. 시간이 꽤 많이 걸려서, 뗏목이 완성되기도 전에 날이 저물었다. 뗏목이 완성된 것은 이튿날이었다.

이때는 스노이 강의 수위가 눈에 띄게 낮아져 있었다. 물의 흐름은 여전히 빨랐지만 보통 강으로 돌아가 있었다. 강을 비스듬히 가로지르면서 물살을 어느 정도 제어해주면 강을 건널 수 있을 거라고 존은 기대했다.

12시 반에 이틀 동안의 여행을 위해 각자 가져갈 수 있을 만큼의 식량이 뗏목에 실렸다. 멀래디도 여행에 데려갈 수 있을 만큼 상태가 좋아져 있었다. 회복 속도가 아주 빨랐다.

1시에 그들은 밧줄로 강변과 연결된 뗏목 위에 제각기 자리를 잡았다. 존 맹글스는 흐름을 거슬러 뗏목을 지탱하고 침로에서 벗어나는 것을 막기 위한 노 같은 것을 우현에 설치하고, 윌슨에게 그 노를 맡겼다. 그 자신은 고물에 서서 조잡한 노를 사용하여 방향을 잡을 작정이었다. 헬레나와 메리 그랜트는 멀래디와 함께 뗏목 한가운데에 자리를 잡았다. 글레나번과 소령, 파가넬과 로버트는 언제라도 여자들을 도울 수 있도록 그들을 에워쌌다.

"준비됐나, 윌슨?" 존 맹글스가 선원에게 물었다.

"예, 선장님." 윌슨은 늠름한 손으로 노를 쥐면서 대답했다.

"조심해. 물살에 휩쓸리지 않도록."

존 맹글스는 뗏목을 강변에 붙잡아두고 있는 밧줄을 풀었다. 그리고 노를 힘껏 밀어서 뗏목을 강물 속으로 밀어냈다. 30미터쯤 가는 동안은 괜찮았다. 윌슨은 물살에 휩쓸리지 않도록 한껏 버텼다. 하지만 곧 뗏목은 물결에 말려들어 같은 곳을 빙글빙글 맴돌기 시작했고, 우현의 노도 고물의 노도 뗏목을 똑바로 나아가게 할 수 없었다. 윌슨과 존 맹글스가 아무리 애를 써도 뗏목의 방향은 반대가 되어버렸다. 그들은 곧 그것을 깨달았다. 이래서는 노를 움직일 수 없었다.

체념할 수밖에 없다. 뗏목의 회전운동을 막을 방법은 하나도 없었다. 뗏목은 현기증이 날 만큼 빠른 속도로 빙글빙글 맴돌면서 옆으로 떠내려갔다. 존 맹글스는 창백한 얼굴로 이를 악물고 고물에 서서 소용돌이치는 강물을 바라보고 있었다.

그래도 뗏목은 스노이 강 한복판으로 나갔다. 이때는 출발점에서 800미터나 아래로 떠내려가 있었다. 거기서는 물살이 거세져서 다시 밀려오는 파도의 힘을 줄였기 때문에 뗏목은 다소 안정을 되찾을 수 있었다.

존과 윌슨은 다시 노를 잡고 비스듬한 방향으로 간신히 뗏목을 몰아갈 수 있었다. 그 결과 그들은 건너편으로 다가가기 시작했지만, 40미터쯤 남았을 때 윌슨의 노가 뚝 부러져버렸다. 뗏목은 받침대를 잃고 물살에 휩쓸렸다. 존은 노가 부러질 위험을 무릅쓰고 흐름을 거스르려 했다. 윌슨은 손을 피투성이로 만들면서 그에게 힘을 보탰다.

그들은 겨우 성공했고, 뗏목은 30분 만에 흐름을 가로질러 강변의 깎아지른 절벽에 부딪혔다. 그 충격은 격심했다. 나무줄기는 뿔뿔이 흩어지고 밧줄은 끊어지고 강물은 거품을 일으키며 뗏목 안으로 들어왔다. 일행은 머리 위로 뻗어 나와 있는 덤불에 매달릴 시간밖에 없었다. 그들은 멀래디와 물에 흠뻑 젖은 두 여자를 끌어 올렸다. 요컨대 사람은 모두 구조되었지만, 뗏목에 실어둔 식량의 대부분과 소령의 카빈총을 제외한 총기는 모두 뗏목의 파편과 함께 떠내려가버렸다.

어쨌든 강은 건널 수 있었다. 일행은 델리게이트에서 50킬로미터 떨어진 빅토리아 주 경계에 있는 이 미지의 황무지 한복판에 거의 빈털터리로 남겨졌다. 그곳에는 스콰터도 원주민도 보이지 않았다. 약탈을 일삼는 산적을 제외하면 이 일대에는 아무도 살고 있지 않았다.

그들은 꾸물거리지 않고 당장 출발하기로 결정했다. 멀래디는 자기가 짐이 된 것을 알고, 여기 혼자 남아서 델리게이트에서 구조하러 오기를 기다리게 해달라고 말했다.

뗏목은 스노이 강 한복판으로 나갔다.

글레나번은 그 요구를 거절했다. 델리게이트까지는 사흘, 해안까지는 닷새가 걸릴 것이다. 즉 1월 27일이다. 그런데 '덩컨' 호는 16일에 멜버른을 떠났다. 이제 와서 몇 시간쯤 늦어지는 게 무슨 대수인가?

"안 돼." 글레나번이 말했다. "나는 아무도 혼자 놔두고 가고 싶지 않네. 들것을 만들어서 교대로 들고 가세."

유칼립투스 가지로 들것이 만들어졌다. 그리고 멀래디는 어쩔 수 없이 그 들것에 타야 했다. 글레나번이 맨 먼저 들것을 들려고 했다. 그가 들것의 한쪽 끝을 들었고 윌슨이 반대쪽 끝을 들었다. 일행은 그렇게 행진을 개시했다.

이 얼마나 안타까운 광경인가. 처음 떠날 때만 해도 그렇게 좋았던 여행이 지금은 얼마나 비참한 결말에 이르렀는가! 그랜트 선장이 없는 이 대륙, 선장이 온 적도 없는 이 대륙은 그의 발자취를 쫓는 사람들에게 파멸의 땅이 되려 하고 있었다. 그리고 이 대담한 동포들이 오스트레일리아 해안에 다다랐을 때, 그들을 고국으로 데려가야 할 '덩컨'호는 거기에 없을 것이다!

첫날은 침묵과 고통 속에서 지나갔다. 그들은 10분마다 교대로 들것을 들었다. 멀래디의 동료들은 찌는 듯한 더위 때문에 더욱 심해진 노고를 한 마디 불평도 하지 않고 감수했다.

겨우 8킬로미터밖에 걷지 않았는데 날이 저물었다. 그들은 고무나무 밑에서 노숙을 했다. 뗏목에서 건진 식량으로 저녁식사를 했다. 하지만 소령의 카빈총을 믿을 수는 없었다.

참담한 밤이었다. 게다가 비까지 내렸다. 날은 좀처럼 밝지 않을 것 같았다. 그들은 다시 걷기 시작했다. 소령은 총을 쏠 기회를 찾지 못했다. 이 치명적인 지방은 단순히 황무지라고 부르는 것으로는 부족했다. 이곳은 인간만이 아니라 동물조차도 출몰하지 않는 땅이었다.

다행히 로버트가 느시 둥지를 발견했다. 그리고 그 둥지 안에는 커다란 알이 열두 개나 들어 있어서, 올비넷은 뜨거운 재 속에 그 알을 묻어서 구웠다. 23일 아침식사는 그 느시 알과 구덩이 바닥에 돋아난 쇠비름 새싹뿐이었다.

이때부터 길은 걷기 힘들어졌다. 모래와 자갈이 많은 평원은 '스피니펙스'에 덮여 있었는데, 이것은 가시가 있는 풀이고 멜버른에서는 '호저'라고 부른다. 이 풀 덕분에 옷은 갈기갈기 찢어지고 다리는 피투성이가 되었다. 용감한 여자들은 그래도 불평하지 않았다. 그들은 다른 사람에게 모범을 보여, 짧은 한마디 말이나 눈짓으로 서로 격려하면서 씩씩하게 나아갔다.

그날 저녁에는 중갈라 강변에 있는 불라불라 산에서 걸음을 멈추었다. 음식으로 대단한 호평을 받고 있는 '무스 콘디토르'라는 큰 쥐 한 마리를 소령이 잡지 않았다면 저녁식사는 너무 빈약했을 것이다. 올비넷은 그 쥐를 구웠다. 그 크기가 양만큼 컸다면 그들은 소문으로 들은 것보다 훨씬 맛있다고 선언했을 것이다. 하지만 그것으로 만족할 수밖에 없었고, 사람들은 뼈만 남기고 고기는 말끔히 발라 먹었다.

1월 24일, 지치기는 했지만 여전히 기력을 잃지 않은 여행자들은 다시 걷기 시작했다. 산기슭을 우회한 뒤, 그들은 고래수염처럼 뻣뻣한 풀이 돋아나 있는 들판을 가로질렀다. 이것은 마치 창의 덤불, 총검의 풀숲 같았다. 그곳을 지나가려면 도끼를 휘두르거나 불을 질러 길을 내야 했다. 이날 아침에는 식사는 생각도 할 수 없었다. 석영 파편이 흩어져 있는 이 지방만큼 지독한 불모지는 세상 어디에도 없었다. 허기만이 아니라 갈증까지도 심해졌다. 타는 듯한 대기 때문에 견디기 어려운 갈증이 더욱 심하게 느껴졌다. 글레나번과 동료들은 한 시간에 800미터도 나아가지 못했다. 물도 음식도 섭취할 수 없는 이런 상태가 밤까지 계속되었다면 그들은 땅바닥에 쓰러져 두 번 다시 일어나지 못했을 것이다.

하지만 인간이 모든 것을 잃었을 때, 모든 수단과 계책이 바닥났다고 여겨질 때, 고통을 견디지 못해 드디어 쓰러질 것 같다고 생각하는 순간, 그때야말로 신의 섭리가 개입한다.

물은 '세팔로투스'라는 형태로 그들에게 주어졌다. 산호 모양의 관목 가지에 매달려 있는 컵 모양의 꽃 속에 원기를 북돋우는 액체가 가득 들어 있었다. 모두 이것으로 갈증을 달랬고, 생명이 몸속에서 되살아나는 것을 느꼈다.

그 음식은 짐승이나 곤충이나 뱀이 없어졌을 때 원주민들의 목숨을 부지해주는 것이었다. 파가넬은 지리학회 동료한테 그 훌륭한 특성에 대해 몇 번이나 들은 적이 있는 식물을 물이 다 말라버린 개울 바닥에서 발견했다.

마르실레아케과에 속하는 그 민꽃식물이야말로 내륙의 황무지에서 버크와 킹을 살려준 '나르두'였다. 클로버 잎과 비슷한 그 잎 그늘에 마른 포자가 달려 있었다. 렌틸콩만 한 크기의 포자를 돌 사이에 넣고 으깨면 일종의 가루가 되었다. 이 가루로 빵을 만들어 허기를 달랠 수 있었다. 이곳에는 이 식물이 풍부했다. 그래서 올비넷은 대량으로 나르두를 채집할 수 있었고, 며칠분 식량이 확보되었다.

이튿날인 1월 25일, 멀래디는 여정의 일부를 제 발로 걸었다.

상처는 완전히 아물어 있었다. 델리게이트까지는 이제 15킬로미터밖에 남지 않았고, 저녁에 일행은 동경 149도선의 뉴사우스웨일스 주 경계에서 야영했다.

몇 시간 전부터 가랑비가 내리고 있었다. 때마침 존 맹글스가 버려진 나무꾼의 오두막을 발견하지 않았다면 비를 피할 곳은 어디에도 없었을 것이다. 그들은 나뭇가지와 띠로 지은 이 오두막으로 참을 수밖에 없었다. 윌슨은 나르두 빵을 만들기 위해 불을 피우려고 땅바닥에 떨어져 있는 삭정이를 주우러 갔다. 하지만 이 땔감을 태울 단계가 되었는데, 아무리 애를 써도 도무지 타지 않았다. 거기에 함유되어 있는 알부민 성분 때문에 타지 않는 것이다. 이것이 바로 파가넬이 오스트레일리아의 기묘한 산물 목록에 포함시킨 불연소 나무였다.

그래서 그들은 불이 없이, 따라서 빵도 없이 견뎌야 했고, 젖은 옷을 입은 채 자야 했지만, 그러는 동안 '웃는 물총새'는 높은 나뭇가지에 숨어서 이 불운한 여행자들을 비웃고 있는 것 같았다.

그래도 글레나번 일행의 고생은 끝나려 하고 있었다. 실제로 이제 슬슬 고생이 끝나야 할 때였다. 두 젊은 여자는 꿋꿋이 버텼지만, 시시각각 체력을 잃어가고 있었다. 여자들은 몸을 질질 끌고 갔다. 그것은 더 이상 걷는 게 아니었다.

이튿날은 새벽에 출발했다. 11시에 투폴드 만에서 80킬로미터 떨어진 델리게이트가 모습을 나타냈다.

이곳에서 운송 수단은 당장 정비되었다. 해안도 아주 가깝다고 생각하자 희망이 일행의 마음에 되살아났다. '덩컨'호의 출범이 조금이라도 지연되었다면, 그들이 먼저 도착할 수 있을지

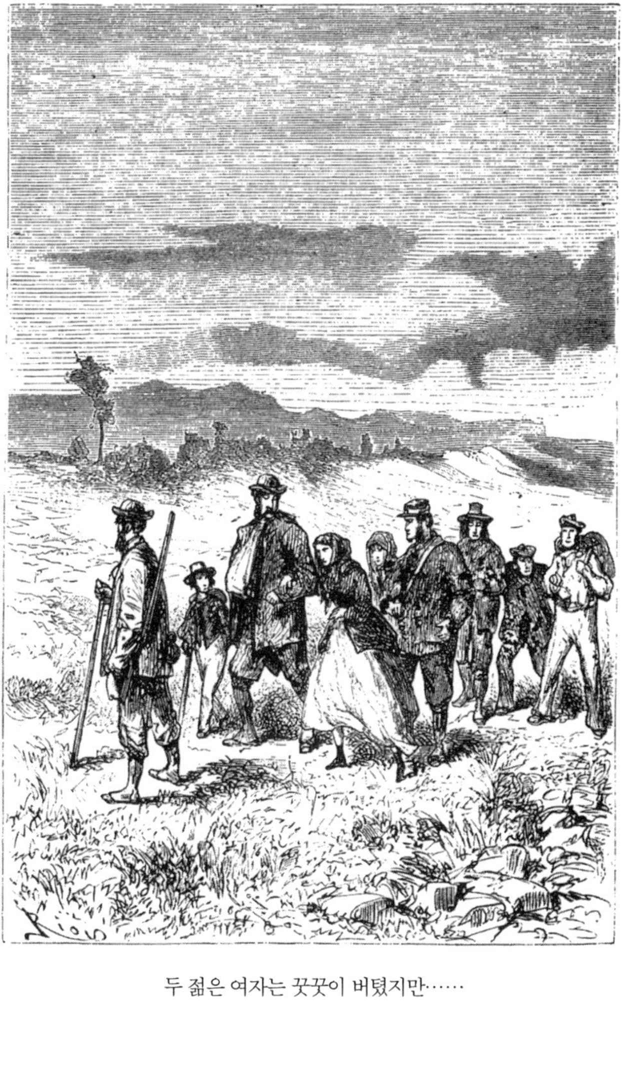

두 젊은 여자는 꿋꿋이 버텼지만……

도 모른다! 24시간 안에 투폴드 만에 갈 수 있을 것이다!

정오에 힘이 나는 식사를 한 뒤 일행은 우편 마차를 타고 델리게이트를 출발했다. 다섯 마리의 말이 마차를 끌고 전속력으로 달렸다. 팁을 듬뿍 주겠다고 약속하자 마부는 분발하여 손질이 잘된 도로 위를 빠르게 질주했다. 16킬로미터마다 말을 바꿀 때에도 그 시간은 2분도 걸리지 않았다. 글레나번이 다급한 마음을 마부들에게 전달했다고 생각할 수밖에 없었다.

온종일 이렇게 시속 10킬로미터로 달렸고, 밤에도 질주는 계속되었다.

이튿날 동틀 무렵에 둔탁한 술렁거림이 바다가 가까워졌음을 알려주었다. 37도선의 해안, 톰 오스틴이 글레나번 일행의 도착을 기다리고 있을 터인 그 지점으로 가려면 만을 돌아서 가야 했다.

바다가 보이기 시작했을 때 모든 사람의 눈길은 난바다로 향했다. 신의 섭리가 일으킨 기적으로 '덩컨'호가 거기서 해안 가까이로 달려오고 있지 않을까? 한 달 전에 그들이 코리엔테스 곶을 가로지를 때 아르헨티나 해안에 있던 '덩컨'호를 발견한 것처럼. 하지만 아무것도 보이지 않았다. 하늘과 땅은 같은 수평선에서 어우러졌다. 이 망망대해에 돛 하나도 보이지 않았다.

한 가닥 희망은 아직 남아 있었다. 어쩌면 톰 오스틴은 투폴드 만 안쪽에 닻을 내려야 한다고 생각했을지도 모른다. 바다는 거칠었고, 그럴 때 해안 근처에 있는 배는 안전하지 않았기 때문이다.

"이든으로 가자!" 글레나번이 말했다.

당장 우편 마차는 만의 해안을 따라 뻗어 있는 도로의 오른쪽으로 구부러져, 거기서 8킬로미터쯤 떨어진 작은 도시 이든으로 향했다.

마부는 항구의 출입구를 나타내는 등대에서 그리 멀지 않은 곳에 마차를 세웠다. 몇 척의 배가 정박지에 닻을 내리고 있었지만, 어느 배에도 맬컴 성의 깃발은 휘날리고 있지 않았다.

글레나번과 존 맹글스와 파가넬은 마차에서 내려 세관으로 달려가 직원에게 질문하고, 지난 며칠 동안 입항한 배를 조사해보았다. 지난 일주일 동안 이 만에 들른 배는 한 척도 없었다.

"저쪽에서 아직 출발하지 않았는지도 몰라!" 글레나번이 외쳤다. 인간의 마음에 자주 일어나는 갑작스러운 감정 변화로 그는 절망에서 빠져나왔다. "우리가 먼저 도착한 게 분명해."

존 맹글스는 고개를 저었다. 그는 항해사인 톰 오스틴이 어떤 사람인지 잘 알고 있었다. 톰은 명령을 받고도 열흘씩이나 미적거릴 사람이 아니었다.

"어쨌든 지금 어떤 상황인지 알고 싶군. 의심하는 것보다는 확실한 게 나아." 글레나번이 말했다.

15분 뒤, 멜버른의 선박중매인조합 이사에게 전보가 발송되었다. 그리고 일행은 빅토리아 호텔로 마차를 돌렸다.

2시에 글레나번은 지급 전보를 받았다. 전보 내용은 다음과 같았다.

이든, 투폴드 만,
글레나번 경 귀하,
'덩컨'호는 1월 18일 출범, 행방불명.
선박중매인 J. 앤드루스.

전보가 글레나번의 손에서 떨어졌다.

이제 의심할 여지가 없었다. 그 훌륭한 스코틀랜드 요트는 벤 조이스의 수중에 들어가 해적선이 된 것이다.

출발이 좋았던 오스트레일리아 횡단은 이렇게 끝났다. 그랜트 선장과 조난자들의 단서는 완전히 사라진 것처럼 보였다. 성공하지도 못한 이 모험을 위해 배 한 척의 선원들이 모두 희생되었다. 글레나번은 싸움에 졌다. 그리고 팜파스에서 자연의 온갖 요소가 공모하여 그를 노렸을 때에도 기죽지 않았던 그가 지금 오스트레일리아 해안에서 인간의 사악함 앞에 무너지고 말았다.

〈3권에 계속〉

그랜트 선장의 아이들 2

1판 1쇄 인쇄  2014년 12월 1일
1판 1쇄 발행  2014년 12월 8일

지은이  쥘 베른
옮긴이  김석희
펴낸이  정중모
펴낸곳  도서출판 열림원

편집  박은경 김다미 김정래 한나비 조예원 | 디자인  박소희 박애영 | 홍보  김계향
제작  윤준수 | 마케팅  남기성 이수현 | 관리  박지희 김은성 조아라

등록  1980년 5월 19일 (제406-2003-026호)
주소  서울시 마포구 잔다리로 2길 7-0
전화  02-3144-3700 | 팩스  02-3144-0775
홈페이지  www.yolimwon.com | 이메일  editor@yolimwon.com

© 2014, 김석희

ISBN  978-89-7063-831-7  04860
       978-89-7063-326-8 (세트)

● 책값은 뒤표지에 있습니다.

이 도서의 국립중앙도서관 출판예정도서목록(CIP)은 서지정보유통지원시스템 홈페이지(http://seoji.nl.go.kr)와
국가자료공동목록시스템(http://www.nl.go.kr/kolisnet)에서 이용하실 수 있습니다.(CIP제어번호: CIP2014034549)